은방울꽃

김시화

자전에세이

은방울꽃

강남 위에 하남

©김시화, 2016

1판 1쇄 인쇄__2016년 11월 05일
1판 1쇄 발행__2016년 11월 15일

지은이__김시화
발행인__이종엽

발행처__글모아출판
　　　등 록__제324-2005-42호

공급처__(주)글로벌콘텐츠출판그룹
　　　대 표__홍정표
　　　디자인__김미미
　　　편 집__노경민
　　　기획·마케팅__노경민
　　　주 소__서울특별시 강동구 천중로 196 정일빌딩 401호
　　　전 화__02-488-3280
　　　팩 스__02-488-3281
　　　홈페이지__www.gcbook.co.kr

값 15,000원
ISBN 978-89-94626-48-2 03810

김시화 자전에세이

은방울꽃

강남 위에 하남

글모아출판

은방울꽃이 될 수 있다면
-강남 위에 하남을 만들기 위한 서곡

 나는 은방울꽃을 시의 상징꽃으로 삼고 있는 하남시에서 살고 있다. 그곳에서 태어나 지금까지 한 번도 고향을 떠나 둥지를 틀어 본 적이 없다. 굳이 따지자면 군 복무를 위해 고향을 떠났던 것이 전부다.

 나는 하남시를 사랑하기에 하남시민임을 자랑스럽게 여긴다. 내가 하남시를 사랑하는 만큼 은방울꽃 역시 사랑한다. 그러나 내가 은방울꽃을 사랑하는 이유가 단순히 그 꽃이 하남시를 상징하는 꽃이기 때문만은 아니다. 은방울꽃이야말로 우리 하남시민 모두가 이루는 공동체에게 아주 커다란 교훈을 주는 꽃이기에 더 애착이 간다.

 은방울꽃은 백합과에 속하는 외떡잎 다년생 화초다. 꽃은 5~6월경에 하얗게 피는데 잎 사이에서 나온 꽃자루에 10송이 정도가 땅을 향해 핀다. 은방울꽃은 향이 매력적인 까닭에 향수의 원료로 많이 사용된다. 꽃의 아름다움과 짙은 향기 때문에 결혼식용 부케로 많이 사용되기도 한다. 특히 영국 로열패

밀리 결혼식용 부케는 은방울꽃으로 만든다. 아울러 그 뿌리는 약초로 사용되기에 사람들에게는 매우 유용한 꽃이다.

그렇다고 내가 은방울꽃을 좋아하는 것이 단순히 유용한 꽃이라거나 아니면 향기가 좋고 아름다워서 결혼식 부케로 사용된다는 등의 이유 때문이 아니다. 내가 좋아하는 이유는 은방울꽃이 지닌 자태와 그 자태에 담겨 있는 교훈 때문이다.

은방울꽃은 그 하나의 크기는 작지만 꽃자루 하나에 10송이 정도가 피는 까닭에 그렇지 않아도 짙은 향기는 사람들에게 꽃자루 하나만으로도 행복을 가져다주기에 충분하다. 그렇게 모여서 핀 아름다운 모습이 마치 천국을 향하는 계단 같다고 해서 독일에서는 '천국의 계단'이라는 이름으로 부르기도 하는 꽃이다. 결국 은방울꽃의 진정한 아름다움은 함께 모여서 아름다울 수 있다는 공동체의 모습을 담은 것이라 하겠다. 게다가 그 피는 모습이 머리를 하늘로 향하지 않고 겸손한 모습으로 땅을 향해 핀다. 결코 머리를 곧추세우는 것이 아니라 아래를 향해서 핀다. 그럼에도 불구하고 계단식으로 핀 그 꽃은 너무나도 아름답다. 아래를 향해서 꽃이 피는 그 자태는 반드시 나를 드러내야 만이 아름다운 것이 아니라 아래를 향하는 겸손이 세상을 가장 아름답게 한다는 평범한 진리를 깨우치게 해 주는 모습이다.

얼핏 생각하기에 땅을 향해 피면 꽃의 향기가 퍼져나갈 것 같지 않다. 머리를 하늘로 향해야 그 향기가 멀리멀리 퍼져나갈 것 같다. 그러나 은방울꽃은 10여 송이가 한데 모여 핌으로써 군락의 아름다움은 물론 향기마저 드높인다. 함께 모여서 힘을 합치면 더더욱 빛나고 아름답고 향기롭다는 교훈을 전해 주는 것이다.

은방울꽃의 화초가 자라는 모습도 가히 겸손 그 자체다. 뿌리줄기가 옆으로 기면서 자라는데 땅 위에는 잎과 꽃자루만 나온다. 자신의 모든 것을 겸손하게 감추고 오로지 꼭 보여주어야 할 꽃과 잎만이 함께 모여서 아름답게 피어 향기를 전하는 것이다.

게다가 향이 좋은 꽃이라고 아무나 꽃을 따 먹게 놓아두지 않았다. 꽃 자체에는 독성이 강해서 꽃을 따 먹으면 독에 중독된다. 꽃의 향기가 좋은 만큼 꽃을 섭취하려는 동물로부터 스스로를 보호하기 위한 하나의 방편이기도 하다.

아마도 이러한 여러 이유로 은방울꽃의 꽃말이 '틀림없이 행복해 집니다', '다시 찾은 행복', '순애' 등의 청초하고도 행복한 이미지로 불리는 것 같다.

우리는 항상 겸손하라는 이야기를 듣고 배우고 실천하기를 원하면서도 자신도 모르게 머리를 치켜들고 남보다 먼저 그 앞에 서기를 좋아한다. 낮은 곳에 임하기를 원하고 그렇게 하려고 하다가도 인간이기에 자신도 모르게 더 높은 곳을 지향하게 되기도 한다. 봉사는 낮은 자세로 임해야 한다는 것을 알면서도 그 자체를 망각하고 봉사가 적선을 하는 것처럼 되어 버릴 때가 있다. 나도 필요하고 남도 필요한 것을 나누는 것이, 정말 사랑을 기초로 한 봉사라는 것을 알고 낮은 곳으로 임해야 한다는 것을 알면서도 내게 남는 것을 나누어 주고도 마치

큰일을 한 양으로 자신을 드러내려고 하기도 한다.

나 역시 예외는 아니다.

항상 낮은 곳으로 향하며 나보다 힘들고 어려운 이웃들과 함께하겠다고 마음먹는다. 또 나 자신이 하남의 아들로 태어나서 지금까지의 내가 존재할 수 있게 해 준 이곳 하남을 위해서 무언가 사심 없이 봉사하겠노라고 다짐한다. 그러나 나 역시 인간이기에 가끔은 나도 모르게 봉사를 통해서 명예를 얻고 싶을 때도 있다. 봉사를 통해서 나를 드러내 보이고 싶을 때도 있다. 그러다가도 해마다 은방울꽃이 필 시기가 되어 피어난 그 꽃을 보노라면 나도 모르게 잠시나마 잊었던 본래의 내 각오를 떠올리게 된다.

함께 모여서 아름답고, 함께 모여서 행복을 찾으며, 향기가 가득함에도 불구하고 항상 아래를 향해 핀 은방울꽃의 모습에서 나를 돌아보게 된다.

지나친 생각인지 모르지만, 한 가지 덧붙이자면 은방울꽃은 향기롭고 아름다우면서도 그 자체를 보호할 수 있는 독성을 내재하고 있다. 그것은 공동체는 반드시 스스로를 지키고 자생할 힘을 갖춰야 한다는 의미를 부여하는 것 같기도 하다. 우리 하남시 역시 자족할 수 있는 힘을 갖추는 공동체가 되어야 한다고 일깨워 주는 것 같다. 행여 너무 깊게 생각한 것인지는 모르겠지만 그런 가르침을 주고 있다는 생각이 든다. 아울러 은방울꽃이 독을 품어 자신을 지킨다는 것은 자연을 마구 훼손해서는 안 된다는 교훈 역시 담고 있다는 생각이다. 그런 의

미에서라면 우리 하남시가 생태자족도시가 되어야 한다는 당면 과제 앞에서 은방울꽃을 닮을 수 있다면 행복한 하남이 될 수 있다는 생각도 해 본다.

백합이나 장미처럼 아름답고 향기로운 꽃도 많은 세상임에는 틀림이 없다. 혼자서 머리를 들고 뽐내도 그 나름대로 잘 살아갈 수 있는 세상이라는 것은 나도 인정한다. 그러나 나는 할 수만 있다면 혼자서 아름답게 피어 향기를 내는 꽃이기보다는 공동체가 함께 모여 있기에 그 아름다움이 빛나고 향기를 널리 퍼뜨리면서도 머리 숙이고 낮은 곳을 향하는 은방울꽃이 되고 싶다.

나와 우리 하남시민 모두가, 아니 나부터 먼저 은방울꽃이 될 수 있다면, 내 고장 하남이야말로 강남 위에 우뚝 서서 그 자태를 뽐내며 물질적일 뿐만 아니라 정신적으로도 행복하고 풍요로운 살기 좋은 고장이 될 것이라고 확신한다.

김시화

목차

제2부 내일을 위한 나의 생각들

-청정하남을 위해 일하던 도시공사 사장시절의 일지(日誌)-

제1부
역사에서 배운다

시작하기 전에 잠시 멈추며 드리는 말씀

우리는 누구든지 역사에서 많은 것들을 배운다고 이야기한다. 그리고 역사를 교훈으로 내일의 삶을 개척한다는 이야기를 서슴없이 한다. 나 역시 그것이 옳다고 동의하는 사람 중하나다. 역사는 우리에게 끊임없는 교훈을 주고 있고 우리는그 교훈을 거울삼아 내일의 삶을 설계하고 있다고 해도 과언이 아니기 때문이다. 그래서 우리는 역사가 반복되는 것이라고 하면서 역사로부터 많은 것들을 습득하고 있다. 일찍이 공자께서도 논어에서 이르시기를 온고이지신(溫故而知新)이라 하여 '옛것을 익히어 새로운 것을 안다'고 하심으로써 지나간 것을 바르게 습득하는 것이 다가올 것을 바로 알 수 있는 것이라는 깨우침을 주셨던 것이다.

나 역시 역사에서 배우기를 좋아하고 늘 거울로 삼고자 하는 까닭에 이 자리를 빌어서 역사 이야기 두 가지만 하고자한다.

첫째는 지난 2015년 12월 9일 수료식을 한 중앙선거관리위원회가 주관했던, '민주시민정치 아카데미 6기'에서 나와 같은 분임조인 5조에서 함께 연구했던 영화 〈명량〉에서 찾아본 이 시대의 '리더십'이라는 논문을 요약한 것이다. 당시 그 강좌에서 내가 전체 모임의 회장을 맡았었는데, 우리 분임조에서 제출한 이 논문의 내용이 너무나도 마음에 들었다. 설령 큰 단체의 리더가 아니더라도 우리는 자신이 속한 곳에서 자주 리더의 역할을 해야 하는 경우를 맞이하곤 한다. 두세 사람만 있어도, 선출하지는 않는다고 할지라도, 실제로 리더라는 것은 존재하는 것이고 그 리더가 어떤 행동과 마음가짐을 갖느냐에 따라서 그 모임은 성격을 달리 할 수 있기 때문이다. 따라서 이 시대를 사는 사람들에게는 꼭 필요한 이야기라는 생각이 들어서 소개해 보고 싶다.

두 번째로는 내가 고문으로 참여하고 있는 '함세포럼(좋은 사람들이 함께하는 아름다운 세상)'에서 임원 워크숍을 하던 날, 나는 그날도 솔개의 삶을 이야기했다. 새로운 삶을 살기 위해서는 자신을 재정비하기 위해서 부리를 파괴하고 발톱을 뽑아내는 고통을 견뎌 내고 난 후 날카로운 새로운 부리와 발톱을 가짐으로써 자신을 새롭게 정비해야 한다는 이야기를 통해서, 나의 앞날에 대한 새로운 각오를 스스로 다지기도 하고 또 함께 참여한 임원들도 함께 거듭나자는 의미였다.

그런데 그날, 나와 뜻을 같이하는 까닭에 포럼에서도 같이 활동하는 친구가 내 직전에 주제 발표에 나섰었다. 그 친구는 "개혁을 주도했던 조선의 왕들"이라는 주제로 발표를 했는데 조선의 국왕들이 일반적으로 우리가 알고 있는 것처럼 모두 권위적이고 양반·사대부들과만 어우러져 호화롭게만 살던 것이 아니라, 진심으로 백성들을 위하고 백성들의 아픔을 함께하는 왕들이 많이 있었다고 했다. 그러면서 대표적인 왕으로 조선의 광해임금과 효종, 그리고 정조를 꼽아 많은 이야기를 들려주었다. 그의 이야기 중에 특히 인상적인 것은 왕이 개혁을 하고 싶어도 그 주변을 둘러싸고 있는 양반·사대부들 때문에 못한 경우가 허다했다는 것이다. 그 이야기에 충분히 공감할 수 있던 나는 후일 그를 만나 그의 이야기도 듣고 또 그가 저술한 책도 읽으면서 많은 것을 느끼고 공감했기에, 나 스스로 그런 역사에 대해 공부하며 느끼고 판단한 것들을 여기에 적어보려고 한다.

1. 영화 〈명량〉에서 찾아본 이 시대의 '리더십'

1) 리더십이란?

리더십에 대한 우리말은 '지도자상'이다. 그러나 리더십이란 어휘 자체가 일반화되어 통상적으로 리더십이라 말한다. 리더십을 지도력 혹은 영도력(領導力)이라고도 한다. 현대에서 가장 결핍된 것을 꼽으라고 하면 그 중의 하나가 리더십 부재일 것이다. 안정된 미래 강국, 함께하는 세상, 바라는 사회, 바라는 조직, 신뢰 회복의 가정을 만들기 위해 가장 필요한 것은 바로 리더십의 회복이다.

그렇다면 리더십은 무엇을 갖추어야 할 것인가?

전통적인 동양의 관점에서는 리더의 자질을 네 가지로 정의하고 있는데, 그것은 바로 신언서판(身言書判)이다. 즉, 생긴 것(身), 말하는 것(言), 글 쓰는 것(書), 판단하는 것(判)을 의미한다. 이 네 가지를 통해서 리더의 자질을 판단하는데, 당나라 때 관리를 뽑을 때에 기준으로 삼았던 것으로부터 그 유래를 찾을 수 있다.

리더십의 선구자인 존 가드너는 이렇게 말한다. "리더십은 설득이나 예시를 통해 개인이나 팀으로 하여금 리더가 제시하는 혹은 리더와 추종자 간에 공유된 목적을 추구하도록 조직을 인도하는 것"이라고 정의했다. 제시 잭슨은 "리더십이란 어느 한 편을 선택하는 것 이상으로 어려운 일이다. 리더십은 다양한 편을 묶어 하나로 묶어 내는 것이다"라고 정의했다. 일반적으로 학교 교육에서는 이렇게 규정한다. "도전적인 기회 속에서 비전을 명확히 세워 현실을 돌파해 나가기 위해 조직과 사회를 동원하는 활동"이라고 교육한다. 하버드 대학은 리더십의 요소를 다음 여섯 가지로 정의한다. 리더, 추종자, 비전, 목표, 목표에 이르는 설득, 노력 등이 그것이다. 모두에서 언급했듯이 리더십은 정의하기 힘들며 개인마다 조직마다 다를 수 있다.

하버드 경영대학원 '제이 로쉬와 토마스 티어니'는 인격(character), 판단력(judgement), 직관력(intuition)을 리더십으로 꼽는다.

첫째, 인격은 리더에 대한 개개인의 신뢰이다. 영향력을 발휘할 수 있는 기본 바탕이다. 신뢰와 존경이 없으면 영향력을 발휘할 수 없다. 남을 설득할 수도 없다. 그런 사람을 따르는 것은 위험한 일이기 때문이다. 인격의 구성요소로는 겸손, 유연성, 책임감, 칭찬, 공감과 이해 등이 있다.

두 번째는 판단력이다. 존경할 만한 인격이 있다 해도 판단력이 떨어져 잘못된 의사결정을 내린다면 리더로서 자질이 부족한 것이다. 사람을 보는 능력, 사업에 대한 감각(business quotient), 매일 직면하는 여러 이슈에 대한 결정에서의 순발력이 여기 포함된다.

세 번째는 직관력이다. 복잡한 시스템을 파악하고 운영하는 예리한 능력이다. 조직 기능이 무엇이며, 이들이 다른 조직에 어떻게 영향을 주고받으며 어떤 결과를 만들어 내는지를 파악할 수 있어야 한다. 시스템적 사고라고도 할 수 있다. 이외에도 용기, 진실, 비전, 정열, 확신, 인내, 도덕성 등을 언급하기도 한다.

쿠제스와 포스너는 훌륭한 리더가 되기 위한 여섯 가지 방법을 소개한다.

첫째, 모델 선정이다. 자신이 처한 상황과 개인적인 특성을 고려해 닮고 싶은 리더를 정하라는 것이다.

둘째, 현재의 도전을 피하지 말고 의미 있게 받아 들여야 한다. 도전은 시련이지만 잘 극복하면 미래를 향한 기회가 된다.

셋째, 도전과 시련을 겪으면서 심리적인 강단을 키워라. 뜨거운 불길을 거쳐야 금과 은을 정제할 수 있으며, 강철은 두드려야 더 강해진다. 인내와 끝없는 정진이 리더가 되는 길이다.

넷째, 신뢰를 쌓아라. 먼저 스스로에 대한 신뢰를 구축해야 한다. 자신에 대한 확신 없이 다른 사람의 신뢰를 얻을 수는 없다. 꾸준하고 성실한 노력이 신뢰를 쌓는 방법이다.

다섯째, 대인관계를 발전시켜라. 리더십은 기본적으로 사람 관계인만큼 다른 사람을 이해하고 설득하고 의사소통할 수 있어야 한다.

여섯째, 리더십을 계발해라. 목표를 설정하고 꾸준히 노력하라.

2) 리더십의 십계명

리더십의 요소는 여러 가지가 있을 수 있다. 하지만, 우리는 리더십에서 필요한 요소를 영어 철자에서 찾아보기로 하였다. 리더가 갖추어야 할 십계명을 제시한다. 이를 '리더10'이라고 명명하기로 한다. 영화 〈명량〉에는 이런 요소들이 많이 포함되어 있다. 뒷장에서 그 요소들을 하나씩 분석해 보기로 한다.

리더십의 영어는 leadership이다. 이를 세로로 늘려서 그 요소를 찾아보기로 하자.

구분	요소
L	love
E	endless learning
A	action
D	determination or decision
E	encouragement
R	reaction
S	smart & soft
H	honest
I	insight
P	positive

3) 리더십을 발휘하기 위한 요소

리더십을 발휘하기 위한 10가지 요소를 설명하기로 한다.

1계명
love: 사랑하라

사랑은 인류의 보편적인 가치이자 리더십을 발휘하기 위한 기본적이면서 가장 중요한 자질이다. 리더가 가지는 생각의 기저에는 구성원 하나하나를 목숨 바쳐 사랑할 각오가 되어 있어야 한다. 대통령이 된다는 것은 목숨 바쳐 내 나라와 국민을 사랑해야 한다는 것이다. 종교적인 의미로는 기독교적인 사랑과 불교적인 자비가 여기에 속한다. 리더십을 발휘하기 위해서는 마음속에 사랑이라는 기본적인 텃밭이 자리 잡고 있어야 한다.

미시간 대학에서 미식축구 감독을 21년간 하면서 13번의 우승으로 이끈 '스켐베클러'라는 감독이 있다. 이 감독은 우승의 비결을 이렇게 이야기하고 있다. "우리는 이번 시즌에도 우승을 원한다. 그리고 팀으로 우승할 것이다. 최고의 선수들이 쏟아져 나오지만 가장 최고는 '팀'이다. 아무리 뛰어난 선수도 팀보다 중요하지 않다. 아무리 뛰어난 감독도 팀보다 중요하지 않다." 즉, 미식축구에서 앞에 있는 선수가 상대방을 막아주지 않는다면 뒤에 있는 선수는 더욱 힘들게 된다. 앞에 있는 선수가 뒤에 있는 선수를 사랑하기 때문에 온몸으로 상대방 공격을 막아내는 것을 역설한 말이다. 깊은 내면에서 동료들에 대한 사랑이 없이는 이뤄지기 힘든 일이다.

이순신 장군의 나라를 사랑하는 마음, 백성을 사랑하는 마음, 어머니를 사랑하는 마음, 부하를 사랑하는 마음, 자식을 사랑하는 마음이 다르지 않음을 알 수 있다. 하지만, 이런 이순신 장군도 한 가지 놓친 것이 있었다. 자신의 몸을 사랑하지 않았던 것이다. 자신은 온갖 고신(苦辛)으로 피를 토할지라도 나라를 걱정하는 마음을 앞세운 것이다.

2계명
endless learning: 끊임없이 공부하라

21세기 최고의 경영자 중에 단연 최고는 스티브 잡스일 것이다. 스티브 잡스가 스탠퍼드 대학에서 한 명연설은 아직도 회자되고 있다.

"Stay Hungry, Stay Foolish, Don't settle!" 우직하게 끊임없이 갈망하라. 그리고 멈추지 마라라는 뜻이다. 이는 끊임없이 혁신하고 연구하고 공부하라는 말이다. 오늘날에 지식 사회는 정보의 홍수를 이루고 있다. 홍수 중에 먹을 물이 없다는 격언도 있다. 끊임없이 공부한다는 것은 이 홍수에서 먹을 물을 뽑아내는 능력을 포함한다. 즉, 정보의 홍수에서 정보를 분석하고 정보를 적용할 수 있는 능력을 가지고 있어야 한다는 것이다. 정보 분석 능력 및 활용 능력은 많은 공부를 하지 않으면 불가능한 일이다.

이순신 장군의 끊임없이 공부하는 모습을 영화 내내 볼 수 있다. 병법서를 읽거나 전쟁의 현장을 미리 찾아가서 보고 또 보고 연구하는 모습을 접할 수 있다.

3계명
action: 실천하라

레오 아길라는 "성공하고자 하는 자는 길을 찾을 것이고, 그렇지 않는 자는 변명을 구할 것이다"고 했다. 리더는 실천력이 있어야 한다. 배운 대로, 익힌 대로, 생각한 대로, 의지한 대로 실천해야 하며, 그 실천력은 꾸준해야 한다. 한 번 하고 그것을 실천했다는 것은 거짓말에 불과한 것이다. 세르반테스도 비슷한 이야기를 한 바 있다. "불가능한 것을 손에 넣으려면 불가능한 것을 시도해야 한다." 리더의 실천은 시도부터 시작되어야 한다. 마스터피스(masterpiece)는 다작에서 나온다 했다. 대가가 되기 위해서는 많은 시도를 해야 한다는 뜻이다. 고 정주영 회장이 자주 썼던 말 중에서 "해 보기나 했어?"가 실천하라는 덕목에 부합하리라 생각된다. 프랑스의 나폴레옹도 실천의 중요성을 역설했다. "어떤 일이 잘 되길 바란다면 직접 하라"고 했다. 실패할 것을 두려워하여 시도조차 하지 않는 만큼 우매한 것은 없을 것이다.

determination: 결단력을 가져라

리더는 절체절명의 순간에도 결단력을 가져야 한다.

스티브 잡스는 그가 만든 애플사에서도 쫓겨난 후 인수한 픽사와 넥스트의 연이은 적자로 늘 불안해했다. 잡스는 그때 실패의 길을 걷고 있었다. 그 당시 잡스는 스탠퍼드 대학에서 종종 MBA 과정에서 강의를 했는데, 대학원생을 상대로 강연에 나섰던 잡스는 1989년 어느 날 강의실에 앉아 있었던 금발의 아름다운 여학생을 보자 그만 반해 버렸다. 강의 도중 내내 말을 제대로 잇지 못하고 강의를 마쳤다. 그는 강연에서 "하루하루를 인생의 마지막 날처럼 산다면 언젠가는 바른길에 서있을 것입니다"라는 말을 자주 했다. 강의를 마치고 사업상 중요한 미팅이 있어서 바삐 주차장으로 가던 그가 강연에서 늘 하던 말을 자신에게 했고, 오늘 인생의 마지막 날이라면 이 여학생에게 데이트를 신청하는 게 좋을지 아니면 사업상 미팅을 하는 게 좋을지 갈등을 느꼈다. 그는 주차장을 가로질러 차를 세우고 그녀에게 뛰어가 식사 데이트를 신청했다. 그 후 두 사람은 사랑에 빠졌고 결혼하기에 이르렀다. 이 여인은 잡스의 이해하기 힘든 변덕스러운 부분을 잘 이해하였던 여자였다. 이때 잡스는 마음의 안정을 비로소 되찾았고 회사의 정상화에 심혈을 기울이게 되었다. 공교롭게도 픽사는 〈토이 스토리〉로 그 후 흥행 1위에 이어 계속해서 흥행 몰이를 하면서 회사의 가치를 엄청나게 높여, 나중엔 처음 인수 때보다 기업 가치가

1,500배나 상승했으며, 잡스는 애플사의 최고경영자로 다시 복귀했다. 엄청난 패배감에 젖어있던 스티브 잡스를 성공으로 이끌게 했던 이 여자는 바로 '로렌 파월 잡스'이다. "남자는 성공을 갈망하지만 그 남자를 성공으로 이끄는 것은 여자다"라는 말이 있다. 포브스는 로렌 파월 잡스를 세계에서 29번째로 영향력 있는 인물에 선정하기도 했다. 잡스의 사후 상속을 11조 원이나 받은 로렌 파월 잡스는 칼리지 트렉을 설립해 기부재단에 대거 기부를 했고, 그녀는 사회적 약자들의 자녀들이 대학에 갈 수 있도록 도왔는데 90% 이상이 대학에 진학할 수 있었고, 지금도 공익재단에서 활동하고 있다.

5계명
encouragement: 격려하라

리더는 부하들을 끊임없이 칭찬하고 격려해야 한다.

제스 레어는 이렇게 말했다. "칭찬은 인간의 영혼을 따뜻하게 하는 햇볕과 같아서 칭찬 없이는 자랄 수도 꽃을 피울 수도 없다. 그런데도 우리들 대부분은 다른 사람에게 비난이란 찬바람을 퍼붓고 함께 살아가는 사람들에게 칭찬이라는 따뜻한 햇볕을 주는 데 인색하다."

진정한 격려는 믿음에서 비롯된다. 믿음은 한 사람의 인생을 바꿀 수도 있을 만큼 큰 힘을 지니고 있다. 믿기로 한 순간부터 비난과 꾸중보다 칭찬과 격려를 먼저 하는 것이 좋다. 믿음은 기적을 낳는다. 하지만 그 믿음에는 인내가 필요하다. 격려를 하는 것도 마찬가지다. 인내가 필요하다. 그 인내를 통해 극복을 하면 반드시 좋은 결과가 올 것으로 확신한다.

데일 카네기는 『인간관계론』에서 세상에서 가장 달콤하고 중요한 단어가 사람의 이름이라고 했다. 상대의 이름 하나만 기억해도 세상을 살아가는데 큰 힘이 된다는 의미다. 상대에 대한 관심과 사랑, 배려가 없이는 많은 이름을 기억할 수가 없다.

프랭클린 루즈벨트를 미국 대통령으로 당선시키는 데 있어 일등 공신인 사람이 있다. 고등학교 문턱에도 가보지 못한 '짐 파레라'이다. 그는 이름을 통한 탁월한 교제법으로 46세 때 민주당 전국위원장이 되었고, 우정장관이 되었다. 그의 능력을 인식한 루즈벨트는 대통령 선거전에서 그를 중용하였다. 짐 파레라는 미국 수십 개 주를 쉬지 않고 순회하며 선거 운동을 했다. 그의 방법은 조금 독특했다. 많은 사람들을 만나고 온 다음 그 사람들에게 일일이 사랑이 담긴 친밀한 편지를 보냈다. 그의 헌신적인 지원으로 루즈벨트는 대통령에 당선되었다. 어느 날 기자가 파레라에게 물었다. "당신의 성공 비결은 무엇입니까?" 그때 파레라는 이렇게 대답했다. "나는 5만 명의 이름을 기억하고 있습니다." 그가 단지 이름만 아는 것이 아니다. 그는 처음 만나는 사람에게 반드시 성명, 가족, 직업, 취미, 그리고 정치에 관한 의견까지 듣고 그것을 머릿속에 정리해 넣었다. 그렇기에 다시 만났을 때 상대의 마음을 얻을 수가 있었다.

훌륭한 리더는 상대의 이름을 먼저 기억하여 격려를 하는 것을 선택한다.

6계명
reaction: 커뮤니케이션 능력을 가져라

리더는 커뮤니케이션 능력을 가져야 한다.

커뮤니케이션은 필수불가결한 인간의 활동이다. 커뮤니케이션은 우리말로 '의사소통'으로 풀이된다. 커뮤니케이션은 삶의 중요한 한 부분이며 일상생활을 유지하는 수단이다. 사회생활에서 매우 중요한 인간관계 역시 커뮤니케이션을 통해 이루어진다. 커뮤니케이션(communication)은 '공통되는(common)', 혹은 '공유한다(share)'라는 뜻의 라틴어 'communis'에서 유래되었다. 커뮤니케이션은 결코 혼자 하는 것이 아니며, 누군가와 나누는 것임을 알 수 있다. 실제로 커뮤니케이션 없는 공동체, 또는 공동체 없는 커뮤니케이션은 상상하기 어렵다. 커뮤니케이션은 인간으로 하여금 사회적 존재로서 살아가게 만드는 도구가 된다.

리더는 커뮤니케이션 능력을 가지고 있어야 한다. 자신의 뜻을 정확히 전달하는 능력이 없으면 그 조직은 성과를 내기가 힘들다.

7계명
smart & soft: 스마트하고 부드러움을 가져라

스마트는 냉철한 이성과 그 판단력을 말한다. 전쟁에 임하는 장수는 상황 판단에 냉철한 이성이 개입되어야 한다.

유능제강(柔能制剛)이란 말이 있다. "부드러운 것이 능히 단단한 것을 이기고 약한 것이 능히 강한 것을 이긴다(柔能制强弱能勝强)." 병법(兵法)을 적은 책인 ≪황석공소서≫에 나와 있는 이 말은 이미 노자의 ≪도덕경≫에도 수록되어 있다. 노자가 말한 진정한 강함이 무엇인지는 다음과 같은 글에 잘 드러나 있다.

"세상에 부드럽고 약하기로는 물보다 더한 것이 없다. 더구나 견고하고 강한 것을 공격하는 데는 능히 이보다 나은 것이 없다. (중략) 약한 것은 강한 것에 이기고, 부드러운 것은 굳센 것을 이긴다는 것을 천하에 알지 못하는 사람이 없지만 능히 이를 행하지는 못한다. 사람도 태어날 때에는 부드럽고 약하나 그 죽음에 이르러서는 굳고 강해진다. 풀과 나무도 생겨날 때에는 부드럽고 연하지만 그 죽음에 이르러서는 마르고 굳어진다. 그러므로 굳고 강한 것은 죽음의 무리이고 부드럽고 약한 것은 삶의 무리이다. 강하고 큰 것은 아래에 위치하고 부드럽고 약한 것은 위에 자리 잡는다."

8계명
honest: 정직하라

정직은 윤리적 원칙이나 견실한 도덕적 성품과는 떼려야 뗄 수 없는 관계를 맺고 있다. 도덕적인 문제가 연관될 때 선택의 가능성이란 있을 수 없고 우리가 스스로에게 세운 높은 기준을 맞추지 못했을 때 그것을 합리화하는 상황논리도 결코 있을 수 없다.

CEO 닉 라일리의 『열정』이라는 책에서 이렇게 말했다. "세상에서 가장 어려운 일이 정직이라고 합니다. 바르게 살면 약간 더딜지 몰라도 떳떳하고 바른 방향으로 갈 수 있습니다. 철로를 이탈하면 상상하기 어려운 일이 벌어지듯이 항상 자신을 컨트롤하면서 앞으로 나아가기 바랍니다."

정직은 21세기 경영학에서 리더들이 가지고 있어야 할 가장 1위에 핵심 가치이다. 정직해야 한다.

9계명
insight: 통찰력을 가져라

21세기 최고의 하키 선수 중 하나인 웨인 그레츠키는 9번을 MVP를 받은 선수다. 그 선수의 인터뷰를 보면 통찰력이란 무엇인지를 알 수 있다.

"퍽이 현재 있는 곳이 아니라 그 퍽이 진행할 방향을 미리 예측하고, 먼저 그곳으로 달려가는 거예요"라고 말했다.

이는 전체적인 흐름을 읽지 않고서는 알 수 없는 능력이다. 퍽의 속도가 빠를지라도 미리 예측하고 그곳에 가 있어야 한다는 뜻이다. 리더십의 9계명은 통찰력을 가지는 것이다. 통찰력은 예측력이 있지 않고서는 불가능한 일이다. 전체적인 숲을 보는 능력을 말한다.

positive thinking: 긍정의 언어를 사용해라

윈스턴 처칠이 다음과 같이 말했다. "비관론자는 매번 기회가 찾아와도 고난을 본다. 낙관론자는 매번 고난이 찾아와도 기회를 본다."

리더는 어떤 상황에서도 절대 긍정의 언어를 사용해야 한다. '할 수 없어'가 아니라 '할 수 있다'로 바꾸어야 한다. '안돼요'가 아니라 '암! 돼요'로 바꾸어야 한다.

밖으로 나온 말은 우리의 무의식 속에 심어져 생명력을 얻는다. 뿌리를 내리고 자라서 그 내용과 똑같은 열매를 맺는다. 긍정적인 말을 하면 우리 삶은 긍정적인 방향으로 펼쳐진다. 부정적인 말은 부정적인 결과를 낳는다. 패배와 실패를 말하면서 승리의 삶을 살려고 애써봐야 아무 소용없다. 뿌린 그대로 수확할 뿐이다. 복을 세어봐야 하지만 동시에 복을 소중히 여길 줄도 알아야 한다.

4) 명량 대첩의 역사상 줄거리

명량 해전은 1597년(선조 30년) 정유재란 때 이순신이 지휘하는 조선 수군의 배 13척이 명량 앞바다에서 일본 수군의 함선 130여 척을 격퇴한 해전이다.

원균과 윤두수를 비롯한 일부 서인 세력의 모함을 받고 이순신이 삼도수군통제사(三道水軍統制使)에서 파직당한 뒤 원균은 새로운 삼도수군통제사가 되어 일본 수군과 접전을 벌였으나 칠천량 해전에서 대패하여 다수의 장병과 대부분의 전선을 잃고, 조선은 제해권을 상실하였다. 이에 선조는 다른 선택의 여지가 없자 이순신을 다시 복권하여 삼도수군통제사로 기용하였다. 선조는 이순신을 통제사로 복권시키는 대신 품계를 낮춰 조선 수군의 지휘 체계 혼란을 야기하였다. 이순신이 파직당할 당시 그의 계급은 대감급인 정헌대부 정2품이었다. 그러나 선조는 이순신을 삼도수군통제사로 복권하기는 하였으나 정3품의 계급으로 부여했다. 또한 선조는 이순신의 휘하장수였던 충청수사 권준과 무의공 이순신을 수도방위를 이유로 전투참가를 불허하였다. 이처럼 소선 수군은 지휘 체계의 엉망으로 각종 잡음이 끊이지 않았으며 시작부터 불안한 출발을 하였다. 더욱이 조선 수군에게 남은 전선은 겨우 12척에 불과하였다. 이순신이 1597년 음력 8월 18일 회령포에서 전선 10척을 거두었고, 그 후 2척이 더 회수됨으로써 12척이 남은 전선의 전부였던 것이다. 나중에 명량 해전을 앞두고 또 1척이 김억추와 송여종의 지원으로 추가되어 13척이 되었다.

이순신은 남해안 일대를 돌아다니며 흩어진 병사들을 모아 수군 재건에 전력을 다했다. 이순신은 음력 8월에 일본 전투선이 어란포(현재 해남군 어란리 근처)에 나타난 것을 격퇴한 후, 음력 9월에 일본 함대가 어란포에 들어온다는 보고를 받고 음력 9월 15일에 벽파진에서 해남의 우수영(右水營)으로 진을 옮겼다.

이때, 어란포의 일본 수군은 구루시마 미치후사와 도도 다카토라, 와키사카 야스하루, 가토 요시아키, 구키 요시타카가 지휘하는 200여 척의 대함대를 보유하고 있었다. 일본 수군은 목포 쪽으로 흐르는 북서류를 타고 명량해협을 통과하여 전라도로 서진하여 일본 육군과 합류할 계획이었다. 명량해협은 진도와 화원 반도 사이에 있는 좁은 수로로 조류는 당시 조선의 수로 중에서 가장 빠른 곳이고 전 세계에서도 5번째로 빠른 곳이다. 빠른 수로를 이용하여 잔존하는 조선 수군을 격파한 후 일본 육군과 합류하여 한양으로 진격하려는 것이었다.

울돌목(명량해협)은 수심이 얕아서 배가 항해할 수 있는 범위는 좁고, 그 중에서도 밀물 때 넓은 남해의 바닷물이 좁은 울돌목으로 한꺼번에 밀려와 서해로 빠져 나가면서 해안의 양쪽 바닷가와 급경사를 이뤄, 물이 쏟아지듯 빠른 조류가 흘렀다. 울돌목 물살의 또 다른 특징은 수십 개의 크고 작은 암초가 솟아 있다는 점이다. 급조류로 흐르던 물살이 암초에 부딪혀 방향을 잡지 못하고 소용돌이치게 되는 것이다.

일본 수군 지휘부는 순류에 맞춰 울돌목을 단숨에 넘어가 고니시 육군을 지원하기로 하였다. 특히 구루시마 수군은 원래 해적 출신으로 이 같이 물살이 빠른 지역을 근거로 했던 바, 빠른 물살에 익숙한 이들은 명량해협에서 이순신이 막는다 하더라도 무리 없이 전개할 수 있으리라 자신했다.

이순신은 일본군이 조선군을 가볍게 보고 있다는 점을 이용하여 그들을 유인하고자 했다. 음력 9월 7일 조선 수군은 벽파진 근처에서 일본 수군의 소함대를 격퇴했다. 일본 수군은 조선 수군이 13척뿐임을 알고, 해상의 적 이순신과 조선 수군을 완전히 제거하기로 결심했다.

벽파진에서 우수영으로 본진을 옮긴 이튿날인 음력 9월 16일 새벽 3~4시 경 어란진에서 출병한 일본 수군 130여 척이 7~8시 경 순조(順潮)를 타고 울돌목으로 접근했다. 일본 수군 지휘부는 중형 군선인 관선(세키부네) 130여 척으로 진영을 짜고 10여 척씩 대열을 맞추며 통과하고 있었다. 이때 조류는 동쪽에서 서쪽으로 즉, 일본 수군의 진격 방향이 조류의 흐름과 일치하는 순방향이었다.

이순신은 보고를 받고 즉시 닻을 올리고 울돌목으로 향했다. 이미 적선의 선봉대열이 통과하고 있는 시점이었다. 이순신 상선의 즉각적 포격으로 세키부네 3~4척이 격침되며 전투가 시작되자, 빽빽이 명량을 채운 적의 기세에 밀려 조선 수군은 겁을 먹고 뒤로 물러서기 시작했다. 그러나 이순신이 탑승한 기함은 계속 자리를 고수하며 부하들을 독려하며 약 40분가량을 버텼고, 적의 진격이 소강상태가 되자 초요기를 올려 뒤로 물러나있던 중군장 미조항 첨사 김응함과 거제현령 안위를 진격해 오도록 한 뒤, 그들을 매우 다그쳤다. 두 사람의 배가 적진으로 공격하기 시작하고 안위의 군선으로 일본 수군의 공격이 집중되었다. 격전의 와중에 이순신의 대포와 화공에 맞아 안위의 배를 둘러쌌던 적장선을 포함한 3척의 적선이 녹도만호 송여종과 평산포 대장 정응두의 포격으로 바다에 빠졌는데 이 광경을 보고 있었던 이순신 기함에 탑승하고 있던 항왜 준사(俊沙)가 "저기 그림무늬 붉은 비단 옷을 입은 자가 바로 적장 마다시(馬多時, 구루시마로 추정)다"라고 알렸다.

이순신은 물 긷는 병사 김돌손을 시켜 즉시 마다시를 끌어 올릴 것을 명했다. 갈고랑쇠에 낚여 배 위로 끌려 올라온 적장 구루시마 미치후사는 곧바로 토막 내어졌으며 조선 수군의 사기는 급격히 올라갔다. 반면에, 전투 중에 지휘관이 적군에 의해 참수되고 토막 난 것을 본 일본 수군의 사기는 떨어졌다.

일본군에게 또 하나의 악재로, 오후 12시 경이 되자 점차 조류의 방향이 바뀌기 시작하였다. 이번에는 조류의 방향이 조선 수군에는 순조(順潮)가 되고 일본 수군에 역조(逆潮)가 되어, 일본 수군에게 대단히 불리한 상황이 조성되었다. 역류가 흐르는 상황에서 군선이 첨저선이었던 일본 수군은 배가 선회하려면 많은 공간이 필요했다. 그러나 좁은 해협에 많은 수의 전선을 끌고 왔던 일본 수군에게 급한 역류가 흐르는 상황에서 배를 운신하며 전열을 정비한다는 것은 매우 어려웠다.

이에 1킬로미터 가량 떨어져있던 전라우수사 김억추의 배까지 합세하여 10여 척의 전선이 모두 모인 조선 수군은 당파(충파)를 거듭했고, 일본 수군은 조류의 역조(逆潮)와 조선 수군의 당파로 인해 전혀 반격할 수 없었으며, 또한 군선이 많은 것이 오히려 독이 되어 군선끼리 서로 부딪히기 시작하였다.

이러한 혼란 속에서 군감 모리 다카마사는 바다에 빠졌다가 구조되었고 도도 다카토라는 부상을 당했다. 군감이 바다에 빠졌다가 구조되고, 총 사령관이 부상을 당한 것으로부터, 일본 본대도 큰 피해를 입었던 것으로 보인다.

결국 130여 척의 대함대를 10여 척으로 추격하는 형세가 되었고 일본 수군은 유시(酉時, 오후 5시~7시) 무렵, 물살이 느려지고 바람이 일본 수군 쪽으로 부는 것을 이용, 퇴각하였다.

5) 영화 〈명량〉에서 나오는 대사를 통해서 알아본
   이순신 장군의 리더십

(1) 1계명: love(사랑하라)

🏃 **"함께하니 좋구나."**

　전쟁이 끝나고 갑판 위에 앉아서 조선군 병사가 건넨 토란을 같이 드시면서 "함께 먹을 수 있으니 좋구나"라고 한다. 이것은 살아서 함께 음식을 먹을 수 있어서 좋다는 말도 되지만, 최고의 장군과 말단 졸병이 같이 음식을 나눠먹으면서 격이 없이 나누는 대화라면 이는 분명 부하에 대한 무한한 사랑일 것이 분명하다.

🏃 **아들　이회: "왜 싸웁니까?"**
　이순신 장군: "의리다. 무릇 장수는 충을 따라야 하고, 충은 백성을 향해야 한다. 백성이 있어야 나라가 있고, 나라가 있어야 임금이 있는 법이다."

　전투에 나가기 전 아들이 육군에 편입하고, 낙향할 것을 권고하는 장면이 나온다. 임금인 선조에 대한 원망으로 가득 차 있을 때 위와 같이 말씀하셨다. 이는 백성에 대한 사랑을 나타난 대사이다. 리더는 그 구성원을 사랑해야 하는 것이다. 장수는 백성에 대한 사랑으로 가득 차 있어야 한다는 말씀이다. 사랑을 의리로 표현하였지만 그 의리는 백성에 대한 사랑이라는 것을 알 수 있다. 전쟁의 끝에 그 사랑을 목숨으로 되갚는 백성들을 볼 수 있다.

☝ "이보게들… 이 잔 받으시게… 내 술 한잔 받으시게."

이순신 장군도 전쟁 전에 인간적인 두려움이 왜 없었을까?

베테랑인 운동선수도 경기 전에 긴장하는 것은 당연한 일이다. 이 긴장 속에서 잠깐 눈을 붙인 사이 꿈에 먼저 전사한 전우들이 나타났을 때 잔을 권하는 모습에서 전우들에 대한 사랑을 느낄 수 있었다. 사람이 사람을 사랑하는 데는 아무 조건도 아무 대가도 없어야 한다. 술 한 잔으로 사랑을 표현한 감독이야 말로 정말 천재라고 생각이 된다.

(2) 2계명: endless learning(끊임없이 공부하라)

전쟁 전에 울돌목에서 파도의 대한 흐름과 그 시간 및 시기 등을 모두 면밀히 노인과 안희 장군과 같이 가보고, 마지막으로 홀로 그 울돌목에 다시 가서 확인하는 자세는 리더십에서 끊임없이 공부하라는 계명에 맞는 장면이다.

끊임없이 공부하는 자세야 말로 혁신(innovation)에 첫걸음이다. 같이 간 노인과 안희 장군도 알지 못하는 대조기의 물살의 흐름을 예측하고, 끊임없이 연구하는 모습은 21세기 리더가 갖춰야할 덕목임에 틀림없다.

(3) 3계명: action(실천하라)

🏃 **"한 사람이 길목을 지키면 천 명도 능히 두렵게 할 수 있다."**

왜군에게 겁을 먹은 군사들에게 병법에 나오는 글귀를 선포함으로써 실천력을 강조한 것이다. 한 사람이 본인의 맡은 바 소임을 완수해 냈을 경우에는 전쟁에서 승리를 할 수 있다는 것이다. 현대의 조직에서도 마찬가지다. 한 사람 한 사람의 임무를 소홀히 하고 실천하지 않을 경우에는 그 조직은 오래가지 못한다.

🏃 **"놔둬라. 대장선만 앞으로 진격한다."**

울돌목으로 전투를 떠났을 때 왜선이 많은 것으로 보고 다른 현령의 배가 뒤로 후퇴하여 부장이 초요기를 띄워 후퇴한 아군을 부르려 하자 이순신 장군이 한 대사이다. 이 대사에는 이미 조선군의 사기가 많이 떨어져 있음을 간파하고, 대장선만으로 전투를 준비하여 솔선수범하여 전투에 임하는 것을 보여줌으로써 두려움을 용기로 바꾸게 하기 위해서 한 대사일 것이다. 솔선수범이야 말로 실천력의 가장 큰 요소라고 생각된다.

(4) 4계명: determination(결단력을 가져라)

🏃 **"죽고자 하면 반드시 살 것이요,**
살고자 하면 반드시 죽을 것이다(必死則生 必生則死)."

안위 장군 등이 싸움에 불리함을 알고 직접 이순신 장군을 찾아가 전쟁이 불가하며 훗날을 기약하자고 진언하자 모두 군영 앞으로 군사를 모이게 한 뒤 군영에 모두 불을 지르는 결단력을 보이며 하는 말씀이다.

군영의 불을 태우며 하는 대사의 전체를 써보면 다음과 같다.

"아직도 살고자 하는 자가 있다니 통탄을 금하지 못하겠다. 우리
는 죽음을 피할 수 없다. 똑똑히 봐라. 나는 바다에서 죽고자 이곳
을 불태운다. 살 곳도 물러설 곳도 없다. 목숨에 기대지 마라."

전쟁에 임하는 결연한 결단력을 엿볼 수 있는 대목이다. 이렇게 결단력으로 독버섯처럼 퍼진 두려움을 제거하려 했을 것이다.

🏃 "군율은 지엄한 것이다. 알겠느냐?"

오상구라는 탈영병이 먼저 간 이들의 시체를 보고 자신도 죽을 것이라는 두려움을 토로하자, 장군은 근엄한 말투로 "할 말 다 했느냐"라는 대사를 남기고 그 탈영병을 가차 없이 참수한 후 하신 대사이다. 백성과 자신의 군사를 지극히 사랑하는 이순신 장군이기에 아군의 사기를 위해서 탈영병을 군율에 따라 처벌하는 결단력을 내리게 된다.

🏃 "일자진을 펼쳐라! 닻을 내리고 전투준비를 서둘러라. 백병전을 준비하라! 충파를 한다."

이는 결단력의 극치이다. 그때그때 변하는 환경에서 빠른 의사결정 능력은 전쟁을 승리로 이끄는 리더의 핵심 가치이다. 처음부터 치밀한 계산을 가지고 전략을 전비한 결과이며, 전쟁에 임했을 때에는 그 전략대로 결단력 있는 대사를 하였다. 피섬 근처에 접근하자 바로 닻을 내리도록 명을 내려 전투준비를 시키는 대사도 나온다. 이 부분도 전체적인 판세를 읽고 그 환경에 맞춰 결단력을 보인 사례가 된다.

(5) 5계명: encouragement(격려하라)

🏃 **"니 이름이 무엇이냐? 니 아비의 것이다. 받겠느냐? 내 니 아비와 너의 이름을 잊지 않겠다."**

진정한 리더는 부하를 항상 격려한다. 질책보다는 격려를 더 많이 한 리더의 조직이 더 좋은 성과를 낸다는 보고도 있다. 위의 대사는 연락책으로 합류한 배수봉의 아버지 옷을 수봉에게 주면서 하는 말이다. 이는 전쟁에서 잃었던 부하 장수의 옷가지를 가지고 있는 것은 부하에 대한 무한한 사랑이며 격려이다. 이 옷을 아들인 수봉에게 보여주면서 아버지의 유품임을 밝힘으로 최선의 격려를 하고 있는 것이다. 이를 받아든 수봉은 자발적으로 충성하지 않겠는가? 어떤 대가도 없이 맹목적으로 충성할 수 있게 만드는 것이 바로 격려이다.

🏃 **"고맙소. 큰 힘이 되오." "수고 많았다."**

출정식 때 스님들이 전쟁에 나설 것을 청하자 "고맙소. 큰 힘이 되오"라고 말씀하셨는데 이 또한 격려가 담긴 대사이다. 백병전이 벌어졌을 때나 노 젓는 병사들이 지쳐 있을 때 스님들이 자발적으로 임하는 모습은 이런 격려에서 이뤄진 것이라고 생각된다.

아울러, 출정식을 준비한 병사 하나하나에게 "수고 많았다"라는 말씀을 하시는 모습은 리더가 갖추어야 할 격려 덕목을 보여준 예이다.

(6) 6계명: reaction(커뮤니케이션 능력을 가져라)

🏃 이순신 장군: "두려움은 적군과 아군에 구별 없이 나타난다. 적들도 나에게 두려움이 있을 것이다." "그 두려움을 용기로만 바꿀 수 있다면…"
아들　이회: "그 두려움을 용기로 바꿀 수 있는 비책이라도 있사옵니까?"
이순신 장군: "죽어야겠지. 내가."

자신을 희생해서라도 아군의 용기를 북돋을 수 있다면 자신의 몸도 희생하겠다는 것을 아들과 진지하게 커뮤니케이션하고 있다. 진정한 커뮤니케이션 자신의 의도를 충분히 표시하는 것이고 상대방으로 하여금 그 뜻을 알게 하는 것이다. 이는 리더가 가져야 할 덕목으로 구성원이 충분히 인지하고 행동할 수 있도록 커뮤니케이션 능력을 발휘해야 한다. 이순신 장군과 아들 이회와의 대화가 영화 내내 자주 등장하는데 고도의 커뮤니케이션 능력을 발휘하는 것을 알 수 있다. 아버지의 뜻을 알아가는 이회의 모습에서 이순신 장군은 커뮤니케이션 달인의 면모를 보여주게 된다.

마지막 대사인 "죽어야겠지. 내가"라는 대사는 많은 복선을 깔고 있다. 노량 해전에서 장렬히 전사하는 자신의 운명을 미리 간파한 것일지도 모른다. 왜 이순신 장군도 죽음에 대한 두려움이 없겠는가? 하지만 중요한 위치에 있는 리더는 반드시 죽어야 한다는 것도 표현하고 있는 것이다.

(7) 7계명: smart & soft(스마트하고 부드러움을 가져라)

🏃 "전군, 출정하라."

이 대사는 이순신 장군이 조선 수군이 출정할 때 하신 말씀이다. 하지만 보통의 영화나 드라마처럼 목에 핏대를 세워 출정하라고 명하신 것이 아니라 부드럽게 출정하라를 외치신다. 이는 부드러움을 뜻한다. 긴박한 전쟁 상황에서 오히려 목소리를 낮추는 것은 전쟁에서 승리할 수 있는 강한 자신감의 발로이다.

세계 최강의 프로들의 스윙을 보면 부드럽다. 부드러움은 강한 것을 이기는 것이다.

전쟁 끝자락에 구로지마와 대결에서 단 한수의 부드러운 칼놀림으로 단칼에 목을 베어버린다. 이는 부드럽지 않고서는 하지 못하는 것이다. 백전 무패의 이순신 장군이지만 부드러움이 없으면 이길 수 없는 싸움이었다.

(8) 8계명: honest(정직하라)

마지막 장면에서 아들 이회가 울돌목 소용돌이를 이용한 것이 계책이냐고 물었을 때 "천행이었다."라고 말함으로써 백성들이 자신을 구해 주었던 것을 말씀 하신다. 아들 이회가 놀라 되묻는데 그 질문에 "너는 회오리와 백성 중에 무엇이 천행이라고 생각하느냐"고 되묻는 말씀에는 백성에 대한 장군의 깊은 애민을 느낄 수 있다. 백성들이 구해 줄 것이라는 생각을 못했다는 것을 정직하게 고백하고 있다. 울돌목을 2번이나 직접 와서 관찰한 장군이기에 천행이라는 고백은 설득력이 떨어질 수있지만 그 순간에는 정직하게 말씀하신 것으로 생각된다.

실제 이순신 장군도 전투에서 승리한 날 밤 ≪난중일기≫에 '此實天幸(차실천행)' 즉, '이번 일은 실로 천행(天幸)이었다'라고 적었다.

(9) 9계명: insight(통찰력을 가져라)

🏃 **"두려움을 용기로 바꿀 수만 있다면**
그 용기는 백 배 천 배 큰 용기로 배가 되어 나타날 것이다."
실제 살육이 일어나는 전쟁에서는 냉철한 통찰력이 있어야한다. 전체 판세를 읽을 줄 하는 능력을 말한다. 이순신 장군은 현 상황에서 가장 필요한 것은 부하들이 느끼고 있는 두려움이라고 생각했다. 그 두려움을 용기로 바꿀 수 있는 통찰력은 과연 무엇이었을까? 그것은 바로 자신이 솔선수범하고 자신이 죽는 것이었다. 그리고 좁은 울돌목을 선택한 것이었다.

"장수된 자가 죽지 않았으니, 어찌 누울 수 있겠느냐"라는 말씀에서 전쟁을 준비하는 장군의 통찰력을 엿볼 수 있다.

🏃 **"지금 수군을 파하시면 서해를 돌아 전하께 들이닥칠까 신은 다만 그것이 염려되옵니다. 신이 살아 있는 한 적들이 감히 우리를 업신여기지 못할 것이 옵니다."**

이순신 장군이 현재 상황에 대한 통찰력을 발휘해 진심으로 선조에게 올리는 상소문을 올렸다. 사실은 이순신 장군의 통찰력은 많은 독서와 기록에 있다고 보아야 한다. 전란 중에서 꾸준히 ≪난중일기≫를 써 왔으므로 그 통찰력은 끊임없는 기록에 있다고 해도 과언이 아니다.

(10) 10계명: positive(긍정의 언어를 사용해라)

🏃 **"신에게는 아직 12척의 배가 남아 있사옵니다."**

'今臣戰船 尙有十二' 상소문에 나오는 글이다. 상(尙) 자가 긍정의 언어라는 것이다. 12척밖에 없다는 것이 아니라 아직도 12척이나 남아있는 절대 긍정의 언어를 사용하고 있다. 리더의 언어는 무조건 긍정적이어야 한다.

🏃 **"된다고 말하게." "네. 해 보겠습니다."**

백병 전투가 진행되고 있을 무렵 부하 장수에게 전하기를 화포를 모두 노 젓는 곳에 옮겨서 왜선에게 쏠 것을 명령하지만 부하 장수는 핑계를 대고 하지 못할 것 같다 말한다. 하지만 이순신 장군은 극한의 상황 속에서 긍정의 언어를 구사한다. "된다고 말하게." 이 말씀은 긍정의 극치를 보여준다. 리더의 긍정 언어는 부하들에게 무한한 역량을 발휘할 수 있는 능력을 부여하게 된다. 결국 화포를 모두 노 젓는 곳에 집중하게 되고 화포를 쏘아 왜선을 회오리 물살 속으로 몰아넣게 되었다. 이를 계기로 대장선이 건재함을 보여주게 되고, 이를 본 조선 수군의 사기는 최고조에 이르게 되었다. 뒤로 물러나 있던 다른 군선에게도 전쟁에 적극적으로 나서게 되는 동기를 부여하게 되었다.

즉, 리더의 절대 긍정의 언어 사용은 무한한 에너지를 만들어 생각보다 많은 성과를 이루게 된다는 것을 보여주고 있다.

(11) 잊지 말아야 할 리더십

이순신 장군의 리더십을 알아보았다. 하지만 여기서 놓치지 말아야 할 것은 민초들의 셀프리더십이다. 백성들과 전쟁에 참여한 병사들의 리더십은 헬퍼십(helpership)과 팔로워십(followship)으로 대별된다. 요즘 텔레비전 드라마에서는 주연배우 못지않게 조연배우에 관심이 더 크게 나타나고 있다. 즉, 진정한 2인자를 찾고 있는 것이다. 그동안 맹목적인 1인자만을 추구해 온 문화를 재조명하는 것으로 협력자의 중요성이 새롭게 인식되고 있다. 백성들의 노고와 전쟁의 참여한 병사들의 노력이 합해서 전쟁의 승리로 이끌었다는 것이 헬퍼십과 팔로워십의 핵심이다.

이순신 장군의 못지않게 백성들의 자발적인 셀프리더십인 헬퍼십과 팔로워십을 발휘하였기 때문에 명량 대첩에서 대승을 이루게 되었음을 잊지 말자.

6) 이야기를 마치면서

왜군의 계략에 의해 누명을 쓴 채 파면당하고 '원균'이 이끄는 수군의 대패로 삼도수군통제사에 재임명된 직후, 패배감에 사로잡힌 군사를 이끌고 절망의 위기에서 조선을 지켜야 하는 이순신 장군. 〈명량〉은 이순신 장군 생애 가장 고난의 시기와도 같았던 명량 대첩 직전의 이야기를 통해 23전 23승의 장수이자 한국 역사를 대표하는 영웅, 그 이면에 있는 이순신의 번민과 고뇌를 깊이 있는 시선으로 그려낸다. 육군으로 합류하라는 왕과 조정의 압박에도 불구하고 바다를 지키기 위해 홀로 전쟁을 선택한 신하로서의 갈등, 자신의 건강을 걱정하는 아들에게 "충이란 백성을 향해야 한다"며 전장으로 나서는 아비의 아픔, 마지막 거북선이 불타 없어지는 걸 보며 오열하는 장수의 슬픔, 죽음을 두려워하는 군사를 이끌기 위해 먼저 목숨을 걸어야 했던 리더로서의 결단과 외로움 등 영웅이기 이전에 한 명의 인간이었던 이순신의 처절한 모습은 〈명량〉의 강렬한 드라마를 관통하며 진한 연민과 감동을 만들어낸다. 그리고 130척의 왜군에 맞서 적진의 허를 찌르는 고도의 심리전과 독창적 전술을 발휘하는 전략가로서의 면모, 두려움을 용기로 바꿀 줄 아는 진정한 리더로서의 위용과 용맹함은 짜릿하고 통쾌한 카타르시스를 전한다. 외로움과 두려움에 포기하지 않고 불가능에 맞서 싸웠던 인간이자, 자신의 목숨보다 백성을 먼저 염려한 충신, 신념과 용기로 승리를 이끈 진정한 리더 이순신 장군을 묵직하면서도 진심 어린 시선으로 담아낸 〈명량〉은 현시대를 관통하는 공감대와 울림을 전한다.

진정한 리더는 첫째, 모두를 사랑해야 합니다.
진정한 리더는 둘째, 끊임없이 공부하고 연구해야 합니다.
진정한 리더는 셋째, 솔선수범하는 실천력이 있어야 합니다.
진정한 리더는 넷째, 결단력을 가져야 합니다.

진정한 리더는 다섯째, 격려하고 칭찬해야 합니다.

진정한 리더는 여섯째, 커뮤니케이션 능력을 갖춰야 합니다.

진정한 리더는 일곱째, 스마트하고 부드러움을 가져야 합니다.

진정한 리더는 여덟째, 정직해야 합니다.

진정한 리더는 아홉째, 통찰력을 가져야 합니다.

진정한 리더는 열째, 긍정적인 언어를 사용해야 합니다.

2. 백성을 위해서라면 용상이 아니라 목숨인들 아까우랴!

-혁명을 꿈꾸던 광해임금과 허균-

　조선시대라는 이름만 들어도 생각나는 것은 무엇보다 양반·사대부라는 특수 계층의 사람들이다. 그리고 우리는 양반과 사대부를 지배층이라는 막연한 의미로 이해한다. 하지만 원래 양반과 사대부는 다른 것이다.

　양반은 일반적으로 관제상의 문반과 무반을 지칭하는 말이다. 역사가 전하는 바에 의하면 국왕의 조회 때, 동쪽에는 문신들이 서고 서쪽에는 무신들이 자리했다고 한다. 그래서 동쪽의 문신들을 동반이라고 부르고 서쪽의 무신들을 서반이라고 지칭했는데, 동반과 서반을 한꺼번에 지칭할 때 양쪽에 있다는 의미로 양반(兩班)이 된 것이라고 한다. 즉, 문관과 무관을 함께 지칭했던 용어가 양반인 것이다. 그러나 권력을 가진 자들이 자신들에게 유리하게 모든 것을 만드는 것은 고대나 중세나 지금이나 마찬가지였다. 본래 양반은 문반과 무반의 직책을 가진 사람들이었으나, 점차 그들뿐 아니라 양반관료의 가족과 친족도 양반이라고 통용되면서 마치 양반이라는 것이 벼슬보다 신분을 지칭하는 말로 그 개념이 바뀌어 버린 것이다. 그리고 이것은 시간이 갈수록 자신들의 기득권을 지키기 위해 양반들 간의 폐쇄적 혼인관계로 더욱 확고해졌다. 양반 사회에 있어서 혼인은 자신들의 신분 유지뿐만 아니라, 훗날에는 자신들의 파당 유지에 중요한 역할을 했다. 혼인으로 결속된 그들은 재산을 상속시키는 것은 물론 양반이 지배층인 것처럼 세습될 수 있는 기틀을 마련했다. 한 번 양반이 되면 반역 같은 대죄를 범하지 않는 한 재산과 노비를 자손대대로 상속할 수 있는 특권이 주어졌다. 양반이라는 개념이 벼슬보다는 신분으로 인식되면서 특권층이 되고, 그들은 양반이라는 신분 아래서 자신들 간에 파당을 만들기 시작했다. 파당에 의한 결혼과 결속 역시 일반 평민이나 노비들은 당연히 꿈도 꿀 수 없었던 일이고 양반들이 자신들의 이익관계를 위해서 만든 것이었다.

반면에 사대부라는 것은 문관 4품 이상을 대부(大夫), 문관 5품 이하를 사(士)라고 한 것에서 나온 명칭이라고 한다. 특히 송나라 대에 과거출신의 문신 관료들을 구별하는 데에서 유래한 것으로 일반적으로 사회적인 지식 계층을 의미한 것이라고 한다. 이들은 왕족이나 훈척 혹은 개국공신이나 반정 등에 공을 세운 훈구세력과는 다르게 과거를 통해 입시한 계층을 지칭하는 말이었다. 고려 말에는 신진 사대부 계층이 급성장한 시기로 정몽주·정도전 등이 대표적인 학자들이었다. 그들이 중앙관직에 나서서 능력을 바탕으로 급성장하였고, 당연히 기득권 세력인 훈구세력과 공공연히 마찰을 빚기도 했다. 결국 그들은 이성계라는 무인 세력과 손을 잡고 새 왕조인 조선을 세웠다.

그러나 자신들이 훈구세력을 부패한 세력으로 여기고 몰아낸 사대부들은 어땠는가? 그들이 권력을 잡자 그들 역시 자신들의 권력을 지키기 위해서, 그들이 그렇게 싫어하며 마찰을 빚던 훈구세력의 작태를 이어받아 그대로 할 뿐이었다. 자신들이 앞서서 권력을 지키기 위해 부패를 일삼았다. 그 결과 조선 성종은 다시 새로운 사람을 등용하지만 그들 역시 자신들이 권력을 잡기 위해 사화와 당쟁을 일삼는 꼴만 연출할 뿐이었다.

양반이나 사대부가 엄밀히 말하자면 다른 의미지만 이런 추태를 반복하다가 결국 같은 의미로 통용되어, 그들은 지배층이고 자기들 마음대로 사람인 노비까지 세습하고 자신에게 속한 노비는 죽여도 상관이 없는 지배계급을 대표하는 단어가 되어버린 것이다.

그렇다면 도대체 양반·사대부의 수가 얼마나 많았기에 그렇게 무소불휘의 권력을 휘두를 수 있었다는 말인가? 안타깝게도 아주 적은 숫자라는 것이다. 물론 구한말에 다가서면서 양반이라는 것도 팔고사고 하는 바람에 많이 증가하기는 했지만, 조선 중기 장희빈이 춤추는 치마폭에 휩싸여 붕당정치의 최고 정점을 찍게 했던 숙종(재위: 1674~1720년) 때 양반은 약 9%, 평민은 약 54%, 노비가 37%였다는 것이 일반적인 학설이다. 그러나 이것도 중기의 일이지 초기에는 훨씬 적었을 것이다. 태종 때 천민의 수를 줄이고 양인의 수를 늘이기 위해서 양인의 아버지와 천민의 어머니 사이에서 태어난 자식은 양인으로 인정한다는, 종부법을 실행한 것만 보아도 알 수 있다. 엄연히 신분제도가 있는데 천민을 줄이고 양인을 늘이고자 했다면 그것은 백성전체의 수에 비해 상대적으로 양반의 비율이 너무 낮다는 것을 실감했기 때문일 것이다.

태종이 몸소 나서서 종부법을 명할 정도라면 실제 조선초기의 양반의 수는 중기의 그것에 훨씬 못 미쳤을 것임은 두말할 나위도 없는 것이리라.

"하늘이 백성을 낼 때에는 본래 천구(賤口)가 없었다. 전조(前朝)의 노비(奴婢)의 법은 양천(良賤)이 서로 혼인하여 천인(賤人)을 멸시 하는 일을 우선으로 하여 천자(賤者)는 어미를 따랐기 때문에, 천구(賤口)는 날로 증가하고 양민(良民)은 날로 줄어들었다. 영락(永樂) 12년 6월 28일 이후 공사 비자(公私婢子)가 양부(良夫)에 시집가서 낳은 소생(所生)은 아울러 모두 종부법(從父法)에 따라 양인(良人)을 만들고, 전조의 판정 백성(判定百姓)의 예에 의하여 속적(屬籍)하여 시행하라."(조선왕조실록 태종 14년 6월 27일)

상기한 왕조실록의 기록만 보아도 양인이라는 것이 얼마나 많은 병폐를 저질렀는지 단번에 알 수 있다. 천민을 아내로 맞는 양인이 초혼일리는 없고 대개가 혼인하고 천민을 후처 내지는 노리개처럼 취급하다가 아이를 낳았을 것이다. 그런데도 불구하고 자신의 자식마저 양인이 아니라 천민으로 만들면서 자신들의 기득권을 지키려 했던 것이다.

10%도 안 되는 양반·사대부들이 90%의 백성을, 그중에서도 40%에 해당하는 노비를 금수처럼 부렸고, 그렇다고 평민도 양반 앞에서는 자유로울 수 없었으니 그 적폐는 이루 말할 수 없었던 것이다.

양반·사대부에 대해서 조금은 길고 자세하게 설명한 이유는 다른 것이 아니다. 흔히 훈구세력이라고 표현되는 기존의 권력층과 그들의 부패에 대해 신물이 난다고 하며 개혁을 외치던 신진 사대부들이 결국 자신도 그 자리에 서면 똑같은 추태를 벌이는 반복된 현상을 이야기하고 싶었던 것이다.

그렇다면 도대체 개혁은 누가 할 수 있다는 말인가? 그것은 두말할 것 없이 진정으로 백성을 사랑하는 자만이 개혁을 할 수 있다. 자신이 개혁을 하겠다고 앞장서다가 오히려 부정부패의 첨병이 되어버린다면 누가 백성들을 위해서 개혁을 할 수 있다는 말인가? 권력을 잡기 위해 백성을 위한 것이라는 핑계를 내세웠기에 자신이 그 자리에 앉으면 전자의 누를 그대로 범하는 것이지 진정으로 백성을 사랑한다면 어찌 그럴 수 있다는 말인가?

따라서 개혁의 주체는 백성을 사랑하는 이라면 누구든지 될 수 있다. 그러나 최종 의지는 그 시대 그 공간에서 최고의 권좌에 앉은 이에게 달렸다고 하는 것이 옳을 것이다. 아래에서 아무리 개혁을 하고 싶어 해도 위에서 한마디로 거절하면 그건 공염불이 되고 마는 것이다. 개혁을 해서 두루 잘사는 세상을 만들고 싶어도 최고 권력자가 거절하고 그 주변인들이 최고 권력자의 눈에 들기 위해서 아부를 떨면 나 혼자 독야청청해봐야 무슨 소용이랴 싶어 자신도 모르게 그 늪으로 빠져 들어가게 되는 것이다. 잉크에 손 담가서 손에 잉크 안 묻는 사람 없고 진흙에 발 담가서 발에 진흙 안 묻는 사람 없는 이치다.

진정으로 개혁을 원한다면 그 최고 권력자를 바꾸면 될 것 아니냐고 할 수 있지만, 역사상 개혁을 하려 했다가 아래 권력자들의 집단에 의해 밀려난 최고 권력자는 있어도 최고 권력자가 개혁을 안 해서 도태된 적은 거의 없다. 그 까닭은 단 한 가지다. 개혁을 하는 순간에 권력자들은 아주 작은 것을 내놓게 되는데 그들 스스로는 그것이 모든 것을 잃는 것이라고 생각하기 때문이다.

가진 자들에 의한 개혁이 그렇게 힘든 것이라면 비록 지금은 갖지 못한 이들이지만 개혁을 통해서 얻을 것이 있는 자들이 개혁을 하면 될 것 아니냐고 물을 수도 있다. 그러나 그것은 아주 잘못된 말이다. 수많은 민중이 원하는 것을 얻기 위해서 가진 것 없는 자들이 뭉쳐서 들고 일어나는 것은 개혁이 아니라 혁명이다. 개혁은 가진 자가 사회의 점층적인 변화를 통해서 더 좋은 사회를 구현해 나가기 위해 실행하는 것이다. 가진 자들이 자신이 가지고 있는 것을 나누려는 마음의 준비가 되었을 때 개혁은 가능한 것이다. 당연히 가진 자들과 함께 당대의 최고 권력자가 나선다면 이루어질 수 있는 것이다.

하지만 최고 권력자가 나선다고 반드시 개혁이 이루어지는 것도 아니다. 최고 권력자가 아무리 개혁을 하고 싶어도 그 아래에서 자신들이 가지고 있는 권력과 부의 끈을 빼앗길까 두려워서 반대하고, 훼방을 놓고, 심지어는 최고 권력자를 권좌에서 몰아내거나 죽이기까지 하는 경우도 다반사였다. 바로 조선시대에 이 나라의 백성들을 위해 개혁을 하려다가 쫓겨나거나 죽은 왕들이 그 증거다. 그 대표적인 세 분의 임금은, 시대 순으로 들자면, 광해임금(光海王)과 효종(孝宗), 그리고 정조(正祖)다.

시대 순으로 가장 앞섰던 광해임금 이야기부터 해 보겠다.

광해임금은 조선 제14대 왕 선조의 뒤를 이어 서자출신으로 왕이 되었기에 서출의 설움을 누구보다 잘 알고 있었다. 그리고 비록 서자라해도 그 재능이 출중하기 그지없다는 것을 보여준 홍길동이 주인공인 《홍길동전》을 쓴 허균과 아주 가까운 사이로, 사람의 능력은 신분이 아니라 그 개개인의 타고난 능력과 노력에 의해 결정된다는 것을 알고 있던 임금이다. 신분을 타파해서 정말로 능력 있는 백성들을 중용하기 위해서 국왕이 스스로 혁명을 계획하고 허균에게 그 모든 것을 맡긴 왕이다. 허균 역시 자신이 《홍길동전》을 쓸 정도로 깨인 사상을 가진 사람으로서 당연히 광해임금의 명을 받들어 혁명을 준비하지만 기득권인 사대부가 그냥 놓아둘 리가 없다. 광해임금이 허균과 함께 꿈꾸고 실행에 옮기고자 했던 혁명은 실패로 돌아가고 허균은 저잣거리에서 능지처참을 당하는 것으로 막을 내린다. 그러나 혁명이 실패했다고 자신들이 가진 것을 빼앗으려던 왕을 양반·사대부들이 그냥 놓아둘 리가 없다. 결국 인조반정으로 광해임금은 자리를 내놓고 제주도로 귀양을 가서 그곳에서 생을 마감하게 되는 것이다.

전에는 인조반정에 의해 쫓겨난 광해임금을 간단하게 폭군으로 매도하고 말았었는데, 국역으로 완간된 왕조실록을 바탕으로 재연구를 한 결과 광해임금을 새로 조명하는 이유가 바로 이것이다. 그는 폭군이 아니었다. 그는 백성을 너무 사랑해서 자신의 모든 것을 백성들 앞에 내놓은 왕일뿐이다.

역사를 보는 눈은 마치 동전의 양면을 보는 것과 다를 바가 없다. 인생사 모든 것의 음양이 있고 프로스트의 시구처럼 가지 않은 길이 있듯이 역사 역시 어느 면을 보느냐에 따라서 그 밝고 어두움과 잘잘못이 달라진다. 사람이라는 것은 본디 감정을 가진 동물적인 습성에 이성으로 판단할 줄 아는 신적인 습성을 겸해 가지고 있는 덕분에 자신이 택해서 본 단면을 가지고 자기 나름대로 판단하고 잘잘못을 단정할 뿐만 아니라 때로는 잘못된 판단으로 인해서 흥분하고 마음 상하기도 하는 것이다. 그러나 역사를 보는 눈은 그렇게 단순해서는 안 된다. 역사를 옳게 보기 위해서는 그 양면을 모두 보아야 한다. 특히 역사상의 인물에 대한 평을 내리기 위해서라면 더더욱 신중해야 한다. 아무리 훌륭한 인물이라도 나름대로는 다 실수를 하고 잘못도 하기 마련이다. 다만 보통 사람이 저지른 잘못이라면 그냥 넘어 갈 수 있는 일도 적어도 역사상에 남은 인물이라면 그냥 넘어가 주지 못한다. 또 그 인물의 잘한 것을 들추기보다는 잘못한 것을 들추는 것이 일반적이다. 그리고 그 행동의 잘잘못이 어떤 집단의 이익과 결부된 것이라면 반대하는 쪽에서는 당연히 잘못된 부분만 부각시켜 그 인물을 도태시키려 한다는 것쯤은 누구라도 알 일이다.

요즈음 한창 재조명을 받고 있는 광해임금을 이야기하려 하면서 이렇게 장황하게 이야기한 것은 광해임금이야 말로 역사상으로 양면을 모두 가진 왕 중 한 분일뿐만 아니라 그분으로 인해서 양반·사대부들이 자신들이 가진 권력을 잃게 될 것이기에 그분을 희대의 패륜아로 몰아세웠다는 것을 강조하고 싶어서다.

우리는 광해임금이 인목대비를 폐위시킨 패륜아라서 인조반정에 의해 몰려난 것으로 이해하는 것이 통상적이다. 인목대비는 선조의 계비로 영창대군의 친어머니이지만 광해가 즉위하기 위해서는 당연히 정실부인인 중전의 양자가 되는 것이기 때문에 그의 친어머니가 되기도 하는 것이다. 그런데 인목대비를 폐위시켰으니 패륜아로 몰리는 것도 당연한 일이라고 할 수도 있다. 그러나 왜 인목대비를 폐위시켰는지 그 속사정을 알게 된다면 단순히 패륜아로 몰아붙일 일은 아니다.

선조(宣祖)는 중종의 손자이며, 덕흥대원군의 셋째 아들이고, 비는 의인왕후이며, 계비는 김제남의 딸 인목왕후(仁穆王后)이다. 선조는 명종의 사랑을 받았으며 성장하자 하성군(河城君)에 봉해졌고, 1567년 명종이 대를 이을 대군(大君)이 없이 죽자 즉위하였다. 선조가 많은 군(君)들 중에서 왕이 될 수 있었던 까닭을 전하는 야사가 있다.

대군이 없던 명종이 어느 날 군들을 모아 놓고 면류관을 써 보라고 했다. 다른 군들은 면류관이 주는 매력에 너도 나도 앞다퉈 써보는데 선조만은 쓰지 않았다. 명종이 그 이유를 물으며 써 볼 것을 권했으나, "감히 지존의 면류관을 어찌 함부로 쓸 수 있느냐?"고 하면서 면류관을 쓸 것을 극구 거부했다고 한다. 어린 나이에 호기심도 동하련만, 지존에 대한 선조의 태도에 명종은 감복했고 그때부터 선조를 눈여겨보았다고 한다.

선조가 임진왜란을 맞아서는 나약한 모습을 보였지만, 실제로 즉위 초년에는 오로지 학문에 정진하여 매일 강연에 나갔고 밤늦도록 독서에 열중하여 제자백가서 중에 읽지 않은 것이 없었던 왕이다. 뿐만 아니라 훈구세력을 물리치고 사림들을 대거 등용하였다. 이황과 이이 등을 극진한 예우로 대하여 침체된 정국에 활기를 불러일으키고자 힘을 다하였다. 그 밖에 기묘사화 때 화를 당한 조광조에게 증직하는 등 억울하게 화를 입은 사림들을 신원(伸寃)하고 그들에게 해를 입힌 남곤 등의 관작을 추탈하여 민심을 수습하기도 하였다. 그러나 선조 대에 들어와 정국을 주도하던 사림들은 1575년(선조 8년)에 이르러 김효원을 중심으로 하는 동인(東人)과 심의겸을 중심인물로 하는 서인(西人)으로 분당되어 조선 당쟁의 씨앗을 만든다. 능력 있고 새로운 인물을 찾기 위해서 사림을 등용했건만, 막상 새로운 인물이라는 자들이 권력을 잡으니 자신들이 앞장서서 파벌을 만든 것이다. 그 시대나 지금이나 정치하는 이들의 비슷한 면면을 보는 것 같아서 씁쓸하기조차 하다.

아무리 왕의 신분이라고 해도 잘못 건드리면 자리 보존에 영향을 줄 수도 있는 훈구세력을 물리치고, 나라를 위해서 사림들을 대거 등용한 선조였지만, 자신이 적통이 아니라는 것에 대해 자신도 모르는 열등감을 항상 가지고 있었다. 얼핏 보기에는 그 당시에 왕족은 적자와 서자를 구분하지 않고 왕자라면 그것도 가장 나이가 많은 왕자라면 누구라도 왕이 될 수 있다고 생각할 수 있다. 하지만 그렇지 않다. 왕족에서도 아주 엄격하게 적자와 서자를 구분했다. 정비(正妃)의 자식들은 대군(大君)과 공주(公主)로 불렸지만 후궁(後宮)의 자식들은 군(君)과 옹주(翁主)로 불린 것이 그 대표적인 증거다.

그런데 선조의 나이 40세가 되던 해에 당시 서인이던 정철이 광해를 세자로 책봉할 것을 건의했다. 적자가 없던 선조로서는 그렇지 않아도 답답하던 차였지만, 같은 서자라면 자신이 총애하던 인빈 김씨의 아들 신성군을 세자로 책봉하려고 마음먹고 있는데 속도 모르는 정철이 나선 것이다. 결국 그 일로 정철은 유배를 가게 된다. 그리고 서인이 몰락하고 동인이 집권을 하게 되는 것이다. 그러나 집권한 동인도 서인 정철에 대한 논죄의 중과문제로 다시 남인과 북인으로 분열되었다. 그저 기회만 있으면 권력을 독식하려는 모습을 스스럼없이 노출한 것이다. 이로써 정계는 당쟁에 휘말렸으며 국력은 더욱 쇠약해졌다. 게다가 1590년 일본의 동태가 수상하여 통신사 황윤길과 부사 김성일 등을 일본에 파견해 그곳 동향을 살펴 오게 하였으나, 다음 해 돌아온 두 사람은 서로 상반된 보고를 하는 바람에 대책을 제대로 세우지 못하고 갈팡질팡하다가 1592년 4월에 임진왜란을 맞은 것이다.

임진왜란이 일어나면서 왕세자 책봉 문제가 거론되지 못했 으나, 부산진을 필두로 각 고을이 무너지고 왜군이 침략한 지 보름 만에 서울도 위급하게 되자 수성(守城) 계획을 포기하고 개성으로 물러갔다. 도성이 무너지자 다시 평양으로 퇴각했으 며, 임신상의 방어선도 무너져 의주로 피난하는 한편, 고급사 (告急使)를 명나라에 보내 원병을 요청했다. 그 와중에 신성군 이 피난길에 죽고 선조가 요동으로 망명할 것에 대비하여, 임 금을 대신하여 종묘사직을 받들고 본국에 머물러 나라를 다스 리는 소조정(小朝廷)을 만드는 즉, 분조(分朝)를 해야 할 상황에 처하자 선조는 어쩔 수 없이 광해를 왕세자로 책봉하였다.

우여곡절을 겪으며 분조 때문에 세자가 되었다고는 하지만 광해는 아버지 선조가 대신들을 이끌고 몸을 사리며 도망가기 에 급급한데 반해, 의병을 모집하고 군량을 조달하는 등 풍전 등화의 나라를 구하기 위해서 백성들과 하나가 되어 모든 것을 바쳤다. 그러나 광해는 평탄하게 왕위를 계승하지 못할 팔자였 던 것 같다. 1606년 인목왕후가 적손인 영창대군을 낳자 광해 를 불신하던 선조는 다시 영창대군을 세자로 책봉하여 왕위를 물려주려 하였고, 소북파의 유영경 등도 적통론을 내세워 영창대군 옹립계획을 세운 선조를 지지하였다. 그러나 이이첨 등 대북이 광해를 적극 지지하고 나섰고 1608년 지병이 악화된 선조는 어린 영창대군은 왕위를 계승할 수 없다는 것을 알고 광해에게 왕위를 계승시킨다는 교서를 내린 후 약밥을 먹다가 갑자기 체하여 승하하였다. 1608년 음력 2월 2일, 광해임금은 34살의 나이로 왕위에 올랐다. 광해임금이 즉위하자 영창대군을 내세웠던 소북파는 당연히 몰락할 수밖에 없었다.

즉위한 광해임금은 바로 생모인 공빈 김씨를 공성왕후로 추존하고 유영경의 세자 교체 기도에 대해 적극적으로 반대하고 나서서 자신의 세자 자리를 지켜주어 즉위하게 한 이이첨 등의 대북파를 중용하는 한편 당쟁의 폐해를 알고 억제하기 위해서 남인인 이원익을 영의정에 등용하고 남인계 인사들을 일부 등용하여 당쟁을 수습하려고 노력했으나, 이미 최고 권력을 손아귀에 넣은 대북파의 강력한 반발로 별다른 성과를 거두지 못하였다.

또한 외교적으로도 대단한 수완을 발휘하여 명나라와 후금이 전쟁을 하면서 명나라가 원병을 청하자 명나라를 돕되 적극적으로 돕지는 말고 형세를 보아 향배(向背)를 정하라는 당부를 친히 하는 등, 명과 후금 두 나라 사이에서 탁월한 양면 외교정책을 실시하였다. 그러나 그 모든 것이 명나라 알기를 하늘처럼 아는, 사대사상에 흠뻑 젖어있는 서인과 유림들에게는 지탄의 대상이 될 뿐이었다. 백성들을 사랑하기에 이미 임진왜란이라는 혹독한 전쟁을 경험한 광해임금으로서는 어떻게든 이 나라가 전란에 휘말리지 않게 하려는 의도가, 명에 의

지해 권력의 끄나풀을 놓치지 않으려고 발버둥치는 양반·사대
부들에게는 눈엣가시 같았다.

　광해임금은 임금이 되면 어떻게 백성들을 다스리는 것이 옳
은 것인지를 이미 분조를 통해서 경험한 왕이다. 전쟁 중에 나
라를 구하기 위해 백성들과 힘을 합쳐서 일하던 것과 전쟁이
끝나고 양반·사대부들이 둘러싼 조정에서 그들의 말만 듣고
정사를 돌본다는 것이 얼마나 현실성이 없는 것인지를 피부로
느낄 수 있었다. 자신이 미복잠행을 통해서 보고 들은 백성들
의 현실과 중신들의 입을 통해서 듣는 백성들의 삶은 너무나
도 딴판이있다. 도내체가 중신들을 믿고 정치를 할 수 없었다.
그때 광해임금이 의지할 수 있는 중신이 딱 한 사람 나타났다.
바로 ≪홍길동전≫을 쓴 허균이다.

　허균은 1610년(광해군 2년) 10월 전시(殿試)의 대독관(對讀
官)의 한 사람이 되어 과거 답안지를 채점하면서 자신의 조카
와 조카사위를 합격시켰다는 혐의로 사헌부에서 탄핵 당했다.
그러나 허균을 사랑하던 광해임금은 허균이 절대로 그럴 사람
이 아니라는 믿음이 있었기에, 탄핵에 응하지 않았다. 그러나
11월 내내 사헌부와 사간원에서 수십 차례 탄핵하는 바람에
어쩔 수 없이 조치를 내리지 않을 수 없었다. 결국 허균은 42
일간 의금부에 갇혀 지낸 후 12월에 전라북도 익산군 함열(咸
悅)로 유배되었다. 그러나 허균은 자신이 유배를 지냈던 시간
을 헛되이 쓰지 않고, 학동들을 데려다 가르치는 한편, 글을 써
서 1611년(광해군 3년) 문집 ≪성소부부고≫ 64권을 엮었고

1612년에는 최초의 한글 소설인 ≪홍길동전≫을 저술했다. 그가 ≪홍길동전≫을 저술한 이유는 두 가지다. 첫째는 서출의 몸으로 왕이 된 광해임금의 즉위의 타당성을 주장하기 위한 것이다. 서출이라도 능력이 있는 자는 얼마든지 그에 부합하는 자리에 앉을 수 있다는 것이다. 그러나 그것이 비단 왕뿐만 아니라 일반 백성에게도 당연히 해당된다는 것을 서출이라는 홍길동을 통해서 우회적으로 표현한 것이다. 즉, 신분은 아무 쓸모도 없는 하나의 껍데기일 뿐 정말로 중요한 것은 그 사람의 됨됨이와 능력이라는 것을 주장한 것이다. 그 당시로서는 상상도 못할 주장을 담은 것이다. 양반·사대부들이 자신의 밥그릇 지키기에 여념이 없어서 행여 누군가가 자신의 영역을 넘볼까 두려운 터에 자기 스스로 양반이면서 그런 발상을 하고 글을 쓴다는 것은 상상도 못할 일이었다.

허균이 그런 사상을 갖게 된 데에는 그가 지닌 창작에 대한 열정과 사상이 그를 자유롭게 한 점도 있지만 그 이전에 아버지 초당 허엽의 영향도 크다. 초당은 강릉군수 시절에 백성들이 농사를 지어 팔던 콩이 당시에는 쌀에 비해 너무 싼 값에 팔리는 것을 안타까워한 나머지, 초당 맑은 물로 두부를 만들어 팔게 함으로써 백성들의 수입을 증진시키는 데 앞장선 사람이다. 그런데 그가 두부를 만들어 팔게 한 것을 두고 지방 수령이 장사를 했다는 누명을 써 파직을 당하기도 했다. 그럼에도 불구하고 허엽은 자신의 호를 초당이라고 할 정도로 백성들의 삶의 질을 높이기 위해 노력하면서 초당두부의 판매를 위해서 노력한 관리다. 어려서부터 그런 아버지 밑에서 자라

다 보니 백성사랑이 유별나고 자유로웠다. 그는 당시의 조정
이 오로지 유학을 받드는 것을 잘 알면서도 자유롭게 절에 드
나들며 참선을 하면서 자신의 정신자세를 새롭게 가다듬기도
하고 인간 됨됨이가 된 사람이라고 판단하면 천민이든 서자든
누구든지 주변 눈치에 상관하지 않고 교분을 맺고 친하게 지
내면서 학문과 인생살이를 논하곤 했다.

그런 허균이기에 주변의 양반·사대부들이 곱게 볼 리가 없
었다. 자신들이 점유하고 있는 신분이라는 틀에 누군가가 발을
들이는 것을 금기로 여기던 시대에 용납될 수 없던 것이다. 임
진왜란 때 승병들이 목숨을 걸고 왜적을 물리친 것은 공이 아
니라고 생각했던 양반들이다. 나라가 위험할 때 백성들이 나서
서 구하는 것은 당연한 것으로, 승병이든 의병이든 나라를 구
한 것은 구한 것이고 전쟁이 끝난 후에는 각자 자신들이 맡은
일을 해서 양반·사대부들이 존재하게 하는 것이 나라를 존재
하게 하는 것이라는 묘한 논리를 가졌던 그들이다. 백성들은
단지 나라와 양반·사대부들을 위한 도구였던 것이다. 무슨 일
을 하든지 간에 입으로는 백성들과 나라를 위해서라고 했지만
실제는 자신들의 붕당과 자신들이 가지고 있는 기득권에 손해
가 되는가 아닌가를 먼저 따졌던 그들이다. 그런 그들에게 허
균의 백성사랑 사상이 눈엣가시처럼 보일 수밖에 없었다.

그러나 광해임금이 보는 허균은 달랐다. 특히 허균이 자신
이 어떤 일을 당할지 빤히 알면서도 ≪홍길동전≫을 써서 발
표한 것을 보고 광해임금은 감탄을 금하지 못했다. 홍길동이
서자인데도 불구하고 그를 영웅으로 묘사했다. 광해임금 자신

이 서자인 까닭에 양반·사대부들이 드러내 놓고 비판을 하지 못하지만 서자를 영웅으로 묘사해서 신분차별이 없는 새로운 왕국을 세운 이야기를 쓴다는 것은 자칫 잘못하면 역모를 꿈꾸는 사람으로 몰릴 수도 있는 일이다. 그럼에도 불구하고 허균은 그런 이야기를 썼다. 그것도 유배지에서 쓴 것이다.

《홍길동전》을 펴내고 유배에서 풀려난 광해임금이 허균을 불렀다. 허균의 진짜 속내를 알고 싶어서다. 그가 단순히 서자인 자신이 왕이 된 것을 합리화시켜주기 위해서 《홍길동전》을 쓴 것이 아니라는 것과 백성에 대한 사랑을 짐작은 하고 있었지만, 거사를 위해서 직접 확인해 보고 싶어서였다.

"홍길동이 정말 그리도 뛰어난 사람이라는 말이오? 그가 서출임에도 불구하고 그리도 뛰어난 사람이라면 지금도 서출들 중에 그리 뛰어난 사람이 또 있을 것 아니오?"

"본디 사람은 날 때부터 그 신분이 주어지는 것이 아니라 하옵니다. 전하께서 보위에 오르신 다음 해에 소신이 명나라 사절단 수행원으로 북경에 다녀오지 않았사옵니까? 그때 그곳에서 천주학(天主學)이라는 것을 가르치는 신부(神父)라는 사람을 만났사옵니다. 그리고 그분에게서 서적 몇 권을 얻어 왔는데, 그 서적들에 의하면 인간은 본디 날 때부터 평등하다고 되어 있었사옵니다. 서양이라는 곳에서는 이미 천육백 년 전에 하늘님의 아들이라 일컬어지는 예수라는 분으로부터 그런 운동이 일어났사옵니다. 아울러 인간은 태어날 때의 신분이 아니라 그 능력으로 평가받아야 한다고 했사옵니다. 사람은 태어날 때부터 각 개인의 인권과 하늘님이 부여하신 존엄성을 가지고 태어나는 것인데 인간이 다른 인간의 존엄성을 훼손하면 안 된다고 했사옵니다. 하늘님 앞에서의 인간은 모두가 평등하다는 것이옵니다. 그리고 그것은 단지 서양의 사상이 아니옵니다. 우리 조선에도 지금은 입 밖으로 내는 것을 금해서 그렇지 이미 선왕전하 때 죽도(竹島) 정여립(鄭汝立)이 일을 도모한 적이 있지 않사옵니까? '천하는 공물(公物)인데 어찌 정해진 주인이 있겠느냐'는 '천하공물설(天下公物說)'과 '누구라도 임금으로 섬길 수 있다'는 이른바 '하사비군론(何事非君論)'을 주장한 적이 있사옵니다. 이것은 바꿔 말하자면, 열심히 일하는 자만이 재물을 차지할 자격이 있고, 백성은 자신늘을 사랑하는 사람을 임금으로 받들 권리가 있다는 말이옵니다. 다만 정여립이 다가올 임진왜란을 예견하고 대동계를 조직하여, 병사를 양성해서 임진왜란이 일어나기 전에는 호남지방을 침략하는 왜구들을 소탕하기도 했던 것이 역모를 위해 군대를 양성하는 것이라는 모함을 받아서 참수되고 말았지만, 그 사상은 동일 선상으로 볼 수 있는 것이옵니다. 태어날 때 누구의 자식으로 태어났느냐만 가지고 그 됨됨이와 능력을 평할 수는 없는 것이옵니다."

허균은 왕이 자신을 불러서 이런 이야기를 하는 이유를 이미 읽고 있었다. 다시 오지 않을 기회라는 생각에 큰마음 먹고 금기로 치부되고 있는 정여립의 이름까지 입에 올렸다. 만일 자신이 생각한 뜻이 아니라면 유배를 가거나 목숨을 잃을 수도 있다. 하지만 광해임금의 백성에 대한 사랑을 이미 알고 있는지라 이정도 이야기를 해야 광해임금이 자신 앞에서 속내를 훤하게 드러내 놓을 것이라는 생각에서였다.

"그렇지. 정여립이 신분에 얽매지 말고 서로 잘 살아나가자는 운동을 하려다 역모로 희생되었지. 좋소. 대감과 내가 힘을 합해서 그런 세상을 만들어 봅시다."

그날 이후로 허균과 광해임금은 상감이 주동이 된 혁명을 준비한다. 반상을 타파하고 노비와 천민의 신분을 없앰으로써 누구라도 능력이 있는 자라면 등과하여 자신이 할 수 있는 일을 하게 만들자는 것이다. 그러나 혁명이라는 것이 말처럼 쉽게 되는 것이 아니다.

정해지는 어느 시점에, 일거에 양반들의 손과 발을 묶을 수 있는 군사력이 필요하다. 그러기 위해서 이미 임진왜란 때 그 힘을 보여주었던 승군들의 도움을 받기로 했다. 허균은 참선을 위해 절에 드나들며 스님들과 교분이 두터운 터라 임금의 뜻을 전하고 동의를 구했다. 마침 스님들도 임진왜란 때 나라를 위해서 목숨을 바쳤건만 이렇다 할 보상도 못 받은 것에 솔직히 조금은 불만이 있었다. 하지만 속세를 잊기 위해 출가를 해서 백성들의 안위를 위해 부처님께 모든 것을 의지하고 있는 처지이기에 그런 불만 정도는 얼마든지 넘어갈 수 있었다. 그러나 도탄에 빠진 백성들을 구하기 위해 반상을 타파하고 노비와 천민을 해방시키려고 상감이 직접 나선다는 데에는 감복할 뿐이었다. 감복하는 것에서 그치지 않고 기꺼이 나서서 도와주기로 했다.

다음으로는 혁명을 뒷받침할 사상과 학문이 필요했다. 허균은 평소 친분을 맺고 지내던 강변칠우(江邊七友)가 그 방면에서는 적격이라는 것을 알고 있었다. 강변칠우는 단순히 서자라는 이유 하나로 관직에 나가지 못하는, 영의정 순(淳)의 서자 박응서를 비롯한 일곱 명의 서자들이 모여서 언젠가는 자신들의 재능을 알아 줄 날을 기다리며, 학문을 위한 학문이 아니라 실제 생활에 응용할 수 있는 실용주의적인 학문을 연마하고 있던 인물들이다. 그들 역시 허균의 제안을 순순히 받아들였다. 자신들이 당한 설움도 설움이지만 정말로 나라와 백성들을 위한 일이 무엇인지를 알고 있던 그들이다.

아주 극비리에 혁명은 서서히 그 막을 올리고 있었다.

혁명을 하는데 아무리 극비리에 한다고 해도 극비라는 것은 있을 수 없는 일인가보다. 그 당시 최고의 권력반열에 올라 있던 이이첨과 기자헌이 눈치를 채게 된다. 그러나 그들은 현직 국왕이 혁명을 하려고 한다면 그 누구도 인정하지 않을 것임을 아는 까닭에, 우선 강변칠우가 김제남의 사주를 받고 영창대군을 왕위에 올리기 위한 역모를 꾸몄다는 핑계로 그들을 옭아 넣으면서 허균을 함께 옭아 넣으려고 한다. 그러나 광해 임금이 허균은 강변칠우가 체포되던 당시 천추사로 명나라에 다녀왔다는 이유를 들어 끝내 그의 연루를 기각하고 만다. 앞서 말한 바와 같이 허균은 탄핵과 복직을 수도 없이 반복하였지만, 강변칠우 사건으로 인한 탄핵 주청은 이미 혁명의 꼬투리를 잡힌 것임을 직감할 수 있는 사건이었다. 이 사건이 영창대군을 지지하던 김제남 일파가 숙청당하는 계축옥사로 이어졌지만, 허균 입장에서 본다면 그것은 자신이 광해임금과 꾸미고 있는 혁명에 대한 확실한 증거가 없을 뿐, 북인들이 무엇인가를 눈치 채고 있다는 것을 부인할 수 없었다. 그렇다고 혁명을 하려던 것을 중도에서 멈출 수는 없는 일이었다. 허균은 속도를 더 내고 싶었지만, 아무리 왕이라는 큰 세력을 등에 업고 진행하는 일이라고 해도 혼자서 그 큰일을 도모하는 데에는 한계가 있었다.

허균은 자신이 선수를 쳐서 인목대비 폐위를 반대하는 기자헌을 제거하는 초강수를 두기로 했다. 그러나 그런 움직임을 아는 기자헌이 선수를 쳐서 소위 '흉격사건(兇檄事件)'을 만들어 낸다. 소성대비(인목대비)가 머무르는 경운궁에 흉서를 묶은 화살 즉, 흉격(兇檄)이 하나 떨어졌는데 익명의 이 흉서에는 기자헌을 중심으로 반정을 일으킬 것이니 대비께서 허락해 달라는 내용이었다. 기자헌 스스로 자신을 반정의 이름에 넣은 것이다. 그리고 그것은 자신을 모함하기 위해 누군가가 꾸민 일이며 자신이 영의정을 너무 오래하다 보니 그런 음모를 당한다고 하면서 영의정 직을 사임한다. 그러나 사임을 하면서 그냥 사임하는 것이 아니다. 그 흉서의 내용이 아주 훌륭한 명문장가의 글이라는 것을 강조하면서, 그것이야 말로 허균이 꾸민 역모라고 공공연하게 떠벌인다. 하지만 이미 모든 것을 알고 있는 광해임금에게 그런 말은 씨도 먹히지 않았다. 폐모론에 적극 나서는 허균이 인목대비의 허락을 득하고자 할 이유가 없다며 허균은 그 일에 관련이 없는 것으로 종결할 뿐만 아니라, 오히려 폐모론에 반대하던 기자헌이 유배를 간다. 기자헌을 유배한 것은 단순한 폐모론 때문만은 아니었다. 권력의 핵심에 있는 이들이 눈치 챈 것을 아는 허균과 광해임금이 본보기로 기자헌을 유배 보낸 것이다. 그러나 기자헌을 유배한다고 일이 잠잠해지지 않았다. 그의 아들 기준격이 그해 (1617년) 12월부터 허균이 역모를 꾸미고 있다는 상소를 끊임없이 올렸다. 본디 상소라는 것 중 역모에 관한 상소라면 진위 여부를 떠나 우선적으로 조사하는 것인데, 이미 모든 것을 알고 있는 광해임금으로서는 빨리 일이 잘 되기만 바라면서 나중에 조사하겠다고 미뤘다. 광해임금이 상소를 무시하면서 날짜가 지났지만, 혁명을 결행하기에는 준비가 부족하고 단순히 기자헌과 이이첨을 넘어 많은 이들이 혁명의 꼬투리에 대해 알기 시작할 즈음 허균은 어쩔 수 없는 용단을 내린다.

이대로 가다가는 광해임금이 친히 혁명에 가담한 것을 알게 되어, 가진 것을 잃는 것이 두려운 중신들이 반정을 하게 될 것임을 직감하게 된 것이다. 아무리 임금을 등에 업었다지만 반상을 타파하는 혁명은 역부족임을 절감했다. 허균은 더 이상 일을 끌고 가다가는 광해임금에게까지 화가 미친다는 확신이 들자 1618년 8월 10일 자신의 심복인 현응민에게 "포악한 임금을 치러 하남 대장군인 정아무개가 곧 온다…"는 내용의 벽서를 남대문에 붙이게 함으로써 혁명을 종결하고 광해임금의 안녕을 구하고자 한다. 그리고 자신은 8월 16일 그동안 자신이 저술한 서책들을 자신의 딸의 집에 옮겨 놓고 체포되어 8월 24일 향년 49세의 나이로 능지처참을 당하게 된다. 물론 죄목은 '역모'다.

얼핏 보기에는 광해임금과 허균이 함께 혁명을 도모했다는 것은 너무 큰 비약이 아니냐고 할 수 있다. 하지만 조선왕조실록을 자세히 보면 충분히 그럴 가능성이 있다. 허균의 역모에 대해 기준격이 무려 9개월 동안 상소했음에도 광해임금은 전혀 반응이 없었다. 그리고 허균 스스로 체포되기를 결정하여 측근으로 하여금 격문을 붙이게 하는데도 바로 체포하지 않는다. 허균이 모든 것을 정리한 8월 16일에야 체포하고, 체포된 지 일주일 만에 역모의 배후도 밝히지 않은 채 능지처참을 한다. 이것은 사전에 어떤 교감이 없었다면 당시 사회적인 상식으로는 있을 수 없는 일이다. 단지 광해임금이 허균을 사랑했다는 이유만이 아니라 광해임금이 유독 백성들을 사랑한 까닭에, 백성들의 밥그릇마저 **빼앗기** 위해 앞장선 서인들에 의해 인조반정으로 왕위를 잃은 것만 보더라도 충분히 유추해 볼 수 있는 일이다.

3. 백성들이 농사지을 땅을 마련해 주기 위한
유형원의 《반계수록》과 효종

효종은 광해임금과는 좀 애매한 관계다. 아버지 인조가 반정으로 광해임금을 몰아내고 왕이 된 후 형인 소현세자가 뒤를 이어야 했지만 소현세자가 아버지 인조에 의해 독살을 당하고 나서 그 뒤를 이었으니 좀 그런 관계다. 하지만 효종은 나름대로 확고한 개혁의 의지가 있었고 그것을 실현했던 왕 중 하나임에는 틀림이 없다. 다만 한 가지 효종의 개혁의지는 그 스스로의 뜻이라기보다는 형인 소현세자의 뜻을 받들었다는 것이다. 병자호란으로 인한 굴욕의 삼전도 삼배구고두례 이후 두 왕자가 함께 청나라에 볼모로 가서 생활하면서 형인 소현세자의 세상을 보는 혜안과 용맹에 감탄하던 효종이 형이 청나라에서 자신과 상의하던 미래통치에 대한 구상을 실현으로 옮겼던 것이다.

형이 왕이 되면 이리하고 싶다고 했을 때 효종은 당연히 자신은 왕위에 오를 것이라고 생각하지 않았던 터라 형과 의견을 나누는 입장이었을 뿐 자신의 통치를 위한 구상은 없었다. 다만 형에 대한 조언자로의 역할을 충실히 하는 것이 자신이 할 임무의 전부라고 생각했었는데 형이 급사를 하게 되자 형의 뜻을 이어 자신이 통치했던 것이다.

그렇다고 효종의 개혁이 자신의 의지가 전혀 없었다는 것은 아니다. 다만 효종의 개혁은 소현세자의 의지와 함께 표현되었다는 것을 밝힐 뿐이다. 효종 역시 이 나라 백성들을 사랑했기에 왕이 된 지 10년 만에 46세의 젊은 나이로 세상을 떠난 비운의 왕이다.

반계(磻溪) 유형원(柳馨遠)을 백과사전에서 검색하여 그것들을 조합하면 다음과 같이 나온다.

1622년 음력 1월 21일 외가인 한성 소정릉동(지금의 서울 정동)에서 성호 이익의 종조부인 이지완(李志完)의 외손자로 태어났다. 18세에 결혼을 하고 1654년 진사시에 급제했지만, 당시 과거제의 폐단이 극심한 것을 보고 이후 다시 과거에 응시하지 않았다. 1653년(효종 4년) 가족과 함께 전라도 부안에 옮겨 경독(耕讀)하는 한편 저작에 힘쓰고 이상적 세상을 건설하려는 이념에 몰두하며, 전라북도 부안군 우반동(愚磻洞) 변산의 산자락에 '반계서당'을 짓고 32세에서 49세까지 《반계수록(磻溪隧錄)》을 저술하였다. 그가 저작한 《반계수록》 스물여섯 권에는 그의 사상과 이념, 이상 국가 건설의 구성이 실려 있으며, 1770년(영조 46년) 영조의 특명으로 간행되었다. 경제(經濟)의 실학(實學)에 연구가 깊어 당시 이름이 뛰어났다. 1673년 음력 3월 19일 52세의 나이로 사망하였다.

반계에게는 항상 무엇보다 먼저 조선 중기의 실학자라는 해설이 뒤따른다. 우리는 흔히 실학이라고 하면 정약용을 비롯한 실학파, 즉 박지원과 박제가, 유득공, 이덕무 등을 연상하게 되는데 그들보다 무려 1세기 이상을 앞서 살았음에도 실학자로 분류되는 것이다. 그것은 바로 ≪반계수록≫이라는 불후의 명작이 그의 이름 앞에 실학자라는 영예로운 팻말이 따라다니도록 만들고 있는 것이다.

≪반계수록≫은 반계가 과거 응시를 단념하고 17년에 걸쳐 지은 것이다. 내용의 혁신성 때문에 오랫동안 공간(公刊)하지 못하다가, 1770년(영조 46년)에 영조의 명으로 이미(李瀰)가 간행했다.
이 책에서 제기하는 주요개혁안은 경제제도의 경우 토지제도의 개혁이 가장 중요하다고 보아 지주전호제(地主佃戶制, 대토지 소유자들은 토지가 부족하거나 없는 소농민들에게 토지를 빌려주어 경작하게 하고 그 경작의 대가로 수확량의 일정 부분을 거둬가는 것)를 혁파(革罷)하고 국가가 토지를 관리하는 공전제로 전환할 것을 주장했다.
사적인 대토지소유제인 지주전호제의 모순이 모든 폐단을 일으키는 근본이 되므로 토지제도의 변화를 통해서 현실의 모든 모순을 해결할 수 있다는 입장에서 정전제(井田制, 토지의

한 구역을 '정(井)'자로 9등분하여 8호의 농가가 각각 한 구역씩 경작하고, 가운데 있는 한 구역은 8호가 공동으로 경작하여 그 수확물을 국가에 조세로 바치는 토지제도)의 이념과 원리를 원용하여 양인(良人) 농민 1명에게 1경(頃)의 토지를 지급하는 것을 기준으로 양반·사대부로부터 상공인·천민에 이르기까지 신분·사회분업관계를 고려하여 일정한 크기의 토지를 차등 지급하고, 상속이 이루어지지 않도록 했다.

이 사상은 훗날 다산 정약용으로 이어진다.

정약용이 주장한 정전제는 정자(井字) 형태로 토지를 규범화하여 배분하는 것이 아니라 각자가 소유하고 있는 사전(私田) 8결과 국가가 소유한 공전 1결의 형식을 취하여 제도를 운용하자는 것이다. 이것은 조선에 산악이 많아 토지를 모아 정자로 만들기 어렵기 때문에 토지에 기반을 두지 말고 인간에 기반을 두어 정전제를 활용하자는 주장이다. 다만 공동 경작지인 공전 1결은 국가가 매입해야 한다는 조건이 제시되었다.

또한 토지를 경작할 경우 모든 사람들에게 경작권을 부여하는 것이 아니라 농민에게만 경작권을 주도록 하였다. 그것도 가족의 노동력이 어느 정도 있는가에 따라 차별화하여 토지를 지급하도록 하였다. 즉, 상공업자나 사족(사대부, 양반)들은 농업에 종사할 수 없으므로 경작권을 주지 말고, 가족 중에서 노동에 가담할 수 있는 20세 이상 60세 이하의 사람이 5명 이상일 경우에는 1결(정방형으로 15,447.5㎡, 약 4,600여 평으로 아주 큰 농경지에 해당한다)의 토지를 경작하도록 하고, 4인 이하의 노동력을 가지고 있을 경우에는 1결의 4분의 1에 해당하는 토지를 경작하도록 하였다. 이것은 실제 경작 능력에 따라 토지를 분배하자는 주장으로서 토지 경작 능력이 없는 사람에게는 아예 토지 분급을 허락하지 않는다는 것이다.

정약용은 1817년 유배지 강진에서 ≪경세유표(經世遺表)≫를 저술하여 당시의 토지·농업·조세문제의 궁극적인 해결방안을 제시했는데 여기서 주장한 토지제도가 정전제다.

반계 유형원은 토지 공전제인 정전제와 함께 농업 생산력 발전에 상응하는 상공업의 발전과, 국가 수취체계의 효과적인 운용이 실현될 수 있도록 구상했다.

조세는 당시 농민이 부담하던 모든 조세를 통일하여 토지 수확량의 1/20을 징수하고, 이를 지출에 맞추어 징수하는 방식인 '양출위입(量出爲入)'에서 수입을 기준으로 지출하는 원칙인 '양입위출(量入爲出)'로 운용하도록 했다.

군역은 병농일치제의 원리에 따라, 농민 4명이 받은 4경의 토지에서 1명씩 나와 2개월을 지도록 했다. 부당하게 군역을 지거나, 군역이 생산에 지장을 주는 일이 없도록 한 구상이었다.

상공업에 대해서는 화폐의 주조·유통에 국가가 적극 개입하는 관리통화제를 실시하고, 전국적으로 참점(站店)과 같은 상설점포체계를 구축하여 교환·유통 경제가 활성화되도록 구상했다.

그 외에도 과거제의 개혁, 정치제도의 개혁 등등 많은 개혁안을 내신 분이고 그것들이 ≪반계수록≫에 집대성되어 있다. 이러한 그의 사상은 실사구시의 기본적인 정신에서 비롯되었고 훗날 실학자들은 물론 정약용의 사상에 커다란 영향을 미친 분이다.

그런데 반계가 자신의 전 생애를, 자신이 살아생전에는 발간하지도 못할 ≪반계수록≫을 저술하는 데 바친 이유가 무엇일까?

그것은 다름 아닌 효종의 밀지에서 비롯된 것이라는 설이 있다. 반계가 ≪반계수록≫을 저술하기 위해서 부안으로 내려간 것이 1653년(효종 4년)이니 충분히 일리가 있는 설이기도 하다.

역사가 기록하고 있는 그대로, 효종은 병자호란으로 인한 청나라 볼모살이에서 돌아온 지 채 석 달도 되지 못해 독살당한 비운의 세자이자 자신의 형인 소현세자의 뒤를 이어 왕위에 오른 사람이다. 소현세자야 말로 백성들을 사랑했기에 스스로 청나라에 볼모로 가는 것을 택했고, 백성사랑의 큰 뜻을 품고 있었음에도 불구하도 아버지 인조의 그릇된 의심과 그에 아첨하여 소현세자를 독살하는데 앞장선 김자점에 의해, 억울하게 독살당한 것을 누구보다 잘 아는 왕이었다. 그러기에 그는 병자호란으로 인해서 형인 소현세자와 함께 청나라에 볼모로 가서 익힌 실학사상과 청나라에서 접했던 서구문명을 현실에 응용하는 것은 물론 형인 소현세자가 왕이 되면 이루려고 했던 백성들이 평등하게 사는 세상을 만들고 싶어 하던 왕이다.

그는 항상 자신보다는 형인 소현세자가 즉위했어야 한다고 하면서 소현세자의 유지를 받들기 위해 노력했던 왕이다. 그것을 증명하는 가장 큰 사건은 소현세자의 세 아들을 제주도로 유배시키면서까지 자신을 왕위에 올리는 데 1등 공신 역할을 했던 김자점을 자기 손으로 역모에 연루시켜 처형한 것이다. 자신을 왕위에 올린 것이 김자점이지만 반대로 형인 소현세자를 독살한 것 역시 김자점이라는 것을 누구보다 잘 알고 있던 까닭이다. 자신이 즉위하는 것보다는 형이 죽지 않았어야 한다는 것을 더 중요하게 생각한 왕이다. 따라서 효종은 형 소현세자가 이루려고 했던 꿈을 반드시 이루려고 노력했던 왕이다.

반상을 타파하여 백성이라면 누구든지 능력 있는 이들에게 등과의 기회를 주는 것은 물론 양반·사대부들이 독식하고 있던 부를 평민과 상민들도 고루 나눠서 모든 백성이 평안하게 사는 나라를 꿈꾸던 왕이다. 그러기 위해서는 양반·사대부들이 차지하고 있는 농지를 백성들에게 고루 나눠 줄 수 있는, 이른바 농지 공전제가 시급했던 것이다. 마침 당시에 뛰어난 학식을 가지고 있으면서도 과거에 큰 매력을 느끼지 못하던 유형원을 알게 된 효종은 은밀하게 그를 불러서 자신의 뜻을 전했다고 한다.

"백성들이 고루 잘 사는 법이 없겠느냐? 양반·사대부들이 백성들의 고혈을 쥐어짜는 까닭에, 이 나라가 왕과 백성들의 나라인지 아니면 양반·사대부들의 나라인지 알 수 없는 처지인데 그것을 타개해 나갈 방법은 없겠느냐? 경이 알고 있는 지식이 있다면 그 지식을 전해다오. 설령 내가 못하면 내 뒤를 이을 어떤 왕이라도 그 일을 이룰 수 있도록 하려면 근본으로 삼아야 할 정책이 있어야 할 것이니 그것을 만들어 주기를 바란다."

효종의 이러한 어명은 유형원의 마음을 사로잡고도 남는 것이었다. 그렇지 않아도 자신이 양반이면서도 양반·사대부들의 횡포와 과거제도의 폐단으로 인해서 점점 서인들의 세상이 되어가는 것에 못마땅해 있던 유형원으로서는 당연히 해 보고 싶었던 일이었을 것이다.

결국 그는 전라도 부안으로 서책 1만여 권과 함께 떠나게 된다. 그리고 그곳에서 불후의 명작이자 아직까지 그 어느 나라에서도 이루어보지 못했던 평등사상의 기조 정책인 《반계수록》을 저술하게 되는 것이다. 물론 효종은 그가 《반계수록》을 완성하기도 전에 의문의 승하를 한다.

《반계수록》이 저술된 배경에 효종이 있었다는 것을 알고 나면 효종의 승하가 정말 우연이 아니라, 의문투성이라는 것을 다시 한 번 실감하게 된다.

효종 승하하던 당일의 《조선왕조실록》은 왕의 승하를 이렇게 전한다.

효종 21권, 10년(1659 기해/청 순치(順治) 16년) 5월 4일(갑자) 1번째 기사
대조전에서 승하하다
상(王)이 대조전에서 승하하였다. 약방 도제조 원두표(元斗杓), 제조 홍명하(洪命夏), 도승지 조형(趙珩) 등이 대조전의 영외(楹外)에 입시하고 의관 유후성(柳後聖)·신가귀(申可貴) 등은 【이때 신가귀는 병으로 집에 있었는데 이날 병을 무릅쓰고 궐문(闕門) 밖에 나아가니,

드디어 입시하라고 명하였다.] 먼저 탑전에 나아가 있었다. 상이 침을 맞는 것의 여부를 신가귀에게 하문하니 가귀가 대답하기를,

"종기의 독이 얼굴로 흘러내리면서 또한 농증(膿症)을 이루려 하고 있으니 반드시 침을 놓아 나쁜 피를 뽑아낸 연후에야 효과를 거둘 수 있습니다."

하고, 유후성은 경솔하게 침을 놓아서는 안 된다고 하였다. 왕세자가 수라를 들고 난 뒤에 다시 침을 맞을 것을 의논하자고 극력 청하였으나 상이 물리쳤다. 신가귀에게 침을 잡으라고 명하고 이어 제조 한 사람을 입시하게 하라고 하니, 도제조 원두표가 먼저 전내(殿內)로 들어가고 제조 홍명하, 도승지 조형이 뒤따라 곧바로 들어갔다. 상이 침을 맞고 나서 침구병으로 피가 나오니 상이 이르기를,

"가귀가 아니었더라면 병이 위태로울 뻔하였다."

하였다. 피가 계속 그치지 않고 솟아 나왔는데 이는 침이 혈락(血絡)을 범했기 때문이었다. 제조 이하에게 물러나가라고 명하고 나서 빨리 피를 멈추게 하는 약을 바르게 하였는데도 피가 그치지 않으니, 제조와 의관들이 어찌할 바를 몰랐다. 상의 증후가 점점 위급한 상황으로 치달으니, 약방에서 청심원(淸心元)과 독삼탕(獨參湯)을 올렸다. 백관들은 놀라서 황급하게 모두 합문(閤門) 밖에 모였는데, 이윽고 상이 삼공(三公)과 송시열(宋時烈)·송준길(宋浚吉), 약방제조를 부르라고 명하였다. 승지·사관(史官)과 제신(諸臣)들도 뒤따라 들어가 어상(御床) 아래 부복하였는데, 상은 이미 승하하였고 왕세자가 영외(楹外)에서 가슴을 치며 통곡하였다. 승하한 시간은 사시(巳時)에서 오시(午時) 사이였다.

실로 어처구니없는 일이 아닐 수 없다. 당시 조선 최고의 명의들이 모인 곳이 대전 어의들이다. 그런데 왕의 머리에 난 종기 하나를 다스리지 못해서 산침까지 놓고, 그것도 모자라 침으로 인해서 왕이 승하하는 어처구니없는 일이 벌어졌으니 이것이 정상적인 죽음이라고 할 사람이 어디 있겠는가? 이것은 형인 소현세자가 학질에 걸려 침을 맞다가 죽음에 이른 것과 어찌 그리도 유사한 죽음을 당했는지 실로 의문투성이가 아닐 수 없다. 침이라는 것이 제대로 놓으면 사람을 살리지만 혈맥을 고르기에 다라서 사람을 죽일 수도 있다는 것은 침에 대해 작은 지식만 있는 사람이면 다 아는 일이다.

어쨌든 효종이 그렇게 어처구니없는 일로 인해서 젊은 나이에 승하하게 된 이유는 무엇보다 당시 철권을 잡고 있던 송시열을 비롯한 서인들의 기득권을 놓치지 않기 위한 왕권과 사대부들의 충돌에 의한 것이 가장 큰 이유였다.

효종의 치적으로, 《반계수록》을 저술하게 한 것보다 우리에게 더 잘 알려진 것이 바로 외세의 영향에서 벗어나기 위해서 북벌을 계획했던 왕이라는 것이다. 그런데 북벌을 하려면 군권이 강화되어야 한다. 군권이 강화된다는 것은 당시 문민정치 시대로 마음대로 권력을 휘두르던 서인들의 입지가 당연히 좁아질 수밖에 없는 것이다. 서인들은 그것을 용납하기가 싫었던 것이다. 그 증거로, 우리가 흔히 효종과 함께 북벌을 계획한 것으로 알고 있는 송시열은 실제로는 북벌을 가장 반대한 사람이나 마찬가지였다. 효종이 북벌을 이야기할 때마다 송시열은 "아직은 때가 아니다. 군주가 덕을 베푸는 정치를 하다보면 언젠가 그때는 절로 온다"고 하면서 제동을 걸기가 일쑤였다고 한다. 정말로 북벌의 의지가 있었는지가 의심이 될 정도였다는 것이다. 그런데다가 효종이 ≪반계수록≫을 은밀히 지시했다고는 하지만 그 비밀이 얼마나 갈 수 있었을까?

결국 서인들이 쥐고 있는 권력의 틀을 벗어나는 것은 물론 양반·사대부들이 휘두르는 횡포로부터 백성들이 자유롭고 행복하게 살게 해 주고 싶었던 효종의 백성사랑은 의문의 승하로 나타날 수밖에 없었던 것이다.

4. 실사구시를 꿈꾸었으나 꿈에서 멈추고 만 정조

　정조에 대해서는 더 이상 이야기를 안 해도 모두가 잘 알겠지만 간단하게 언급을 하자면 정조야 말로 이 나라 개혁을 위해 자신을 던진 최고의 대왕이라는 말이 적절할 것이다. 일찍이 광해가 꿈꾸고 소현세자가 실행하고자 했던 신분타파를 몸으로 실천한 사람이다.

　비단 신분타파뿐만이 아니라 실사구시의 실학이 이 땅에서 성장하도록 했던 왕일뿐만 아니라 아버지 사도세자에 대한 효심도 지극하기 그지없던 왕이다. 백성들을 위한 일이라면 자신의 측근은 물론 자신의 목숨마저 내놓고도 남을 왕이었다. 백성을 너무나도 사랑해서 모든 것을 백성들에게 돌려주고자 했기에 기득권을 가지고 있던 서인들, 특히 영조의 후궁인 정순왕후를 둘러싼 김씨 세력의 두터운 벽을 넘지 못하고 급기야는 독살을 당하고 말았던 역사상 가장 위대한 왕이라고 부르고 싶은 대왕이다.

만일 정조가 독살되지 않고 그 수를 다하여 원하던 대로 실학이 융성하고 신분이 타파되었다면 우리나라의 근대화는 100여 년이 앞당겨 졌을 것이므로, 일본의 메이지유신보다 70여 년 앞당겨져 한일강제병합이라는 치욕도 겪지 않았을 것이다.

특히 정조는 실사구시의 실학을 강조했던 왕으로 유명하다. 갓 쓰고 글 읽는다고 굶주리는 백성들의 허기가 가시지 않는다고 하면서 모든 백성들이 잘 살 수 있는 길을 마련하기 위해 실학을 강조하면 서자들을 중용하는 등 개혁적인 정책을 펼친 왕으로 유명하다.

정조는 자신이 세손시절 장서각에서 책을 많이 읽었던 까닭에 훗날 유득공을 시켜서 ≪발해고≫를 쓰게 했다. 당시에는 지금 우리가 만주라고 부르는 땅에 대해서 우리 영토라든가 아니면 과거에라도 우리 영토였다는 것을 말할 수 없는 시대였다. 청나라가 여진족이 세운 나라이다 보니 자신들의 건국 발상지인 그곳을 넘본다는 것은 있을 수 없는 일이었다. 따라서 그런 서책을 접할 기회도 없었는데 정조는 자신이 세손시절에 장서각에 묻혀서 책을 읽은 까닭에 그런 사실들을 알고 있었던 것이다. 또한 세손시절 궁 밖에서 살거나 혹은 왕실 서고에 혼자 머무는 시간이 많았던 덕분에 당파에 물들지 않고 개혁을 주도할 수 있었다.

자신이 책을 많이 읽어 교육의 중요성을 알았기에 규장각을 설치하고 신분을 타파하는 인재 등용의 일책으로 서얼들을 등용했던 임금이다. 뿐만 아니라 박지원 같이 세상을 풍자하는 소설을 거침없이 써내려가던 선비를 곁에 두었다. 박지원이 〈양반전〉을 비롯하여 시대를 꼬집고 풍자하는 글을 써서 양반들의 체통을 구겨 신분 철폐를 부르짖을 때 정조는 박지원을 가장 가까이에 둔 것이다. 물론 박지원은 끝내 벼슬을 하지 않고 《열하일기》 같은 정신적 지침서를 저술하여, 정조가 마음껏 꿈을 펼 수 있도록 보좌하는 역할을 했다. 박지원이 어떻게라도 왕의 눈에 들어서 한자리해 보려고 발버둥 치던 양반들과는 본질적으로 다른 인물인 것은 확실하다. 하지만 당시에 양반을 풍자하는 소설이나 쓰고, 박제가나 유득공, 홍대용 같은 소위 백탑파라 불리는 서자들과 어울리면서 양반들의 비위를 가장 거스르게 하던 박지원을 곁에 가까이 했다는 것을 보면 정조에게는 정말로 반상을 타파하기 위한 의지가 있었던 것은 확실하다. 또 정조 역시 보통 왕과는 다른 것도 확실하다.

정조는 세손으로 책봉되고도 엄한 할아버지의 명령에 의해 궐내를 출입하는 대신들과 어울리지 못하고 혼자서 장서각에 박혀 공부만 해야 했다. 그러나 영조가 정조로 하여금 대신들과 어울리지 못하게 한 진의는 대신들과 어울리는 것 자체가 파당 싸움에 휘말릴 수 있다는 우려였다. 영조 자신이 스스로 아들을 죽여야 했던 그 이유가 바로 파당 싸움에 휘말린 아들을 구해 낼 도리가 없어서라는 것을 영조는 누구보다 잘 알고 있었다. 당시 서인에 맞서서 개혁을 하고자 했던 사도세자가 죽음으로 몰릴 수밖에 없던 것은 서인을 주축으로 한 그 시대의 양반들이 소유하고 있는 기득권이라는 철벽을 뚫을 수 없던 것임을 영조 스스로 겪은 바였다. 그런 영조의 마음에서 우러나온 것이 세손시절 대신들과 접하지 못하게 함으로써 파당을 멀리하여 정조를 보호하기 위한 방편이었을 뿐이었다. 당시 상황이 얼마나 오죽했으면 혜경궁 홍씨의 아버지이자 돌아간 사도세자에게는 장인이 되는 홍봉한이 앞장서서 사도세자를 죽여야 한다고 떠들어 댔겠는가? 사도세자가 즉위만 하면 딸은 중전이 되고 자신은 상감의 장인이 되는데 여북하면 딸을 과부로 만들자고 그리도 앞장을 섰겠는가? 그것은 단순히 영조에게 잘 보여서 영조의 편이 되기 위한 것이 아니었다. 만일 자신이 사도세자를 옹위하고 나선다면 자신은 물론 혜경궁 홍씨와 세손으로 책봉되어 있는 정조에게까지 어떤 해가 닥칠 줄 모르는 시국을 읽었기 때문이다. 당시 하늘 높은 줄 모르고 설쳐대던 사대부들의 높고 높은 장벽을 뛰어넘을 수 없다는 것을 알고 있었기 때문이다.

하지만 스스로 개혁을 꿈꾸며, 실제 개혁을 위해서 정약용 같은 남인들을 측근에 두고 수원으로의 천도를 계획했던 정조에게는 그런 것들 보다는 양반이라는 특권 아래서 신음하는 백성들을 구하는 것이 더 시급했다.

정순왕후를 비롯한 그 일족과 그들과 맺어진 양반들의 드높은 장벽에 막혀 같은 양반도 제구실을 못하는 세도정치의 극치를 이룬 당시의 상황을 벗어나는 한 방편으로 수원 천도까지 결정을 했는데 더 이상 그 무엇도 겁이 날 까닭이 없었던 것이다. 자신이 왕위에 오르는데 가장 공을 들였던 홍국영까지 세도정치를 한다는 이유로 내쳤던 정조에게는 오로지 백성들만 눈에 보였던 것이다.

하지만 결국 정조는 자신을 파당에 휩싸이지 않게 하고자 했던 할아버지 영조 때문에, 파당이라는 것을 알 수 없었고, 그 바람에 파당의 힘에 밀려 그 벽을 넘지 못하고 독살을 당하는 비운을 맞이하고 만다.

만일 당시 정조가 개혁을 부르짖지 않고 권세가들과 함께 어우러져 그저 보위에만 안주하려 했다면 얼마든지 오래 살았을 지도 모른다. 할아버지 영조처럼 입으로는 탕평책을 외치면서 가문과 종묘사직을 위한다는 명목 하에 아들까지 내줄 정도였다면 정조 자신만은 편안한 왕으로 생을 맞았을 지도 모른다.

하지만 정조는 그렇지를 못했다.

오로지 백성들이 잘 사는 나라를 만들기 위해 파당을 멀리하게 한 할아버지 영조와 백성들이 잘 사는 나라를 만들려는 개혁의 의지를 불태우다가 뒤주 속에서 숨겨간 아버지 사도세자의 뜻을 이어받아 정말로 백성들이 잘 사는 나라를 만들어 주겠다던 꿈이, 한낱 꿈으로 끝을 맺고 마는 것이다.

희한하게도 조선의 왕들 중에서 정말로 백성을 사랑하던 왕들은 제명까지 살지 못하는 비운을 겪어야만 했던 것 같다.

이야기를 마치면서 드리는 말씀

　나는 이순신 장군의 리더십과 함께 개혁을 주도했던 왕들에
대해 공부하면서, 내 스스로를 돌아보지 않을 수 없었다. 과연
내가 그 자리에 앉는다면, 나는 그분들처럼 백성들을 사랑할
수 있을까? 비록 개혁에는 실패했지만 그분들이 전하는 숭고
한 뜻을 생각하지 않을 수 없었다. 그분들이 원했던 것 중 무
엇보다 중요한 것은 그 뜻이 어디에 있는가 하는 것이다. 그분
들은 무엇보다 백성을 사랑했기에 그런 뜻을 세우신 것이고
그 뜻을 이루기 위해 헌신의 노력을 했다. 하지만 사대부라는
높은 장벽과 당파 싸움이라는 고질적인 병폐가 그 숭고한 뜻
을 가로막았다. 백성들과의 사이에 친 장벽이 너무 높았던 것
이다.

　그러나 이제는 그때와 시대가 다르다. 정말 지도자가 어떤 뜻
을 세우고 그 뜻이 주민이나 혹은 국민들을 위한 것이라면, 모
두가 보다 나은 삶을 살기 위한 것이라면, 주변의 장벽을 넘어

서 주민이나 국민들과 얼마든지 소통할 수 있는 방법이 있다.

진정으로 마음을 터놓고 백성들과 직접 소통할 수 있다면 얼마든지 이해하고 함께해 줄 것이다.

소통은 가진 자가 먼저 내려놓아야 이루어진다고 했다. 그 가진 것이 직책이든, 권력이든, 재산이든 기타 무엇이 되었더라도 갖지 못한 사람이 가진 사람에게 하는 말을 먼저 듣지 않으면 소통은 이루어지지 않는 것이라고 한다. 가진 자가 갖지 못한 자에게 하는 이야기는 교육이나 명령이지 소통이 아니라고 한다.

이순신 장군이 병사들의 아픔을 어루만져 주고 광해임금과 정조대왕이 백성들의 고통을 귀담아 들으면서 자신이 서 있던 자리에서 한 걸음 내려섰었기에 그 아픔과 고통을 진심으로 들을 수 있었던 것이다.

내가 앞으로 어떤 자리에 어떻게 서든지 나는 우리 하남시민들과 같이 호흡하며 머리를 맞대고 함께 일하는 사람이 되고 싶다.

아마도 자신의 목숨을 버려도 좋다고 하면서 개혁을 주도했던 조선시대의 왕들이나 이순신 장군께서 우리 하남시에 오신다면 분명히 그렇게 하셨을 것이다. 내가 소유하고 있는 것들을 버릴 각오로, 시민들 앞에 서서 시와 시민들을 위해 일하는 것이 바로 시민들을 사랑하는 것이다.

나는 그런 사람이 되고 싶다.

제2부
내일을 위한 나의 생각들
청정하남을 위해 일하던
도시공사 사장시절의 일지(日誌)

시작하면서 잠시 멈추고 드리는 말씀

　내가 하남도시공사 사장을 지내면서 나 나름대로는 열심히 한 일들에 대해 작게나마 기록을 남기고 싶어서 곰곰이 생각하다가 붙인 이름이 '도시공사 사장시절의 일지'다. 그렇다고 무슨 일기를 적은 것은 아니다. 내가 도시공사 사장으로 일하면서 나름대로는 시민들을 위해서 열심히 일했던 것에 대한 회고다. 50만의 자족도시로 향후 발전할 하남시민이라면 누구든지 행복하게 살게 하고 싶어서 추진했던 일들에 대해 뒤돌아보며, 언론이나 기타 기관에서 평가해 준 것을 정리해 본 것이다. 나 스스로 나를 자화자찬하는 식으로 글을 쓰는 것보다 객관적인 평가를 적는 것이 나 자신을 돌아보는 데에도 도움이 될 뿐만 아니라, 이 글을 읽는 분들에게도 객관적인 판단을 할 수 있는 기회를 제공할 수 있다는 판단에서 그리한 것이다.

　아울러 나 나름대로는 시민 모두를 위해서 일했다고 자부하지만, 행여 내가 도시공사 사장으로 재직하던 시절에 행하여

진 정책으로 인해서 손해를 보시거나 나를 원망하는 분이 있다면 이 지면을 통해서 진심으로 사과의 말씀을 드리고자 한다. 아울러 정말 내가 뜻하는 바는 하남시민 모두의 행복을 위해서 일하자는 것이었음을 다시 한 번 말씀드린다.

나는 2013년 12월에 발간한 내 자전적 에세이 『꼴망태』에서 밝혔듯이, 하남에서 태어나 하남에서 자라며 군 생활을 했던 3년여 세월을 제외하고는 하남을 떠나서 생활한 적이 없다. 물론 학업이나 강의를 하기 위해서나 혹은 기타 업무상의 이유로 서울을 비롯한 타 지방에 자주 왔다 갔다는 하였지만 하남 이외의 지방에 적을 두거나 장기간 하남을 비운 적이 없다.

고등학교 때 4H 클럽 회장을 맡아 하남을 위해서 봉사를 시작한 이래 시의원을 세 번 역임하고 시의회 의장까지 역임하는 동안 하남을 누구보다 사랑하게 되었고, 그 덕분에 하남이 가장 필요로 하는 것이 무엇인지를 알게 되었다. 그것은 나 스스로 깨우쳤다기보다는 내가 하남을 위해서 봉사하는 동안 지역주민들과 나를 사랑하는 이웃들에게서 듣고, 그분들이 필요로 하는 것이 정말 무엇인지를 알았기 때문이다. 그래서 나는 늘 이웃 주민들에게 고마워했고 그분들이 필요로 하고 정말 원하시는 일들을 해 보고 싶었다. 그러던 중 내가 하남도시공사(내가 취임할 당시에는 하남도시개발공사) 사장으로 취임하게 되었다. 물론 내가 도시공사 사장에 취임한 것이 나 자신에게는 영광이라고도 할 수 있고, 간단하게 직장을 얻어서 일을 하는 것이라고 할 수도 있었던 일이다. 하지만 나는 도시공사 사장으로 취임하기까지 주어진 여백의 시간에 스스로에게 굳게 다짐했다.

머지않아 하남은 그 누가 상상도 하지 못할 정도의 발전을 할 것이다. 다만 그 발전의 방향이 어떻게 발전하느냐가 무엇보다 중요하다. 하남이 단순히 서울의 가장 근교에서 베드타운 역할만 하는 그런 도시로 발전을 한다면 그것은 차라리 발전하지 않는 것만도 못한 일이다. 지금 이대로의 하남이 더 좋을 수 있다. 하지만 인구 50만의 자족도시로 거듭난다면 그것은 내 고향 하남을 위해서는 더 이상 바랄 것이 없는 것이다.

한동안 하남과 지근의 거리에 위치한 분당을 평가하는 말이 있었다. '천당 위에 분당'이라는 말이다. 그것은 분당이라는 도시가 단순히 서울의 베드타운 역할을 한 것이 아니라 자족도시로 거듭 태어남으로써, 분당의 자산 가치가 높아졌기 때문에 만들어진 말이다.

그렇다면 하남에 사는 하남시민들의 자산 가치가 높아지면 하남은 또 새로운 명품도시가 될 것이고, 하남과 바로 이웃한 강남보다 더 나은 도시로 태어날 수 있다. 나는 대학에서 강의할 때마다 '강남 위에 하남'이 있다고 홍보했다. 아니 그럴 각오로 내가 도시공사 사장 임무를 성실하게 그리고 또 창의적이고 과감하게 수행해야 한다고 여겼다.

그렇다면 과연 하남시민들의 자산 가치를 높이는 방법은 무엇일까?

단순히 부동산 값이 올라간다고 과연 자산 가치가 높아지는 것일까?

물론 그럴 수는 있다. 하지만 부동산 가치라는 것이 투자하고 싶고 살고 싶은 곳이 될 때 올라가는 것이지 내가 높이고 싶다고 높아지는 것이 아니다. 무조건 비싸게 매물을 내놓는다고 그 가격이 형성되는 것도 아니고, 부동산 가치라는 것은 자신이 정하는 것이 아니라 주변 환경과 교통, 발전 가능성 등등 복합적으로 평가되는 것이다.

결국 하남시민들의 자산 가치라는 것은 주관적인 관점이 아니라 객관적으로 볼 때, 하남이 정말 살기 좋은 곳이라는 생각이 대다수의 주변 사람들, 특히 하남을 가까이에 두고 있는 서울이나 주변 도시 사람들이 하남을 가장 살고 싶은 곳이라고 인정할 때, 하남의 자산 가치는 올라가는 것이고 자연히 하남시민들의 삶은 윤택해 지는 것이다.

나는 생각이 여기에 미치자 도시공사 사장이 단순히 도시개발이나 관리에만 신경을 쓸 것이 아니라 우리 하남의 문화적인 발전에도 신경을 써야 한다는 결론을 내리게 되었다.

문화가 발전하는 것은 그 도시의 삶의 질이 풍요롭다는 것을 대변해 주는 것은 물론, 하남을 고향으로 하는 시민들은 하남의 문화를 이미 아는 까닭에 더 좋을 것이고, 50만 자족도시가 되기 위해 하남으로 이주해 오는 새로운 식구들은 문화를 통해서 하나로 어우러질 수 있으니 더 빨리 하남을 사랑할 수 있는 장점도 있는 것이다. 문화라는 것은 누가 억지로 창출한다고 되는 것이 아니라 인간의 삶의 바닥을 흐르는 모든 것이

기에, 인간을 이어주기에 가장 편리한 끈이라는 것을 잘 알고
있던 터였다.

도시공사 사장으로 취임하기까지의 여백의 시간을 그런 구
상들로 채운 나는 2010년 11월 3일 제5대 사장으로 취임했다.

1. 취임과 그 다음 해 2011년

내가 사장으로 취임한 2010년 11월 3일, 당시 하남도시공사 (당시 이름은 하남도시개발공사였으나 2014년 4월 21일 사명 변경에 따라 하남도시공사로 개명하였으므로, 이후에는 그 당시의 인터뷰 기사 등을 제외하고는 도시공사로 통일하여 부를 것임을 밝힌다)의 자본금은 565억 원으로 직원 62명이었다.

나는 취임한 지 한 달이 조금 더 지난 그해 12월 29일 무상 증자 185억 원을 통해서 자본금을 750억 원으로 높였다. 앞으로 할 일이 많은데 자본금이 적어서 못하는 일이 없기 위해서였다. 얼핏 들으면 무슨 할 일이 많았냐고 할 수도 있을지도 모른다. 또 당시에 나는 무언가 반드시 하남을 위해서 일을 해야 한다는 의욕이 앞섰던 것도 사실일지 모른다. 하지만 그 당시의 내 구상은 단순히 구상이 아니었다. 실질적인 계획이었다. 그러한 내 구상을 담은 것을 취임 100일을 맞아 요청한 경동방송 인터뷰에 잘 담았었기 때문에 정리해서 기록한다. 이

것이 바로 취임 이전부터 내가 하남의 발전을 위해서 나름대
로 구상하고 실천에 옮기기 위한 사업 목표라고 해도 과언이
아니었다. 물론 그 이후에 좀 더 시민들에게 이익을 줄 수 있
는 큰 사업을 시행하기도 했지만 무엇보다 내 기본 마음은 시
민들과 함께 어우러지는 도시공사의 경영이었고 나는 그 초심
을 끝까지 잃지 않았다고 자부한다.

1. 취임 100일에 대한 소감과 문화예술계에 대한 지원과 장학금 지원 등에 관한 각오

　저는 공사 취임 이후, "어떻게 하면 공사를 잘 아우르고 소기
의 경영수익을 창출하여 15만 하남시민의 복리증진을 도모할 수
있을까?" 또, "어떻게 하면 시민과 소통하는 투명한 경영, 확고한
경제논리에 의한 효율적인 경영으로 진정 살기 좋고 살기 편한
하남시를 만드는 데 앞장서는 공기업이 될 수 있을까?"라는 고민
을 많이 하였습니다.

　이에 저는 앞으로 공사를 경영해 나아감에 있어 「고객감동경
영」, 「소통화합경영」, 「투명윤리경영」, 「가치창조경영」을 공사
4대 경영원칙으로 정하였으며, 임·직원들 모두에게 경영원칙의
실천을 통하여 고객으로부터 신뢰와 사랑받는 공기업이 되도록
최선의 노력을 다할 것을 당부하였습니다.

　또한 효율적인 조직운영을 위하여 기존 2본부 6팀의 조직을

2본부 7팀으로 개편하였습니다. 공사의 미래를 위한 신규 사업 발굴을 위하여 사장 직속으로 전략기획팀을 신설하였으며, 앞으로도 공사의 경영목표 달성을 위하여 적재적소에 인력을 배치하여 미래지향적인 조직을 설계해 나갈 계획입니다. 항상 열린 마음으로 시민 여러분의 의견을 두루 수렴하고 있으며, 시민의 편의 제공을 위하여 다방면으로 많은 사업들을 검토하고 있습니다.

제가 13대 1의 경쟁률을 뚫고 사장에 임용되기까지, 여러모로 부족한 저를 믿고 중책을 맡겨주신 모든 분들께 다시 한 번 감사의 말씀을 드리며 그것을 보답할 길을 모색하고 있습니다.

저는 1991년 초대 하남시의회 의원을 시작으로 2002년까지 약 12년 동안 의정활동을 하면서 현장을 찾아 시민 여러분의 작은 목소리까지 귀담아 듣는 경청의 자세와 마음까지 하나 되는 소통의 모습으로 모든 시민이 만족하는 현장정치를 구현하려고 노력하였습니다.

현재의 자리에서도 항상 시민과 소통하는 열린 경영을 실현할 준비가 되어 있습니다. 하남시도시개발공사가 수행하는 주요 사업들은 시민의 편익과 직결되는 중요하고 전문성이 요구되는 사업들이 많이 있습니다.

그러나 공기업의 특성상 제도적으로 많은 규제를 받고 있는 것은 물론이고 사업영역 또한 사경제를 침해하지 않는 분야로 제한되고 있고, 이러한 기업환경이 때로는 기업활동을 위축시키는 큰 걸림돌로 작용할 수 있을 것입니다. 시민이 필요로 하지 않고 경영수익도 내지 않는 기업은 절대 살아남을 수 없음을 알고 있습니다.

이러한 공기업 경영의 어려움과 문제점 등을 제가 가진 지난 20여 년 간의 지역사회활동 및 의정 경험과 지식 그리고 모든 임직원의 역량을 집결시키고 앞서 말씀드린 바와 같이 시민과 소통하는 열린 경영을 통하여 하나씩 해결해 나가면 공기업의 설립취지에 부합하는 공익성과 수익성 두 가지 목표를 동시에 달성하는 것은 충분히 가능할 것이라고 생각합니다. 시민이 필요로 하는 기업, 시민의 초우량 공기업이 되도록 최선의 노력을 다할 각오입니다.

또한 우리 공기업은 공익성과 수익성이라는 두 가지 기업목표를 동시에 달성해야 하는 특성을 지니고 있습니다.

지나치게 공익성만 강조되면 기업의 수익성이 위축될 수 있고, 반면 수익만 노리다 보면 공익이 희생될 수도 있습니다. 이러한 두 가지 목적을 동시에 달성하는 것은 쉽지 않은 일이라고 생각하며, 제가 공사 사장으로 취임한 이후 가시적인 성과물이 아직은 나오지 않은 상황입니다. 하지만, 신규 사업 발굴에 매진·적극 참여하여 "개발 이익을 최대한 하남시로 환원하겠다"는 저의 단호한 의지는 공사를 앞으로 경영해 나아감에 있어 변함이 없을 것이며, 목표 달성을 위해 혼신의 힘을 다하는 자세로 일해 나갈 것입니다. 이러한 저의 의지와 위에서 언급한 바와 같이 공사 임직원 모두가 한마음이 되어 노력한다면 공익성과 수익성 두 가지 목표를 동시에 달성하는 것은 충분히 가능할 것이라고 생각합니다.

또한 저희 공사에서는 다양한 기부활동과 시민을 위한 봉사활동을 추진하고 있습니다.

문화예술계의 문화행사 지원, 장학재단의 장학기금 지원, 불우시설 및 복지기관 등에 물품 지원, 초·중·고등학교 도서구입비 및 발전기금 지원, 독거노인 및 결식아동 지원, 다산 및 다문화가정 지원 등의 다양한 기부활동을 통하여 공기업으로서 사회적 책임을 다하고 사회적 약자를 위한 기부문화 정착에 최선의 노력을 다하고 있습니다. 전년도(2010년)의 경우 이러한 활동으로 약 13억여 원을 지역사회에 환원하였습니다.

2007년 조직된 '하남시도시개발공사 사회봉사단'은 매달 1회 풍산동 소재 영락노인복지센터를 방문하여 지속적으로 봉사활동을 시행하고 있으며, 2009년부터는 기존 1개소 지원을 5개소(영락노인복지센터, 야베스선교원, 나그네의집, 작은프란치스코의집, 소망의집)로 확대하여 운영하는 등 지역 내 불우이웃에 대한 봉사활동을 통해 훈훈한 관심과 사랑을 전달하고 진정한 이웃사랑을 실현하고 있습니다.

저희 공사는 올해뿐만이 아니라 앞으로도 계속적으로 기부활동과 봉사활동을 전개해 나가고 지원 대상을 확대해 나가 공기업으로서의 역할을 강화할 계획입니다.

2. 하남시도시개발공사의 2011년 운영계획

2011년은 다른 어느 해보다도 하남시도시개발공사가 새로운 성장 동력을 구축하기 위한 기반을 마련하고, 시민과 함께하는 공기업으로서 한층 성장할 수 있는 계기가 되는 중요한 한 해가 될 것입니다.

위례 신도시 주택건설사업과 미사·감일 지구 보금자리주택건설사업 추진을 통하여 하남시의 안정적 주택수급 및 주거안정을 도모하고 시민을 위한 저렴하고 고품질의 아파트 건설을 실현할 것입니다.

지역현안사업부지 1·2지구 개발사업을 성공리에 추진할 계획이며, 공사에서 관리하고 있는 종합운동장 및 국민체육센터, 마루공원, 공영주차장, 벤처센터 등의 대행사업운영에 있어서도 서비스를 향상시키고 활성화 방안을 강구하여 효율성을 더욱 증대시킬 예정입니다. 2011년에는 새로운 시스템의 도입 및 제도개선, 홍보활동 강화를 통하여 이용객 수를 증가시켜 매출액을 2010년 대비 약 5% 증가하고자 노력할 계획입니다.

아울러, 신규 사업 발굴을 통한 사업영역 다각화에 모든 역량을 집중할 계획이며, 지속적인 지역사회공헌활동과 시민을 위한 봉사활동도 게을리 하지 않을 것입니다.

그 외에도 「신뢰·소통·화합하는 하남 건설」이라는 하남시정 방향에 적극 부응하고, 고객 섬김 행정의 일환으로 그간 수동적인 고객감동 유발 형태에서 탈피하여 고객이 직접 체감할 수 있는 적극적 행정을 통한 시민의 신뢰를 구축하고자 최선의 노력을 다할 예정입니다.

우선, 공사의 사보를 발행하여 배포할 계획에 있습니다. 사보 발행은 사내외 커뮤니케이션 형성, 고객과 친근감 및 신뢰감 형성, 시민에 대한 공사 이해도·호감도 제고에 큰 역할을 할 것입니다.

또한, 시민을 위한 공간으로 회의실을 무료로 개방하고 있습니다. 회의실을 갖추기 어려운 관내 중소기업 및 지역주민과 재정이 열악한 시민단체나 직능단체의 각종 회의 및 주민 모임공간으로 현재 공사 회의실로 사용되고 있는 70㎡ 규모의 회의실을 2월부터 개방하고 있습니다.

저희 공사는 앞으로도 시민 정보제공 및 문화공간 제공뿐만 아니라 시민단체나 직능단체의 운영 활성화 기여 등 고객 편의와 시민과 함께하는 열린 공사상을 구현할 수 있는 방안 모색을 위하여 전력을 다할 계획입니다.

3. 아이테코 준공 및 하남에 미친 경제적 효과

아이테코는 첨단과 자연을 의미하는 IT와 ECO의 합성어로 여의도 63빌딩의 1.2배 규모로 수도권 동부 최대의 랜드마크로 자리매김할 것이며, 연면적 197,980.25㎡, 주용도 공장(업무시설, 근린생활시설)로 지난 1월 사용승인을 득하였습니다.

분양현황은 공장시설이 지난 해(2010년) 3월 100% 분양 완료되었으며, 근린생활시설과 업무시설은 현재 소량의 미분양 물량이 남아있는 상태입니다.

입주는 올해(2011년) 1월 17일부터 시작하여 3월 17일까지로 60일간 입주가 이루어지게 되며, 1월 말 기준으로 하여 약 30여 호실이 입주 완료된 상태입니다.

아이테코 공장시설은 총 603개 호실로 입주업체로는 신화전기, 진양제지, 건흥전기㈜ 등 381개 업체가 입주하게 될 예정입니다.

아이테코 개발사업의 성공적인 추진은 산업유발효과 2조원 이상, 우수중소기업, 첨단벤처, IT기업 등 381개 유치를 통한 상주인구 7,000명, 유동인구 12,000명 예상, 서울의 베드타운으로 침체된 지역경제 활성화 및 일자리 창출, 인구유입, 부가가치 창출, 세수증대 등의 기대효과가 있을 것으로 예상되어 산업기반이 취약한 하남시에 산업경쟁력을 제고하는데 큰 역할을 할 것으로 예상됩니다.

아이테코 개발사업을 추진하면서 세계경기의 위축, 국내 수출경기의 하락 및 투자위축 등 부동산시장 침체, 미국의 서브프라임사태에 따른 금융시장 붕괴 등 시장에 미치는 악재를 극복하고자 최적의 사업방식인 국내 최초의 재무적 투자자 PF 공모사업모델을 개발하여 적용하였습니다.

재무적 투자자 PF 공모사업이란, 기존 건설사 주도형 공모방식(건설사의 PF 연대보증에 따른 사업주도로 고분양가 책정으로 수 분양자 부담이 증가하는 구조)의 문제점을 개선하기 위하여 건설출자자를 제외한 재무적 투자자 중심의 공모방식으로 재무적 투자자의 적극적인 사업 참여에 따른 현실적이고 책임 있는 파이낸싱 담보와 건설사의 과도한 시공 이윤 방지를 통한 적정 분양가 책정 및 공익성을 확보한 사업으로 PF 사업 본연의 취지를 살릴 수 있는 재무적 투자자 중심의 공모방식 사업입니다.

이 같은 방식의 사업 추진으로 인하여 적정 분양가로 공공성을 확보할 수 있었으며, 사업리스크를 최소화하고, 공사 이익 및 부가가치를 극대화하였으며, 시공사 PF 보증 없이 프로젝트의 미래 현금흐름에 따른 투자로 새로운 수익모델 창출과 금융시장 선진화의 계기를 마련하였습니다.

4. 현안사업 2지구 사업 추진에 대하여

지역현안사업부지 2지구는 하남시 신장동 228번지 일원(570,286㎡)에 위치하고 있으며, 사업 추진 일정은 2010년 2월 도시관리계획변경 결정 고시 후 현재 구역 지정 및 개발계획수립(안)이 경기도에 상정되어 있으며, 3월 경 승인예정입니다.

구역 지정 및 개발계획수립 승인이 나면 바로 관련법에 근거하여 토지보상계획수립, 보상공고 및 평가를 거쳐 하반기에는 보상협의를 시작할 예정이며, 그 시기는 8월 정도로 예상하고 있습니다.

조성공사는 9월경 실시계획수립 신청을 거쳐 11월경 실시계획수립 승인 이후 2012년 상반기에 착공하여 2014년 말 준공예정입니다.

2020수도권광역도시계획 및 2020하남도시기본계획상의 개발방향과 부합되는 물류·유통 및 주택지를 조성하여 명품 아울렛 등 유통·상업시설이 어우러진 기존 도심과 차별화된 복합단지를 개발하여 하남시 경쟁력을 높이고, 한강 수변공간과 덕풍천을 활용한 최상의 주거공간 및 공원조성을 통하여 시민 복지 향상에 기여할 예정입니다.

5. 우량 공기업으로 성장한 하남시도시개발공사

저희 공사는 2000년 8월 10일 설립 당시 자본금 60억 원으로 시작하여, 한 때 빚이 300억 원이나 됐는데 그동안 부채를 모두 갚고 오히려 자본금이 60억 원에서 2010년 12월 185억 원의 무상증자를 통하여 2011년 현재 자본금 750억 원의 회사로 성장하였습니다.

하남신장 2지구 및 도시계획시설 조성사업의 택지개발과 하남신장 에코타운 및 하남풍산아이파크 주택건설의 성공적인 사업 추진을 통하여 2009년 12월 31일 기준 자기자본비율 92.53%, 부채비율 8.08%(자본 782억, 부채 63억, 자산 845억)의 초우량 지방공기업으로 성장하였습니다.

또한, 최근 준공한 아이테코는 2010년 반기 기준으로 160억 원의 누적이익을 가져다주었습니다.

6. 전세임대주택사업

전세임대주택사업은 공사가 새로운 임대주택을 건설하여 공급하는 것이 아니라, 기존에 있던 주택에 대하여 전세계약을 체결한 후 기초생활수급자 등 형편이 어려운 시민에게 저렴한 가격에 재임대하는 사업으로 기초지방자치단체 공기업으로서는 최초로 작년(2010년)부터 새롭게 추진하고 있는 공익사업 중 하나로, 서민주거안정 및 저소득층의 자활을 지원하는 데 큰 역할을 하고 있습니다.

2010년에는 국토해양부로부터 40세대를 배정받아 100% 계약 완료하였으며, 2011년에도 2010년 대비 10세대 증가(25% 증가)한 50세대를 배정받아 계약 체결할 예정에 있습니다.

2월 말 각 동사무소에서 신청 및 접수를 받아 3월 초 입주자 선정을 통하여 3월 중순 이후부터는 계약 체결을 할 수 있을 것으로 예상됩니다.

저희 공사에서는 향후 '기존주택 전세임대사업'의 공급 물량을 확대해 나갈 계획이며, 하남시에 거주하고 있는 저소득층 및 소외계층에 대한 다각적인 지원방안을 모색하여 지속적인 지원을 아끼지 않을 예정입니다.

7. 하남시도시개발공사의 장기적인 발전계획

하남시도시개발공사는 하남의 유일한 공기업으로서 부족함이 없도록 급변하는 경영환경 속에서 변화하는 경영에 동참하고자 중장기 발전계획을 수립하여 장기적인 발전방향을 제시할 예정입니다.

공사의 항구적인 성장을 위하여 우선적으로 지속 가능한 사업영역을 확보하는 데 전념을 기울일 것이며, 하남시의 도시기본계획에 의거, 난개발을 방지하고 시민생활이 쾌적하고 편리하며 환경친화적인 삶을 영위할 수 있도록 개발을 하되 시장 공약사항인 물류단지 및 신기술 복합연구단지 조성, 편리한 도로건설, 환경사업 및 문화사업에 역점을 두고 개발사업을 진행할 것입니다.

물류단지 조성, 제2벤처센터 조성, 실버산업단지 조성, 역사문화관광단지 조성, 애니메이션·게임·음향산업 유치 등의 사업 다각화를 통하여 경영수익 증대를 이루고 지속적인 서민주거안정 지원과 사회적 약자를 위한 공기업의 역할 강화 등 하남시민의 복리증진에 일익을 담당할 시민의 공기업으로 자리매김할 수 있도록 최선의 노력을 다하겠습니다.

그리고 나는 이러한 나의 인터뷰가 단순히 말에서 그치지 않고 모든 직원과 함께 반드시 실행하여야 할 사업임을 알리고 싶었다. 나는 물론 우리 직원 모두가 하남시민 앞에서 천명하고 시민들과 엄숙하게 하는 약속임을 알리고 싶었다.

우선 나는 전략기획팀으로 하여금 보도자료를 발표하게 하였다. 그리고 그 보도자료는 반드시 우리 모두가 지켜야 할 시민과의 약속이라는 것을 다시 한 번 모든 직원들에게 강조하였다. 일시적으로 시민들을 위해서 이런 일을 할 것이라는 보도로 시민들에게 점수를 따는 그런 약속이 아니라 반드시 지켜야 할 사명이라는 것을 명심하도록 독려하였다.

발표된 보도자료는 각종 언론을 통해서 보도되었고, 우리 하남도시공사는 시민들과의 약속을 지키기 위해서 그만큼 더 노력을 했다.

행복한 도시 하남 건설 "하남시도시개발공사"
하남시 지역경제발전 및 시민 복리증진에 중추적 역할 수행

올해(2011년)로 창립 11주년이 되는 하남시도시개발공사는 2010년 11월 4일, 하남시도시개발공사 제5대 사장에 취임한 김시화 사장을 필두로 임·직원이 화합하고 노력하여 공사가 명실상부한 하남시민과 함께 성장하는 시민의 공기업으로 자리매김하고자 최선의 노력을 다하고 있다.

김시화 사장은 공사 경영에 있어, 고객감동경영·소통화합경영·투명윤리경영·가치창조경영을 공사 4대 경영원칙으로 정하고, 2011년 신년사를 통해 "공익과 수익의 조화와 균형을 꾀하도록 노력할 것이며, 사업영역의 다각화를 통하여 공사를 성장·발전시키고, 철저한 조직 관리를 통하여 상경하애와 생산성 있고 경쟁력 있는 조직

을 만들며, 투명 및 디지털 소통경영을 시도하여 시민들로부터 신
뢰와 사랑받는 초우량 공기업이 되도록 노력하겠으며 오로지 하남
의 미래를 위해 열심히 뛰겠다"는 포부를 밝혔다.

2000년 8월 설립된 하남시도시개발공사는 하남시 관내 택지개
발 및 주택건설 등의 개발사업을 주도함은 물론, 시민 편의 제공을
위한 공공시설의 관리운영사업을 병행하며 공기업으로서 수익성과
공익성의 조화를 이루고자 노력하였으며, 시민을 위한 지속적인 봉
사활동 및 기부활동 전개를 통하여 더불어 사는 세상 구현에 앞장
서 왔다.
　그간 하남시도시개발공사의 주요 경영성과를 살펴보면 다음과
같다.

하나, 차입금 전액 상환 / 부채비율 개선
　최근 년도 사업실적을 살펴보면 계속적인 수익성 향상을 이루고
있으며, 2008년에는 풍산지구 I'PARK 건설사업이 완료되어 전년
대비 매출액은 감소하였으나 원가절감을 통해 매출원가를 감소시
켜 영업이익률과 당기순이익률을 혁신적으로 향상하였고 그로 인
하여 차입금을 전액 상환하였다. 또한, 2009년에는 임대아파트 분
양과 지분법이익 등으로 수익을 창출하는 등 괄목할 만한 성과실현
으로 기업 가치를 제고하고 재무구조 건실화를 위하여 노력하고 있
음을 엿볼 수 있다.

구분 (단위: 억 원)	2006	2007	2008	2009
매출액	703	1,675	1,341	603
영업이익 (영업이익률)	22 (3.08%)	134 (7.97%)	166 (12.34%)	120 (19.95%)
당기순이익 (순이익률)	10 (1.36%)	96 (5.73%)	130 (9.70%)	133 (22.03%)
부채비율	506.62%	196.20%	6.79%	8.08%

〈표 1〉 연도별 손익 및 부채비율 현황

둘, 자본금 확충을 통한 신규 사업 기반 구축

설립 당시 60억 원의 자본금으로 시작한 하남시도시개발공사의 현재 자본금은 750억 원으로, 지난 11월 김시화 사장 취임 이후 185억 원을 무상증자하여 자본금을 확대해 나감으로써 재무구조를 개선하고 신규 사업 추진을 위한 기반을 마련하였으며 자본금 확충 후 하남시의 신규 사업에 재투자하여 하남시 발전에 이바지하고 수익 창출을 통해 시의 재정확충에 기여하고 있다.

셋, 도시개발사업의 성공적 달성과 사업 다각화를 통한 개발사업 역량 강화

2004년 하남시 신장동 에코타운 아파트 1,607세대의 성공적 건설·입주를 시작으로, 2008년 덕풍동 731번지 및 823번지에 풍산아이파크 건설사업을 통하여 풍산택지개발지구 내 타 아파트보다 저렴한 가격(85㎡이하 국민주택의 경우 세대 당 약 8,000만 원, 85㎡ 초과 민영주택의 경우 세대 당 약 3,000~4,000만 원의 저렴한 가격)으로 시민들에게 공급하는 등 시민들에게 내 집 마련 기회를 제공하는 동시에 계획적인 도시개발사업을 통하여 쾌적한 주거환경 조성과 지역사회발전, 주민생활의 편익을 제공하였다.

또한, 풍산지구 내 아파트형 공장 개발사업을 추진하면서 최적의 사업방식인 국내 최초의 재무적 투자자 PF 공모사업모델을 개발·적용하여 성공적으로 사업을 진행함으로써 침체된 지역경제를 활성화하고, 산업기반이 취약한 하남시의 산업경쟁력을 제고하는 데 큰 역할을 담당하였다.

풍산동 401번지 일원 지역현안사업부지 1지구(155,713㎡) 개발사업 추진은 공해공장(레미콘, 아스콘 공장) 훼손부지의 계획적이고 합리적인 개발을 통하여 공동주택 및 도시지원시설을 배치하여 시민의 주거생활 안정을 도모할 예정이며, 신장동 228번지 일원 지역현안사업부지 2지구(570,286㎡) 개발사업 추진은 명품 아울렛 등 유통·상업시설이 어우러진 복합단지 개발, 한강 수변공간과 덕풍천을 활용한 최상의 주거공간 제공 및 공원조성 등을 통하여 시민의 복지 향상에 기여할 예정이다.

아울러, 위례 신도시 주택건설사업과 미사지구 보금자리주택건설사업 추진을 통하여 하남시의 안정적 주택수급 및 주거안정을 도모하고 시민을 위한 저렴하고 고품질의 아파트 건설을 실현할 것이다.

넷, 공공시설의 최적운영을 통한 하남시민들의 편의 제공

2007년 10월 개관한 하남시종합운동장 및 국민체육센터는 시민 건강증진과 생활체육 발전의 계기를 마련하고 시민의 생활체육 서비스 제공과 효율적 관리운영에 최선을 다하고 있으며, 2010년에는 월 평균 회원수가 2,565명으로 전년도 대비 약 6% 증가하였고 2011년에도 다양한 프로그램 개발 및 전략적인 홍보를 통하여 더 많은 회원을 유치할 계획이다.

2007년 11월 개관한 하남시마루공원은 장례식장 및 봉안당 운영을 통해 저비용 선진장례문화 정착과 공공시설운영으로 지역주민들에게 직접적인 시설 이용의 혜택 부여와 화장, 납골 중심의 장례문화 변화에 따른 장례수요 충족 역할을 톡톡히 하고 있으며, 지속적인 이용고객 편의 제공 고객관리 강화, 전문 인력을 통한 차별화된 장례서비스 제공, 친절한 인적서비스 제공 등을 통하여 이용고객에 대한 만족도 제고 및 고객 수요 증대를 위해 노력하고 있다.

또한, 2009년 1월 개관한 하남시벤처집적시설은 하남시 산업기반 확충에 기여해 고객 중심의 서비스 제공을 통한 쾌적하고 저렴한 업무공간을 제공하고 있으며, 현재 입주한 13개 업체 중 12개의 외부업체를 유치함으로써 하남시 세수증대 및 고용창출의 효과를 가져왔다.

2006년 1월부터 시작한 공영주차장 관리는 주차난 해소 및 질서확립을 위한 선진 주차문화 정착, 시민의 편익을 도모하는 데 큰 역할을 하고 있다.

다섯, 지속적인 지역사회공헌활동 추진과 공익성 증진을 위한 노력

2009년 무주택 서민들에게 저렴한 비용으로 '내 집 마련의 꿈' 실현의 기회를 제공한 신장동 에코타운 1단지 임대아파트(525세대) 분양전환은 주변 시세 대비 약 50%의 저렴한 분양가격으로 지역주민에게 보금자리를 제공하여 서민주거안정을 지원하였으며, 신장동 220-3번지 도시관리계획시설(공공공지) 조성사업을 통해 하남시 공원 녹지계획과 연계, 쾌적한 환경 조성 및 주민생활의 편익을 제공하는 것은 물론 공익 증진을 위해 공원단지 조성 후 하남시에 무상 기부채납하는 등 사업이익을 사회에 환원하였다.

또한, 2010년에는 기초지방자치단체 공기업 최초로 '기존주택 전세임대사업'을 시행하여 국토해양부로부터 승인 받은 40호의 주택을 하남시에 거주하는 기초생활수급자 및 보호대상 한부모가정 등을 대상으로 100% 임대 완료하여 서민주거안정 및 저소득층의 자활을 지원하는데 큰 역할을 하였다.

2011년에도 2010년 대비 10세대 증가(25% 증가)한 50세대를 배정받아 임대할 예정에 있다.

'기존주택 전세임대사업'이란?

사업시행자(하남시도시개발공사)가 새로운 임대주택을 건설하여 공급하는 것이 아니라, 기존에 있던 주택에 대하여 전세계약을 체결한 후 기초생활수급자 등 형편이 어려운 시민에게 저렴한 가격에 재임대하는 사업을 말합니다. 정해진

> 주택에 거주해야 하는 예전의 임대주택사업과는 달리 기존
> 주택 전세임대사업은 현재 입주자가 거주하는 주택 또는 거
> 주를 희망하는 주택이 바로 임대주택이 되는 것입니다.

하남시도시개발공사에서는 향후에도 '기존주택 전세임대사업'의
공급 물량을 확대해 나갈 계획이며, 하남시에 거주하고 있는 저소
득층 및 소외계층에 대한 다각적인 지원방안을 모색하여 지속적인
지원을 아끼지 않을 예정이다.

여섯, 시민을 위한 봉사활동 및 기부활동 추진

2007년 조직된 '하남시도시개발공사 사회봉사단'은 매달 1회 풍
산동 소재 영락노인복지센터를 방문하여 지속적으로 봉사활동을
시행하고 있으며, 2009년부터는 기존 1개소 지원을 5개소(영락노
인복지센터, 야베스선교원, 나그네의집, 작은프란치스코의집, 소망
의집)로 확대하여 운영하는 등 지역 내 불우이웃에 대한 봉사활동
을 통해 훈훈한 관심과 사랑을 전달하고 진정한 이웃사랑을 실현하
고 있다.

또한, 공사 임직원의 매월 급여에서 일정 금액을 공제하여 결식
아동, 독거노인, 소년소녀가장 등 관내 소외된 계층을 위한 '1004
기부제'를 전개하여 더불어 사는 세상 구현에 앞장서 왔다.

올 한 해에도 독거노인, 장애인, 사회복지기관, 재해구호 등 자원
봉사활동을 통하여 더불어 사는 세상구현에 앞장설 계획이며, 불우
시설 및 복지기관 등에 실질적 생활에 도움이 되는 물품 등을 기부

하고, 자매결연 및 행사 등 지원, 독거노인 및 결식아동 등의 지원을 아끼지 않을 것이다.

또한, 앞으로도 기부활동과 봉사활동을 지속적으로 전개해 나갈 것이며 지원 대상을 점진적으로 확대해 나가 지역밀착 공기업으로서의 역할을 강화해 나가겠다는 것이 공사의 입장이다.

일곱, 고객과의 소통활성화를 통한 고객감동 실현

'신뢰·소통·화합하는 하남 건설'이라는 하남시정 방향에 적극 부응하고, 고객 섬김 행정의 일환으로 그간 수동적인 고객감동 유발 형태에서 탈피하여 고객이 직접 체감할 수 있는 적극적 행정을 통한 시민의 신뢰를 굳건히 하고자 최선의 노력을 다할 예정이다.

우선, 공사의 「사보」 발행을 통하여 사내외 커뮤니케이션 활성화, 고객과 친근감 및 신뢰감 형성, 공사 이해도·호감도 제고에 큰 역할을 할 계획이다.

또한, 시민을 위한 공간으로 도시개발공사 회의실을 무료로 개방한다.

회의실을 갖추기 어려운 관내 중소기업 및 지역주민과 재정이 열악한 시민단체나 직능단체의 각종 회의 및 주민 모임공간으로 현재 공사 회의실로 사용되고 있는 공간을 올해 2월부터 개방하고 있다.

공사는 앞으로도 시민 정보제공 및 문화공간 제공뿐만 아니라 시민단체나 직능단체의 운영 활성화 기여 등 고객 편의와 시민과 함께하는 열린 공사상을 구현할 수 있도록 공사 임직원 모두가 전력을 다할 계획이다.

이처럼 하남시도시개발공사는 하남시의 지역균형발전과 지방재정확충, 하남시민의 복리증진을 목표로 괄목할 만한 성과는 물론, 시민을 위한 봉사활동 및 공익성 증진에 주력하여 공사 설립 11년이 지난 지금 수익성이나 공익성에서 성공적인 기업 모델로 정착하였다.

마지막으로, 김시화 사장은 "공사의 항구적인 성장을 위하여 우선적으로 지속 가능한 사업영역을 확보하는데 전념을 기울이고, 기존 수행하고 있는 사업인 택지개발과 주택건설, 공공시설 위·수탁사업의 전문성을 강화하는 데 역점을 두어 정부 공기업 못지않은 사업성과를 거둘 것이며 신규 사업 발굴에 매진·적극 참여하여 개발 이익을 최대한 하남시로 환원하겠다"는 뜻을 전하며, "이를 달성하기 위해 혼신의 힘을 다하는 자세로 일해 나갈 것이고, 공사 임직원 모두가 한마음이 되어 하남시민들로부터 더 큰 신뢰와 사랑을 받을 수 있도록 지난 30년 가까이 지역사회 봉사활동 및 의정 경험과 지식 등 모든 역량을 결집하여 노력하겠다"고 다짐하였다.

그뿐만이 아니다. 내가 문화사업에 지원을 하겠다고 약속을 했으니 그만큼 문화사업을 하는 것도 중요한 업무 중 하나라고 생각했다. 그것도 시민 모두의 삶의 질을 향상하는 그런 문화사업이 되기를 희망했다.

그런 문화사업을 하기 전에 모든 사람에게 알리도록 했다. 모든 시민이 참여하는 문화사업이야 말로 내 고향 하남에 대한 자부심과 시민 모두가 일체감을 이룰 수 있는 동질성 회복의 기회를 부여하는 것이라는 원칙적인 생각 때문이었다.

따라서 2011년 9월 17일에 시행되는 문화공연도 보도자료를 내어, 각종 언론을 통해서 시민들에게 홍보할 수 있도록 했다.

하남시도시개발공사, 시민을 위한 '무료 공연' 개최
하남시도시개발공사와 함께하는
명품 이태리 칸초네(노블아트오페라단),
하남시민 무료 초대(9월 17일, 하남문화예술회관)

오는 9월 17일, 하남시도시개발공사(사장 김시화)는 사회공헌사업의 일환으로 하남문화예술회관과 함께 〈하남의 미래, 하남의 노래〉 행사를 개최한다. 그 첫 번째 공연으로 노블아트오페라단과 함께하는 '명품 이태리 칸초네'를 마련하였다.

한국인이 가장 사랑하는 가곡인 '오 솔레미오', '산타루치아', '돌아오라 소렌토로' 등의 세계적인 명곡을 8명의 성악가가 44인조 오케스트라의 연주로 가을밤을 아름답게 수놓을 예정이다.

11년 연속흑자달성과 금융부채가 0%의 건실한 공기업인 하남시도시개발공사는 설립 이래로 결식아동, 외국인 및 다문화가정, 장애인 단체 등 사회 소외계층을 위한 다양한 지원사업을 적극적으로 전개해 왔다. 하남시도시개발공사는 문화예술지원 행사인 〈하남의 미래, 하남의 노래〉를 매년 정기적으로 개최하여 하남시민 모두가

하남시민 무료 초대 문화행사를 마치고 참가자들과 함께(우측이 김시화 사장)

문화적 혜택을 향유할 수 있도록 할 계획이다.

이번 노블아트오페라단과 함께하는 이번 '명품 이태리 칸초네'를 통하여 그동안 경험하지 못했던 아름다운 이태리 칸초네의 낭만과 감동을 전하는 무대가 될 것이다. 무료로 진행되는 이 공연은 하남 문화예술회관 홈페이지(www.hnart.or.kr)에서 선착순 신청이 가능하다. (문의: 031.790.7979)

그리고 보도자료에는 반드시 안내를 받을 수 있는 문의전화를 삽입하도록 했다. 인터넷 홈페이지에 다 공고가 되어 있다고 말하는 젊은 직원이 있을 때는, '아직 인터넷을 모르는 어르신들을 배려하는 정신을 갖는 것이 후손된 우리들의 임무'라는 부드러운 말로 타일러 주었다. 그랬더니 그 이후에는 어느 누구도 구태의연하게 구식 전화를 들먹이냐는 식의 말은 하지 않았고 오히려 어르신들의 문의전화에 더할 수 없이 상냥하게 답을 해 주었다.

2011년의 도시공사 사업으로는 무엇보다 큰 것을 들라고 한다면 나는 주저 없이 유니온스퀘어(유니온스퀘어는 2016년 '스타필드 하남'이라는 이름으로 개관되었음으로 이후에는 '스타필드 하남'으로 지칭할 것임) 외국인투자 유치 확정 및 사업 선포식을 꼽을 것이다.

스타필드 하남 외국인투자 유치 확정 및 사업 선포식은 2011년 9월 5일에 열었다.

스타필드 하남은 우리 하남시도시개발공사가 주축이 되어 토지를 수의 공급해 주고 경기도와 하남시, ㈜신세계, 터브먼 社가 공동으로 8억 6,000만 달러를 투자, 유치하여 시행하는 공사다. 연면적 442,580㎡(약 134,000평)에 이르는 어마어마한 규모의 공사다. 이 공사는 외국인 직접 투자 2억 5,000만 달러를 유치하면서 시작한 공사로 이미 각종 언론에서 주목받은 공인된 성공사업이다.

나는 그 선포식을 통해서 당당하게 연설했다.

존경하는 김문수 지사님과 문학진 국회의원님.
홍미라 시의회 의장님, 그리고 정용진 신세계 부회장님과 스타필드 하남 임영록 대표이사님을 모시고 이 영광스러운 자리에 함께할 수 있게 되어 기쁘고 자랑스럽게 생각합니다.

그리고 이번 행사를 준비하기 위해 노고를 아끼지 않으신 관계자 여러분들께도 깊은 감사의 말씀드립니다.

저는 오늘 이곳을 오는 길에 가을빛을 가득 머금은 하늘을 보며 가슴이 벅차올랐습니다.

2015년 하남의 하늘, 스타필드 하남의 하늘을 떠올렸기 때문입니다.

경기도의 관광·유통의 랜드마크로 우뚝 선 스타필드 하남과 이를 통하여 발전을 거듭하는 하남시의 모습을 마음속에 그렸습니다.

올해, 시 승격 22주년을 맞는 하남시는 20대 청년의 힘으로 비상을 하고 있습니다.

마침 스타필드 하남 건설을 통하여 두 날개가 되어 주신 한국유통의 선두주자인 신세계그룹과 세계적인 유통 전문기업 터브먼그룹에 깊은 감사를 드립니다. 그리고 대규모의 외국자본투자 유치를 성공시킨 김문수 지사님께 깊은 존경과 축하를 드립니다.

스타필드 하남 사업은 협력과 합심 그리고 신뢰가 중요합니다.

저는 오늘 우리 모두가 외국인투자 유치를 축하하는 것뿐만 아니라, 상호협력과 합심, 신뢰에 대한 증인으로서 경기도민과 하남시민을 대표하여 이 자리에 서있다고 생각합니다. 오늘의 약속과 다짐이 2015년 준공 때까지 그대로 변함없이 이어진다면 스타필드 하남은 경기도민과 하남시민 마음속에 자긍심으로 남을 것입니다.

　다시 한 번 외국인투자 유치 확정과 스타필드 하남 사업 선포식을 축하드리며, 하남시도시개발공사는 본 사업의 성공을 위하여, 그리고 스타필드 하남이 하남시와 더 나아가 경기도의 랜드마크로 우뚝 서는 그날을 위하여 최선의 노력을 다 하겠습니다.

　감사합니다.

나는 이 사업을 통해서 하남이 한 걸음 더 앞으로 나갈 수 있다고 자신했다. 물론 일부에서 우려하는 것처럼 재래시장을

스타필드 하남 사업 선포식에서 선포식을 하는 김시화 사장

위축시키는 등의 단점도 있을 수 있지만, 우선은 커다란 틀을 마련하고 그 틀 안에서 소외되는 이들을 위한 제도적인 보장을 해 주는 것이 발전을 위해서는 중요하다는 생각이었다.

내가 이 책 제3부 1장의 「하남시만이 가질 수 있는 랜드마크 건설」에서 다룬 문제 중 하나가 바로 스타필드 하남 건설에 따른 소상공인 문제라는 것을 미리 말하면서 간단하게 언급해 두고 싶다.

시민 모두가 행복하기 위해서 벌이는 것이 바로 발전이라는 사업인데 그것 때문에 소외되는 분들이 있어서는 안 된다는 것이다. 특히 생존권이 걸려 있는 소상공인들이라면 더더욱 그렇다. 그래서 나는 스타필드 하남으로 인해서 직접적인 피해를 보는 소상공인들을 위해서, 하남에 건설되고 있는 지하철 5호선을 스타필드 하남과 연계하고 그곳에 지하상가를 건설하여 그들에게 우선적으로 분양을 해 주자는 것이다. 만일 자본문제로 인해서 입주할 수 없는 소상공인이라면 그 납부 방법도 연구해 볼 수 있을 것이다.

이제는 완공된 스타필드 하남이 하남의 랜드마크로 자리 잡을 것임에는 틀림이 없지만 그로 인해서 피해를 보는 시민은 최소화되어야 한다는 것이 나의 지론이다.

왜냐하면 모두가 행복할 수 있는 세상이 진정으로 행복한 세상이기 때문이다.

그렇게 취임 첫해를 정신없이 보내는 와중에도 시민들과의 약속인 하남도시공사의 수익 증대를 위해 누구보다 노력한 결과 도시공사는 2011년 기초 공기업 전국 최초로 30억 원을 하남시에 현금배당하였을 뿐만 아니라 무상증자 200억 원을 통해서 자본금을 950억 원으로 증자했다.

물론 자본금을 증자하고 시에 배당금을 지불한 것도 중요한 일이다. 하지만 나는 무엇보다 우리 하남시가 50만 자족도시로 나갈 수 있는 발판을 마련한 한 해가 되도록 일할 수 있다는 것이 기뻤다.

그렇다고 그 모든 일들이 나 혼자의 공이라고는 생각하지 않는다. 내가 사장으로 부임하여 여러 가지로 힘든 환경이었음에도 불구하고 열심히 일해 준 직원들 공이 나보다 몇 배 더 크다는 생각이다. 그래서 나는 그해 종무식에서 직원들에게 공로 표창을 함과 동시에 따뜻한 위로와 새로운 도약을 위한 새해를 맞자는 격려의 송년 메시지를 보냈다.

먼저 하남시와 하남시도시개발공사의 발전에 기여한 공로로 표창을 받으신 직원 여러분들께 진심 어린 존경과 축하의 말씀을 드립니다.

사랑하는 하남시도시개발공사 가족 여러분!

희망과 기대로 출발한 다사다난했던 2011년도 보람과 아쉬움을 뒤로 한 채 역사 속으로 저물어 가고 있습니다.

올 한 해 동안 현안사업과 지역사회 발전을 위하여 피나는 노력과 뜨거운 열정으로 맡은 바 임무를 성실히 수행해 주시고 하남시를 위하는 한결같은 마음으로 지지와 성원을 보내주신 하남시도시개발공사 가족 여러분께 진심으로 감사드립니다.

사랑하는 하남시도시개발공사 가족 여러분!

이제 우리는 2011년을 마무리하고 희망찬 2012년을 준비해야 하는 중요한 시간을 맞았습니다.

2011년을 되돌아보면 일본 대지진, 중동 민주화 바람, 유로존 재정위기, 한미 FTA 타결, 구제역 확산, 2018년 평창동계올림픽 유치, 북한 김정일 국방위원장 사망 등 국내·외적으로 다사다난 했던 격변의 한 해였습니다.

2011년은 우리에게 있어서도 하남시 발전의 초석이 될 스타필드 하남 사업 선포식과 위례 신도시 주택사업계약이 있었고 지역현안사업 제2지구 보상이 시작되는 등 중요한 사업들이 순조롭고 힘차게 추진된 한 해였으며, 특별감사·종합감사, 경영진단 등으로 다사다난했던 해였습니다.

또한 공사의 경영수익을 지역사회와 공유하고 더불어 사는 하남시를 구현하기 위해 공사수익을 하남시에 30억 배당하는 등 다양한 환원사업을 추진한 한 해이기도 했습니다.

방충망 및 단열재 등을 정비해 드리는 저소득층 주거환경정비사업, 건강용품 및 김치, 전기장판 등을 제공해 드리는 독거노인 동계물품기부 및 명절행사 지원과 장애인 단체 지원사업을 통하여 사회에서 소외되기 쉬운 이웃을 돌보는 사업을 진행하였습니다.

그 외에도 지역사회 소외계층을 위한 다양한 지원사업으로 지역사회와 더불어 발전하는 지방공기업상을 정립한 한 해였습니다.

하지만 숨 가쁘게 달려온 한 해 동안 여러 가지 현안사업으로 인하여 정작 여러분들의 고충을 헤아리지 못한 점은 많은 아쉬움으로 남습니다.

하남시 종합감사와 경영진단 등으로 임직원 여러분이 당하였을 고충과 타 지방공기업과의 임금 차이로 인하여 느꼈을 상대적 박탈감에 대하여 들어서 잘 알고 있습니다. 그리고 새해에는 여러분들의 고충을 잘 헤아리고 정책적으로 개선해 나가리라 다짐하고 있습니다.

존경하는 하남시도시개발공사 가족 여러분!

그리스발 재정위기로 인해 내년 국내 경제도 그리 긍정적이지 않다고 합니다.

부동산 경기 침체로 고용과 생산은 하락하고 있고 물가는 하늘 높은지 모르고 상승하고 있습니다.

또한 두 번의 공직선거로 격랑의 2012년이 될 것입니다.

어려운 시기일수록 우리 하남시도시개발공사의 역할이 중요하다고 생각합니다.

불황 속에서 싹트고 자라나는 세대 간의 갈등과 계층 간의 반목, 기관 간의 불신을 우리 하남시도시개발공사가 치유해 갑시다.

냉철한 판단과 거시적인 안목에 의한 경영전략으로 경영수익을 극대화하고 지역사회의 화합을 선도합시다.

존경하는 하남시도시개발공사 가족 여러분!

이제 곧 새로운 시작, 희망의 2012년이 열립니다.

역사의 뒤안길에 저물어 가는 2011년의 아쉬움은 2012년의 희망이 되리라는 기대와 설렘으로 2012년을 맞이합시다.

2011년을 보내며 서로 간에 얽혀있던 감정과 마음 깊이 가라앉은 앙금들은 2011년과 함께 떠나보내고 가벼운 마음으로 희망찬 2012년을 향해 달려갑시다.

상하 간의 벽과 부서 간의 벽을 허물고 함께 어우러져 하남시의 발전을 위해 힘차게 나아갑시다.

저 역시 임직원 여러분을 늘 존중하고 섬기는 마음으로 함께 할 것입니다.

공사가 수행하고 있는 현안사업의 선봉에 서서 우리 공사에 닥쳐올 수많은 난관들을 헤쳐 나갈 것입니다.

끝으로, 소명의식과 열정으로 하남시도시개발공사의 발전을 위해 헌신해 오신 임직원 여러분들과 성숙된 역량으로 지역발전에 든든한 동반자가 되어 주신 이사님과 자문위원님 여러분께 다시 한 번 깊은 감사를 드리며, 다가오는 새해에는 공사 임직원 모두의 가정마다 기쁨과 사랑이 가득하시길 기원 드립니다.

새해 복 많이 받으십시오. 대단히 감사합니다.

2011년 12월 30일

하남시도시개발공사 무한책임사원 김시화

2. 2012년부터 2014년 퇴임까지

2012년의 사업이라고 한다면 무엇보다 먼저 천현·교산 친환경 복합단지 건설사업의 착수를 꼽을 수 있다. 천현·교산 '친환경 복합단지' 사업을 많은 이들에게 알리고 보다 나은 사업을 수행하기 위한 작업이었다. 3월 7일자로 천현·교산 '친환경 복합단지' 사업 실시를 위한 보도자료를 내도록 했다.

천현·교산 '친환경 복합단지' 본격 행보
하남시도시개발공사, 4월말 사업자유제안공모 실시

하남시는 3월 5일 하남시도시개발공사와 주요업무회의에서 천현·교산 '친환경 복합단지 개발사업'을 위한 사업 추진 일정을 확정하였다.

하남시도시개발공사는 그 후속 절차로 4월말 전략적 투자군(SI)·건설 투자군(CI)·금융 투자군(FI) 모두 참여 가능한 사업자유제안공모를 실시한다. 공모공고와 사업설명회를 거쳐 9월말까지 제안서 접수를 받으며 사업제안서에 대한 사업타당성 검토를 거쳐 올해 말까지 우선협상대상자를 선정할 예정이다.

친환경 복합단지 개발사업은 하남시 관내에 산재된 소규모 제조업체 및 물류창고의 집적화를 통한 산업기능 고도화를 위해 하남시 천현·교산동 일원 약 120만㎡의 개발제한구역을 해제하여 지식기반 산업용지, 물류·유통용지, 지원시설용지, 주거용지 등으로 개발하는 1조 원 규모의 대규모 복합단지 개발사업이다.

그간 하남시는 작년 3월 12일 친환경 복합단지 개발구상 연구용역을 완료하고 작년 3월 31일 대상지역의 개발행위허가 제한고시를 한바 있다.

하남시도시개발공사는 올해 1월 13일 하남시로부터 친환경 복합단지 개발사업 예비사업시행자로 선정됨에 따라 2월 28일 사업시행을 위한 이사회 의결을 마쳤다. 공사 관계자는 "사업제안서에 대한 면밀한 사업성 분석을 통해 하남시 경제발전과 재정자립도 제고를 위한 최적의 대안을 찾을 것"이라고 하였다.

무엇보다 중요한 것은 사업을 친환경적으로 시행하여 우리 하남시가 가지고 있는 천혜의 자연을 훼손하지 않고 발전하는 일이었다. 이런 뜻을 알고 있던 언론들은 우리의 사업에 대해 자세히 보도해 주었다. 당시 언론보도를 요약 발췌하면 다음과 같다.

하남시, 친환경 복합단지 조성계획 발표

120만㎡가 친환경, 신기술의 메카로 탈바꿈

'신 성장 동력'과 '지식기반 서비스 산업'의 어울림

　　하남시는 중부고속도로 하남휴게소(구 만남의 광장) 인근 천현동, 교산동 일대의 120㎡(약 36만 평)을 친환경 복합단지로 조성한다. 하남도시개발공사가 주관하여 이룰 이 사업은 물류용지 16만 6482㎡(13.9%), 유통시설 13만 1243㎡(10.9%), 주거시설 24만 5618㎡(20.5%), 지원시설 9만 241㎡(7.5%), 상업시설 3만 126㎡ (2.5%)등 친환경 물류단지와 신기술 복합단지가 어우러지는 산업 고도화에 부합하는 대규모 사업으로 올해 3월 G·B해제 절차에 착수 2014년 부지조성공사를 마무리하고 2015년경에는 토지 공급이 이루어지도록 추진될 예정이다.

　　이번 사업은 하남시만이 가지고 있는 풍부한 자연환경 및 사통팔달의 교통망 등 성장 잠재력을 고려한 차별화된 복합단지로 조성되도록 구상하고 있으며, 이를 위해 '신 성장 동력'인 바이오 및 의료기기, 태양광 및 연료전지, 반도체, 로봇 관련 사업과 '지식기반 서비스 산업'인 IT서비스, 소프트웨어, 연구개발 엔지니어링 등의 산업 유치에 적합한 단지로 조성한다.

　　또한, 거미줄처럼 연결된 도로망과의 연계를 통해 물류단지의 유통기능을 최적으로 끌어올리고 보행자 통로를 통한 유통기능의 분할은 물론 접근성을 향상시킨다는 방침이다.

　　이와 함께 주거시설 24만여㎡를 인근 덕풍천과 객산으로 둘러싸인 쾌적한 거주여건 확보와 2등급지 보존을 통한 물류유통 시설과

의 자연적인 완충녹지를 조성해 하천과 숲이 어우러진 명품 주거단
지로 조성한다.

이번 사업의 관계자는 "기반시설의 취약으로 낙후된 지역경제의
발전을 위해 개발사업으로 인한 개발 이익을 재투자하는 방식으로
토지 분양가를 낮추고 지역 기업에 우선적으로 토지를 분양할 계
획"이라고 말하고, "친환경 복합단지가 완료되면 무계획적으로 난
립된 축사와 물류창고 등이 계획적으로 입지하게 되고, 신기술 연
구단지 등의 유치로 지역경제 활성화와 일자리 창출에 큰 도움이
될 것"이라고 말했다.

우리가 낸 보도자료와 언론에서 보도한 것을 기반으로 사업
의 성격이 많이 알려지게 되자 나는 또 한 번 보도자료를 내도
록 지시했다. 현장설명회를 개최함으로써 명실상부한 사업의
시작을 알리기 위해서였다.

하남시도시개발공사,
천현·교산 '친환경 복합단지' 현장설명회 개최
5월 11일 오후 2시 공사 4층에서 현장설명회 개최
현장설명회 참석과 사업 참여의향서를 제출한 1개 회사 이상이
포함된 컨소시엄만 사업계획서 제출할 수 있어

하남시도시개발공사(이하 공사, 사장 김시화)는 오는 5월 11일
공사 회의실에서 천현·교산 '친환경 복합단지 현장설명회'를 개최
한다고 밝혔다.

공사는 이에 앞서 지난 4월 27일 사업설명회와 5월 4일 민간 사업자 자유제안공모공고를 실시한바 있다. 공고에 따르면 현장설명회 참석과 사업 참여의향서를 제출한 1개 회사 이상이 포함된 컨소시엄만 사업계획서를 제출할 수 있어 본 사업에 참여의사가 있는 업체는 현장설명회에 참석하여야 한다.

본 현장설명회에서는 천현·교산 '친환경 복합단지 개발사업'의 사업현황과 공모지침서 주요내용 등 사업전반에 대한 설명과 질의·응답이 있을 예정이다.

공사는 현장설명회 개최 후 질의접수 등을 거쳐, 6월 18일 사업참여의향서를 접수, 9월 3일 사업계획서를 접수받아 11월 19일 우선협상대상자를 선정할 계획이다.

'천현·교산지구 친환경 복합단지 개발사업'은 하남시 관내에 산재된 소규모 제조업과 물류창고의 집적화 및 산업기능의 고도화를 통한 하남시의 지역경제발전을 위해 천현·교산동 일원 약 120만㎡의 개발제한구역을 해제 지식기반 산업용지, 물류·유통용지, 지원시설용지, 주거용지 등으로 개발하는 것으로 약 1~3조 원의 사업비가 투입되는 대규모 사업이다.

공사 관계자는 "금번 현장설명회로 천현·교산 '친환경 복합단지 개발사업'이 탄력을 받을 것"이라고 말했다.

이렇게 사전에 많은 홍보를 하고 연 사업설명회는 대단한 반응을 보였다. 사전에 준비를 철저히 하고 사업을 공고한 덕분에 사업에 참여하겠다는 업체는 실로 대단한 반응을 보인 것이다. 그저 안방행정을 하는 것이 아니라 사업의 진정한 성공을 위해서 철저하게 준비하고 그 준비된 바를 홍보하고, 그것을 통해서 좋은 공사를 이룸으로써 시민들에게 조금이라도 더 이익이 돌아가게 하기 위한 생각이 그대로 적중한 것이다.

천현·교산지구 '친환경 복합단지' 사업 참여의향 성황
2012. 6. 18 접수결과 S사, H사, D사, L사 등
19개 업체 참여

하남시도시개발공사(사장 김시화)는 천현·교산지구 친환경 복합단지 개발사업과 관련하여 지난 18일 민간 사업자 사업 참여의향서 접수를 성황리에 마쳤다고 밝혔다.

국내 굴지의 건설사인 S사, H사, D사, L사 등 49개 업체가 현장설명회에 참석하였고 그 중 19개 업체가 사업 참여의향서를 제출하였다. 전 세계적인 건설경기 침체에도 불구하고 약 1조 원 규모의 천현·교산지구 친환경 복합단지 개발사업에는 상당히 높은 관심을 나타내고 있다.

하남시가 민선 5기 6대 핵심 사업으로 추진하는 '친환경 복합단지 개발사업'은 하남시 관내에 산재된 소규모 제조업체 및 물류창고의 집적화를 위해 천현·교산동 일원 약 120만㎡의 개발제한구역을 해제, 지식기반 산업용지, 물류·유통용지, 지원시설용지, 주거용지 등으로 개발하는 1조 원 규모의 대규모 사업이다.

지난 5월 11일 현장설명회를 개최하고 이번에 사업 참여의향서 접수가 마무리됨에 따라 9월 사업제안서 접수와 11월 우선협상대상자 선정 역시 순조롭게 진행될 전망이다.

공사 관계자는 "국내 굴지의 건설업체들이 참여의향서를 제출한 만큼 성공적으로 사업이 추진될 수 있도록 최선을 다할 것"이라고 말했다.

사람은 자신이 원하는 일을 하고자 할 때, 혹은 꼭 필요해서 일을 추진하고자 할 때는 무슨 일을 하든지 철저하게 준비를 하고 또 사업성에 맞는 업체를 찾아야 한다. 나는 처음에 내가 도시공사 사장으로 부임하던 때부터 하남을 위해서 일하리라고 마음먹은 그대로 철저한 준비와 준비에 못지않은 홍보를 통해서 이런 쾌거를 이룩할 수 있던 것이라고 지금도 자부하고 있다.

'천현·교산지구 친환경 복합단지 개발사업' 이야기를 하다 보니 마치 내가 큰 사업에만 신경을 쓴 것 같아 미안하기 그지없지만 사실은 그렇지도 않다.

내가 처음에 도시공사 사장으로 취임하면서 상생하는 경영을 하겠다, 특히 지역사회에 공헌하는 공익성 사업을 하겠다는 것을 잊지 않았다. 단순히 잊지 않은 것만이 아니라 어렵고 힘든 이웃과 함께하는 사업을 하기 위해서 나 자신에게 부끄럽지 않게 열심히 노력했다. 그 결과 처음 2011년도에 50호였던 전세임대사업 물량을 거의 두 배가 되는 80호로 늘릴 수 있었다.

행정안전부, 2012년도 기존주택 전세임대사업 80호 공급 승인
하남시도시개발공사 기초지방자치단체 최초로 사업시행,
적정 호수보다 2배 증가된 80호 공급 확정

행정안전부는 3월 16일 2012년도 기존주택 전세임대사업 물량 80호를 하남시도시개발공사에 배정한다고 밝혔다.

3월 7일 하남시도시개발공사(사장 김시화)는 2012년 '기존주택 전세임대사업' 공급 물량을 80호로 확정하였다고 발표하였다.

지원 대상주택은 입주자가 희망하는 주택 중 국민임대주택규모(전용면적 85㎡) 이하 주택만 가능하며, 지원금 한도액은 7,000만 원이다. 입주자 부담 보증금은 350만 원에 월임대료 11만 원정도의 수준으로 책정하여 공급된다. 임대기간은 최초 2년이며, 임대기간 경과한 후 2년 단위로 입주자 자격유지 여부에 따라 4회(최장 10년)까지 연장 가능하다.

기존주택 전세임대사업이란 사업시행자인 하남시도시개발공사가 새로운 임대주택을 건설하여 공급하는 것이 아니라, 기존에 있던 주택에 대하여 전세계약을 체결한 후 기초생활수급자 등 형편이 어려운 시민에게 저렴한 가격에 재임대하는 사업을 말한다. 정해진 주택에 거주해야 하는 예전의 임대주택사업과는 달리 기존주택 전세임대사업은 현재 입주자가 거주하는 주택 또는 거주를 희망하는 주택이 바로 임대주택이 되는 것이다.

하남시의 어려운 저소득계층들의 주거안정을 위해 2010년부터 기초지방자치단체로는 전국 최초로 '기존주택 전세임대사업'을 시행하여 왔다.

특히 올해는 작년에 공급된 50호보다 30호가 더 늘어난 80호 (60% 증가)로 확대 승인되어 총 170호의 물량을 확보하게 되었다. 사업을 주관하는 국토해양부에 물량배정 관련 수요조사 결과 하남시의 저소득계층 대비 적정 호수는 40호로 정해졌으나 2010년~2011년까지 공사의 적극적이고 모범적인 사업시행 및 2012년도 저소득계층을 위한 시의 복지정책향상 노력부분을 인정받아 수요조사 결과보다 2배가량 증가된 80호로 최종 공급 물량배정이 확정됨으로써 무주택 저소득계층의 복지를 위한 공사의 노력이 실현되고 있다.

하남시의 공급 물량이 확정됨으로써 3월 19일 모집공고(공사 및 시청 홈페이지, 신문) 후 3월 26일부터 30일까지 각 동 주민센터에서 신청 접수를 받는다. 접수자격은 입주자 모집공고일 현재 하남시에 거주하는 2인 이상 가구의 무주택 세대주로서 기초생활수급자, 보호대상 한부모가족이어야만 가능하다. 접수마감 후 하남시에서 부양가족 수, 자활프로그램 참여기간 등의 배점항목에 따라 입주대상자를 선정하여 4월 중순 경 전세임대주택의 공급이 이루어질 계획이다.

내가 이 보도를 접하는 순간, '천현·교산지구 친환경 복합단지 개발사업' 이상으로 감격스러웠다. 하남 전체를 위한 일도 중요하지만 하남시라는 커다란 공동체 안에서 누가 돌볼 생각도 하지 않는 소외된 이웃을 위해 일할 수 있는 지위와 기회가 주어졌다는 것이 얼마나 행복한 일인가? 고등학교 대부터 해온 봉사활동이 조금이나마 결실을 맺는 것 같아서 뿌듯하기 그지없었다.

그런 나의 작은 성과에 대해 언론은 예외 없이 좋은 평을 내려 주었고, 나는 그 모든 것에 감사드릴 뿐이었다.

그 중에서 이코노미저널과의 인터뷰를 요약해서 소개해 본다.

지역경제 활성화 선봉장 '하남도시개발공사'
일자리 창출·수익 환원, 하남市 재정기여

하남시의 지역균형개발과 재정확충, 시민의 복리증진에 이바지하기 위해 2000년 8월 10일 설립된 하남도시개발공사(대표 김시화, 이하 공사). 공사의 주요 사업은 토지개발과 주택건설, 일반건축물 등을 위한 토지의 취득, 개발, 공급, 임대, 관리 등을 비롯해, 유통·물류단지 조성, 관리 및 도로, 도시철도 등 교통 관련 시설 건설과 관리이다. 지방자치단체의 위탁 업무를 비롯해 공공성과 수익성이 있는 사업도 영위하고 있다. 이러한 사업 과제를 성공적으로 수행하기 위해 4대 경영전략으로 지역발전 및 개발사업 역량 강화, 공공시설의 최적운영 및 시민 편의 제공, 하남시민의 복리증진 기여와 내부역량 강화시스템 구축 등을 수립해 실천한다. 또한, 끊임없이 고객감동, 소통화합, 투명윤리, 가치창조를 기치로 내걸고 하남시민에게 사랑받는 지방공기업으로 서기 위한 기반을 다져가는 과정에 서있다.

현재 하남도시개발공사는 천현과 교산 등지에 대규모로 친환경 복합단지를 개발하는 사업을 추진한다. 1조 원을 투자해 심혈을 기울여 추진하는 친환경 복합단지 개발사업은 하남시 관내에 산재한 소규모 제조업체 및 물류창고의 집적화를 통한 산업기능 고도화가 목적이다. 이를 위해 우선 하남시 천현·교산동 일원 약 120만㎡의 개발제한구역을 해제했고 이 구역을 지식기반 산업용지, 물류·유통용지, 지원시설용지, 주거용지 등으로 개발한다.

하남시는 이번 사업 추진을 위해 작년 3월 12일 친환경 복합단지 개발구상 연구용역을 완료하고 같은 해 3월 31일 대상지역의 개발 행위허가 제한고시를 했다. 이어 올해 1월 13일 공사가 시로부터 친환경 복합단지 개발사업 예비사업시행자로 선정됨에 따라 2월 28일 사업시행을 위한 이사회 의결을 마쳤다. 그 후속 절차로 4월 말 전략적 투자군(SI)·건설 투자군(CI)·금융 투자군(FI), 모두 참여할 수 있는 사업자유제안공모를 실행했다. 해당 사업은 공모공고와 사업설명회를 거쳐 오는 9월 말까지 제안서를 신청 받아 올해 말까지는 우선협상대상자를 선정할 예정이다. 공사 관계자는 "사업제안서에 대한 면밀한 사업성 분석을 통해 하남시 경제발전과 재정자립도 제고를 위한 최적의 대안을 찾을 것"이라고 밝혔다.

과거 하남도시개발공사는 하남 풍산 지식산업센터 '아이테코' 개발사업을 추진하는 과정에서 다른 시공사를 배제하고 개발사업을 추진했었다. 국내 최초로 민간 사업자를 대상으로 공모한 공공 민간합동 프로젝트파이낸싱(PF) 사업모델에서 미래에셋증권, 한국산업은행, 한국교직원공제회 등 순수 재무 투자자만으로 구성해 성공을 거둬 주목을 받았다. 현재 하남시 풍산택지개발지구에 자리 잡은 아이테코 아파트형 공장은 연면적 약 6만 평 규모에 달하는데,

중소기업과 IT 벤처기업 등이 입주하면서 침체한 지역경제를 살리는 계기가 되고 있다. 아이테코는 편리한 교통망을 확보했고 5개 테마공원, 친환경 미사리 수변공원 등 다양한 간접시설이 인접해 있으며 △하남미사지구 △위례 신도시 △풍산택지개발지구 등 주거지역도 구축돼 하남시 산업경쟁력을 높이고 있다.

공사는 이외에도 사업이익을 지자체에 환원함으로써 하남시 재정을 돕고 있으며, 기초 지자체 설립 공사 중 최초로 2011년 현금 30억 원을 배당해 하남시 재정확충에 기여했다. 이 밖에도 2004년 '시도 184호선 도로개설' 사업에서 얻은 95억 원, 2005년 '덕풍 5교 설치'를 통해 얻은 27억 원을 하남시에 기부했고 2006년부터 2010년까지 하남시민장학회에 약 23억 원을 지원한 바 있다.

하남도시개발공사는 2011년 경기도, 하남시, ㈜신세계, 터브만 社는 함께 유치한 외국인 직접 투자금 2억 5,000만 달러를 포함 총 8억 6,000만 달러를 투자해 건립하는 하남시 신장동 미사리 조정 경기장 인근 복합쇼핑몰 '스타필드 하남'을 담당하게 된다. 스타필드 하남 내에 프리미엄 아울렛과 명품 및 해외 특화 백화점이 들어설 예정이고, 시네마파크와 공연 및 관람·전시시설 등도 마련된다. 사업협약에 따라 개발이 추진될 때 창출되는 경제효과는 상당할 것으로 전망되는데, 특히 건설투자 및 시설운영에 따른 약 1만 6,000 여 명의 새로운 일자리 창출을 비롯해 유동인구 증가와 주변상권 확대는 물론 한강변 최대 랜드마크로 부상해 특색 있는 관광명소로서 경쟁력도 확보할 수 있다.

한편, 공사는 어려운 저소득계층의 주거안정을 위해 2010년부터 기초지방자치단체 중 최초로 '기존주택 전세임대사업'을 시행한 결과, 올해 사업을 주관하는 국토해양부에서 공급받은 물량이 작년 50호보다 더 확대돼 80호로 확정됐고 총 170호의 물량을 확보했다.

이 모든 것들은 나 자신이 열심히 일한 보람이기도 했지만, 그보다는 시민 모두를 가족처럼 생각하면서 묵묵히 자신들이 맡은 일에 열중하며 내가 의도하는 바를 이해하고 따라 준 모든 직원들 덕분이라는 생각이 절로 들었다.

어차피 세상은 혼자 사는 것도, 혼자서 무슨 일을 해 나가는 것도 아니다. 모두가 한데 어우러져 서로가 맡은 일을 충실히 하면서 '나'보다는 '너'를 먼저 생각할 때 세상을 행복하게 만드는 일들이 저절로 이루어지는 것이리라.

그런 생각들을 하면서 나는 정말 내가 나 스스로에게 약속했던 취임 당시의 초심을 벗어나서는 안 된다고 생각했다. 그래서 문화에 대한 지원사업도 끊임없이 계속했다.

하남시도시개발공사 후원 〈뮤지컬 Big3 콘서트〉 개최
기초생활수급자, 한부모가정, 장애인, 외국인 노동자 등
추석 이후 소외되기 쉬운 이웃을 초청하여 성대하게 개최

지난 10월 12일 하남문화예술회관에서 남경주, 홍지민, 김선경 등 유명 뮤지컬 스타와 국내 정상급의 뮤지컬 팝스오케스트라가 연주하는 〈뮤지컬 Big3 콘서트〉가 개최되었다.

하남시도시개발공사가 후원하고 하남문화재단이 주최한 이번 공연에는 기초생활수급자, 한부모가정, 장애인, 외국인 노동자 등 추석 이후 소외되기 쉬운 이웃들을 초청하여 그 의미가 더욱 크다.

이번 공연에서는 전 세계인에게 가장 큰 사랑을 받고 있는 '드림걸즈', '지킬앤하이드', '맘마미아', '페임' 등 뮤지컬 속 음악을 뮤지컬 배우들과 뮤지컬 팝스오케스트라가 함께 연주하여 관객들의 많은 호응을 이끌어냈다.

이번 공연을 후원한 하남시도시개발공사 관계자는 "지속적인 문화예술 후원 사업을 통하여 소외계층은 물론 하남시민과 함께하는 지방공기업상을 구현하는 데 최선의 노력을 다하겠다"고 하면서, 추후 '찾아가는 예술교실'과 '오감만속콘서트' 등 다양한 분화예술 후원 사업에도 시민의 많은 성원을 부탁한다고 하였다.

'찾아가는 예술교실'은 하남시도시개발공사 후원으로 잠재적 문화수요계층을 확대하고 청소년들의 문화적 소양을 높이기 위해 해당 학교를 직접 방문하여 클래식 연주, 비보이 공연, 드로잉쇼 등을 선보이는 문화교육 사업으로 현재 계속 진행 중이며, '오감만족콘서트'는 지역의 소외계층을 초청하여 클래식 공연을 선보이는 문화행사로 11월 27일에 하남문화예술회관에서 개최된다.

그뿐만 아니라 지역 내 불우이웃을 돕기 위한 전 직원이 참여하는 김장 나누기 행사도 개최하였다.

하남시도시개발공사 '사랑의 김장 나누기' 행사 개최
지역 내 독거노인, 장애인, 취약지역 거주자 등
소외되기 쉬운 이웃을 위해
2012. 11. 28(수) 전 임직원이
1,000포기 김장을 담아 170여 가구에 전달

하남시도시개발공사(사장 김시화, 이하 공사)는 지난 11월 28일 (수) '사랑의 김장 나누기' 행사를 개최했다. 전 임직원이 1,000여 포기의 김장을 직접 담아 170여 가구에 전달하여 연말연시 따뜻한 이웃사랑을 실천했다.

공사는 지역 내 독거노인, 장애인, 취약지역 거주자 등 어려운 이웃을 돕기 위해 매년 연말 '사랑의 김장 나누기' 행사를 개최하고 있다.

공사 관계자는 "이번 행사로 어려운 이웃들이 따뜻한 겨울을 나는데 조금이라도 보탬이 되길 바란다"며 "앞으로도 지역사회 어려운 이웃을 위해 실질적인 도움이 되는 나눔과 봉사활동을 지속적으로 추진해 나갈 계획"이라고 말했다.

하남시도시개발공사는 각종 개발사업을 통해 창출된 수익을 사회에 환원하기 위해 '임직원 사회봉사단'을 운영하여 매월 1회 관내 복지시설을 방문하여 봉사활동을 실시하고 있으며, 도움의 손길이 필요한 어려운 이웃에게 정기적인 후원활동을 전개하고 있다.

그러나 우리 임직원 그 누구도 이런 행사를 자랑으로 생각하지 않았다. 그저 작은 보람으로 마음에 새길 뿐이었다. 나눔은 그것을 자랑으로 삼지 않고 단순히 나누겠다는 진정한 마음으로 나누고자 할 때 그 기쁨이 두 배가 된다는 것을 모두가 알고 있었기 때문이다.

그렇게 전 임직원이 묵묵히 일하던 중에 뜻밖의 반가운 소식이 전해졌다. 평소 환경문제에 남다를 관심을 가지고 사업을 추진해 오던 터인지라 내심 기대는 해 왔지만 그래도 혹시나 하는 마음이었는데, 하남도시공사가 국제환경경영시스템 및 녹색경영시스템 인증을 동시에 획득하는 쾌거를 이룬 것이다.

하남시도시개발공사, 'ISO14001·GMS' 통합인증 획득
"국제환경경영시스템 및 녹색경영시스템 인증 동시 획득" 쾌거

하남시도시개발공사(사장 김시화)는 기초지방자치단체 공기업 중 도시개발공사 군 최초로 지식경제부 산하 인증기관으로부터 'ISO14001', 'GMS' 통합인증을 획득하는 쾌거를 이루었다.

국제환경경영시스템(ISO14001)은 환경경영시스템에 관한 국제규격으로, ISO14001의 획득은 공사가 환경경영을 기업 경영의 방침으로 삼아 구체적인 목표와 조직, 절차 등을 규정하고, 인적·물적 자원을 효율적으로 배분해 조직적으로 관리하는 체제를 갖추는 동시에 지속적인 환경 개선을 이루어 나가고 있다는 것을 의미한다.

또한 녹색경영시스템(GMS)은 자원과 에너지의 효율적 사용, 온실가스 배출 및 환경오염 발생을 최소화하기 위한 사회적 책임을 다한 기업임을 인증하는 제도이다.

김시화 사장은 "이번 인증 획득으로 공사는 수준 높은 서비스 품질을 시민에게 제공하는 동시에 저탄소 녹색성장을 선도하고 환경과 조화를 이루는 최적의 경영시스템을 유지해 친환경 공기업으로서 하남시민에게 신뢰받는 공사가 되도록 최선의 노력을 다하겠다"라고 밝혔다.

그렇게 기쁜 일이 앞에 주어짐과 동시에 또 새로운 일들이 쌓였다. 하지만 그 일들은 결코 나쁜 일들이 아니라 하남을 위해서 진정으로 해야만 할 일들이었다.

지역현안사업부지 1지구 도시개발사업
2012. 12. 14. 경기도 도시계획위원회 심의통과

'지역현안사업 1지구 도시개발구역 지정 및 개발계획수립(안)'이 2012년 12월 14일 경기도 도시계획위원회에서 가결되어 사업 추진에 박차를 가하게 되었다.

친환경 공동주택단지 조성과 첨단사업 유치를 목적으로 하는 지역현안사업 1지구 개발사업은 2016년까지 부지면적 15만 5713㎡에 공동주택 약 1,300세대와 지식산업센터 건설을 그 주 내용으로 한다. 특히 부지 내 건설될 지식산업센터의 경우 삼성엔지니어링, 강동 엔지니어링 복합단지, 아이테코 지식산업센터, 미사보금자리지구 상업용지, 스타필드 하남을 잇는 강동권 산업기반 라인의 한 축을 담당할 것으로 예상된다.

지역현안사업 1지구 개발사업은 도시개발법에 의한 민관공동사업방식으로 추진되는 하남시 숙원사업 중 하나로서, 하남시도시개발공사와 대우건설 컨소시엄·광주도시공사·남양주도시공사가 사업에 참여하고 있다.

'도시개발구역 지정 및 개발계획수립(안)'이 경기도 도시계획위원회를 통과함에 따라, 곧 보상절차에 착수, 조만간 공사착공에 들어가게 될 전망이다.

공사 관계자는 "지역현안 1지구 사업의 모든 일정이 순조롭게 진행 중이다"라고 하면서 "공해공장 및 고압송전탑을 이전한 부지에 이성산 등 기존 생태와 조화된 친환경 주거공간을 조성하고 지식산업센터에 우수중소기업을 유치하게 되면 하남시 도시경쟁력이 크게 향상될 것이다"고 하였다.

그뿐만이 아니었다.

하남시도시개발공사, 위례 신도시 모델하우스 건립공사
협상적격자 선정
2013년 5월 분양홍보관 개관 및 아파트 분양

하남시도시개발공사는 지난 12월 21일 위례 신도시 모델하우스 건립을 위한 협상적격자로 ㈜디자인시대를 선정하였다고 밝혔다. 이에 따라 내년 5월경 위례 신도시 모델하우스 오픈과 함께 분양에 들어간다.

하남시도시개발공사는 위례 신도시 A3-8블록(8만 1,088㎡)에 공동주택 약 1,670세대를 건설하여 내년 5월경 분양을 시작할 예정이며, 이 중 30%는 하남시민에게 우선 분양할 계획이다.

위례 신도시 A3-8BL 모델하우스는 경기도 하남시 하남문화예술회관 맞은편에 건립된다. 공사 관계자는 "사업을 위한 모든 일정이 순조롭게 진행되고 있다"며 "2013년 5월 분양을 시작으로 6월에 공사착공이 되면 적어도 2016년에 입주할 수 있을 것"이라고 사업의 로드맵을 밝혔다.

정말 하루가 바쁘게 흘러가는 날들이었지만 그 모든 것이 시민들과 함께 36만 자족도시를 만들기 위해서 하남시를 위해서 하고 싶었던 일들이었다. 그렇기에 더 신이 나서 일을 했는지도 모른다. 아니, 시민들이 곁에 있었기에 더 힘이 났을 것이다.

나는 그런 시민들에게 우리가 하는 일을 알려야 한다는 생각에 보도자료를 내도록 했다.

2012년 하남도시개발공사 사업현황

■ 살기 좋고 살기 편한 하남 건설 '하남시도시개발공사'

하남시의 지역균형개발과 재정확충, 시민의 복리증진을 위해 2000년 8월 기초지방자치단체 최초로 설립된 하남시도시개발공사(대표 김시화, 이하 공사)는 신장 2지구 에코타운 건설사업(총 1,607세대), 풍산아이파크 건설사업(총 1,051세대) 등 공사설립 이후 수행한 모든 사업을 성공적으로 완료하였다. 창사 이래 최고의 당기순이익을 이끈 지식산업센터 '아이테코' 건설사업은 국내 최초로 민간 사업자를 대상으로 공모한 공공 민간합동 프로젝트파이낸싱(PF) 사업모델로 주목을 받았다.

개발사업의 연이은 성공을 기반으로 설립 당시 자본금 60억 원이던 공사는 2011년 950억 원으로 자본금을 확충하였으며, 2011년에는 기초지방자치단체 지방공기업으로는 전국 최초로 시에 현금배당을 실시하여 하남시 재정확충에도 기여한바 있다.

공사는 현재 지역현안 1지구·2지구 개발사업과 위례 신도시 주택건설사업 등 하남시의 지도를 바꾸는 대규모 도시개발사업을 추진하고 있다. 이러한 사업 과제를 성공적으로 수행하기 위해 공사는 지역발전 및 개발사업 역량 강화, 공공시설의 최적운영 및 시민편의 제공, 하남시민의 복리증진 기여와 내부역량 강화시스템 구축이라는 4대 경영전략을 수립하여 하남시민에게 사랑받는 대한민국 최고의 지방공기업으로 거듭나기 위해 최선의 노력을 다하고 있다.

■ 친환경 주거공간의 건설 '지역현안사업 1지구 개발사업'

친환경 공동주택단지 조성과 첨단사업 유치를 목적으로 하는 지역현안사업 1지구 개발사업은 2016년까지 부지면적 15만 5713㎡에 공동주택 약 1,300세대와 지식산업센터 건설을 그 주 내용으로 한다. 특히 부지 내 건설될 지식산업센터의 경우 삼성엔지니어링, 강동 엔지니어링 복합단지, 아이테코 지식산업센터, 미사보금자리지구 상업용지, 스타필드 하남을 잇는 강동권 산업기반 라인의 한 축을 담당할 것으로 예상된다.

도시개발법에 의한 민관공동사업방식으로 하남시도시개발공사와 대우건설 컨소시엄, 광주도시공사, 남양주도시공사가 사업에 참여하고 있다.

현재 '도시개발구역 지정 및 개발계획수립(안)'이 지난 9월 14일 경기도 도시계획 분과위원회를 통과하였다. 후속 절차로 경기도 도시계획 전체위원회를 통과하게 되면 곧바로 보상절차에 착수, 내년 상반기 중 공사착공에 들어가게 된다.

공사 관계자는 "지역현안 1지구 사업의 모든 일정이 순조롭게 진행 중이다"라고 하면서 "공해공장 및 고압송전탑을 이전한 부지에 이성산 등 기존 생태와 조화된 친환경 주거공간을 조성하고 지식산업센터에 우수중소기업을 유치하게 되면 하남시 도시경쟁력이 크게 향상될 것이다"고 하였다.

■ 강동권 랜드마크 '스타필드 하남'을 건설하는 지역현안사업 2지구 개발사업

하남시 랜드마크와 친환경 수변도시를 건설하는 지역현안사업 2지구 개발사업은 2015년까지 하남시 신장동 288번지 일원 부지면적 56만 8487㎡에 프리미엄 복합쇼핑몰 '스타필드 하남'과 공동주택 및 공공문화시설 건설을 그 내용으로 한다.

본 사업은 경기도, 하남시, ㈜신세계, 터브먼 社가 공동으로 8억 6,000만 달러(외국인 직접 투자금 2억 5,000만 달러 포함)를 투자·유치하여 '스타필드 하남'을 조성한다는 점에서 각종 언론에 주목을 받았다.

스타필드 하남에는 프리미엄 아울렛, 명품 백화점 및 해외 백화점이 들어설 예정이고, 시네마파크와 공연 및 관람·전시시설 등도 마련된다. 사업협약에 따라 개발이 추진될 때 창출되는 경제효과는 건설투자 및 시설운영에 따른 약 1만 6,000여 명의 고용창출과 유

동인구 증가, 파생수요 확대에 따른 주변상권의 개발 등 다양하다.

현재 하남시는 지난 3월 교통영향평가 및 개선대책 심의를 마치고 4월 25일 '도시개발구역 지정 및 개발계획변경 고시'를 하였으며 11월 29일 실시계획 승인을 득한 상태이다. 공사 관계자는 '시공사를 선정하여 연내 착공'할 예정이라고 하였다.

■ 강남권 생활의 편리함을 하남에서, 위례 신도시 주택건설사업

신흥 강남권 주거벨트로 급부상하고 있는 위례 신도시 주택건설사업에 하남시도시개발공사가 참여한다. 강남권 생활의 편리함과 청정하남 친환경 주거공간의 조화라는 사업목적으로 위례 신도시 A3-8블록(8만 1,088㎡)에 공동주택 약 1,600세대 건설을 내용으로 한다.

공사는 본 사업을 위해 2011년 12월 LH공사와 택지매매 본 계약을 체결하였고, 지난 6월 행정안전부로부터 공사채 1,400억 원 발행을 승인 받은바 있다.

공사 관계자는 "사업을 위한 모든 일정이 순조롭게 진행되고 있다"며 "2013년 5월 분양을 시작으로 6월에 공사착공이 되면 2016년에 입주할 수 있을 것"이라고 사업의 로드맵을 밝혔다.

■ 저소득계층 주거안정을 위한 '기존주택 전세임대사업'

하남시도시개발공사는 기초생활수급자 및 한부모가정 등 저소득계층을 위한 주거안정을 위해 2010년부터 기초지방공기업 최초로 '기존주택 전세임대사업'을 시행하여 왔다.

공사는 올해 80호(작년 대비 60% 증가)를 배정받아 총 170호의 물량을 확보하게 되었다. 본 사업은 국토해양부가 각 시도별 사업 물량에 대한 수요조사를 시행하고 그 결과에 의해 각 시도별로 사업물량을 배정하여 실시한다. 물량배정 관련 수요조사 결과 하남시의 저소득계층 대비 적정 호수는 40호로 정해졌으나, 2011년까지 공사의 적극적이고 모범적인 사업시행으로 수요조사 결과보다 2배 가량 증가된 80호를 배정받게 되었다.

기존주택 전세임대사업은 사업시행자(하남시도시개발공사)가 새로운 임대주택을 건설하여 공급하는 것이 아니라, 기존에 있던 주택에 대하여 전세계약을 체결한 후 기초생활수급자 등 형편이 어려운 시민에게 저렴한 가격에 재임대하는 사업을 말한다.

지원 대상주택은 입주자가 희망하는 주택 중 국민임대주택규모(전용면적 85㎡) 이하 주택만 가능하며, 지원금 한도액은 7,000만 원이다. 입주자 부담 보증금은 350만 원, 월임대료는 11만 원 수준으로 책정하여 공급한다. 임대기간은 최초 2년이며, 임대기관 경과한 후 2년 단위로 입주자 자격유지 여부에 따라 4회(최장 10년)까지 연장 가능하다.

공사는 기존주택 전세임대사업 입주민의 쾌적한 주거생활을 위해 입주 전 점검을 통해 도배 및 장판 등을 무료로 교체해 드리고 있으며, 중개수수료·보증보험료 등의 지원을 통해 저소득층 주거안정을 위한 다양한 지원을 하고 있다.

■ 하남시민을 위한 문화예술 환원사업

하남시도시개발공사는 하남시민 문화예술 수준 향상과 소외계층 복리증진을 위해 정기문화예술행사 개최, '찾아가는 예술교실' 등 다양한 문화예술 환원사업을 진행하고 있다.

– 외국인 노동자, 한부모가정, 기초생활수급자 등과 함께하는 '뮤지컬 Big3 콘서트'

공사는 2012년 10월 12일 오후 7시에 하남문화예술회관 검단홀에서 '뮤지컬 Big3 콘서트'를 개최했다. 국내 최정상급 뮤지컬 스타 남경주, 홍지민, 김선경이 출연하고 뮤지컬 팝스오케스트라의 연주로 '지킬앤하이드', '미녀는 괴로워' 등 시민에 친근한 음악을 선보였다.

– 사회 소외계층과 함께하는 '오감만족콘서트'

공사는 2012년 11월 27일 오후 7시에 하남문화예술회관 검단홀에서 '오감만족콘서트'를 개최했다. 국내외 정상급 실력파 성악가와 오케스트라의 연주로 진행되는 이번 공연에는 '오페라의 유령', '그리운 금강산', '여인의 향기' OST 등 폭넓은 장르의 음악을 선보였다.

– 문화공연 저변확대를 위한 '찾아가는 예술교실'

공사는 문화예술 환원 장기프로젝트 사업 '찾아가는 예술교실'을 진행 중에 있다. 본 사업은 입시 위주의 교육풍토로 인해 공연 관람이 어려운 학생들의 감성지수를 높이고, 수업 중 이동이 쉽지 않은 학생들을 위해 각 학교를 찾아가 공연하는 문화교육 사업이다.

하남시 관내 모든 학교를 대상으로 접수를 받아 지난 10월 12일 4곳의 학교를 최종 선정하여 11월 19일 신장고등학교를 시작으로

'찾아가는 예술교실 수업'이 진행하고 있다.

또한 하남시의 다양한 재능을 가진 학생을 발굴하기 위한 오디션 '찾아가는 예술교실 오디션'이 지난 11월 6일 하남문화예술회관 아랑홀(소극장)에서 진행되었다. 시험성적에 의해 순위가 매겨지는 교육풍토에서 학생들 개개인이 가진 재능의 뽐낼 수 있는 장을 마련하기 위해 기획되었다.

■ **각종 사회공헌활동**

그 밖에도 공사는 각종 개발사업을 통해 창출된 수익을 사회에 환원하기 위해 다양한 활동을 펼치고 있다. 임직원 사회봉사단을 운영하여 매월 1회 관내 복지시설을 방문하여 봉사활동을 실시하고 있으며, 도움의 손길이 필요한 어려운 이웃에게 정기적으로 후원하고 있다. 사회봉사단 활동 이외에도 문화재보호 활동, 환경보호 활동 등 지역사회 환원사업을 지속하고 있다.

그렇게 바쁘고 즐겁고, 또 시민들과 어려운 이웃들과 함께하면서 보낸 2012년도 저물고 2013년을 맞게 되었다. 2010년 말에 사장직을 맡았고, 도시공사 사장의 임기는 3년이니 이제 임기 마지막 해를 맞은 것이다. 지금까지 해 온 일들의 결실을 맺어야 할 때라고 생각했지만 조급하지는 않았다. 공사의 일이 나 혼자를 위해서 한 일도 아니고 시민 모두를 위해서 해온 일들이며 그 결과 역시 시민 모두가 누릴 이익으로 배분될 것임을 잘 알고 있었기 때문이다. 다만 아무리 공익을 위해서 일한다고 자부한다지만, 무언가 눈에 보이는 결실은 나도 모르게 은근히 기대하고 있던 터였는지도 모른다.

2013년 초에 뜻하지 않은 기쁜 선물이 나를 찾아 주었다. 아니 나는 물론 우리 도시공사 전 임직원을 찾아 주었다.

하남시도시개발공사 사장, 지식경영인 대상 수상
2013년 1월 18일 제22회 지식경영인 최우수기업 시상식에서
지식경영인 대상 수상

김시화 하남시도시개발공사 사장(이하 '김시화 사장')이 지난 18일 서울 프리마호텔에서 개최된 제22회 지식경영인 최우수기업 시상식에서 '지식경영인 대상'을 수상하는 영예를 안았다.

'지식경영인 대상'은 미래지식경영원과 한국재능나눔협회가 주관, 지식정보사회 구축에 앞장서고 새로운 부가가치 창출을 통해

지식경영인 대상 상패

국가 경쟁력 강화에 기여한 공로가 인정되는 우수기업과 자치단체 장에게 수여하는 상이다.

김시화 사장은 2010년 11월에 부임하여 하남지식산업센터 '아이테코' 건설사업을 성공적으로 마무리했으며, 현재는 하남시 지도를 바꾸는 대규모 개발사업인 지역현안사업 1지구 및 2지구 개발사업과 위례 신도시 주택건설사업을 추진하고 있다.

또한 봉사와 나눔의 정신으로 지역사회와 함께하는 지방공기업상을 구현하기 위해 임직원 사회봉사단, 사랑의 김장 나누기, 소외계층 초청 문화예술행사 개최, 학교폭력 솔루션 찾아가는 예술교실 등 다양한 사회환원사업을 추진하고 있다.

한편 하남도시개발공사는 2012년 예산조기집행 전국 2위를 달성하면서 정부정책추진 우수공기업으로 선정되었으며, 환경경영시

지식경영인 대상 상패 수여식

스템에 관한 국제규격인 ISO14001 및 GMS 인증을 획득하는 등 초일류 지방공기업으로 거듭나기 위해 노력하고 있다.

김시화 사장은 "하남시의 도시경쟁력 제고를 위해 지식경영을 기반으로 한 나눔경영이 필요하다고 생각한다"고 강조한 후 "부임 후 2년간 우리 공사가 추진한 나눔경영과 지식경영에 대한 성과가 가시적으로 나타나고 있어 기쁘게 생각한다"고 말하였다.

솔직히 이 상을 받으면서 나는 이 상이 나 개인에게 주어지는 것이 아니라 우리 임직원 모두가 꿋꿋이 나와 함께 앞만 보고 일해준 덕분이라고 생각했다. 당연히 나 혼자서 받은 상이 아니라고 생각했다. 그런 내 마음을 알아주었는지 우리 공사 전체에게 정말 영광된 상이 주어졌다.

하남시도시개발공사 행정안전부장관 표창
2012년도 정부정책추진 우수공기업 선정,
2013년 1월 29일 제10회 지방공기업의 날 행사

하남시도시개발공사(사장 김시화)는 29일 행정안전부 주관으로 정부서울청사에서 개최된 '제10회 지방공기업의 날' 행사에서 2012년 정부정책추진 우수공기업으로 선정되어 행정안전부장관 표창을 수상하는 영예를 안았다.

이번 행사는 행정안전부장관, 지방공기업평가원 이사장 등 지방공기업 관계자 300여 명이 참석한 가운데 공기업 발전 유공자 및 경영평가 우수기관, 정부정책추진 우수기관 등 각계에서 공기업 발전에 기여한 기관 및 개인에 대한 시상이 진행되었다.

하남시도시개발공사는 2012년 예산조기집행 전국 2위를 달성하였으며, 환경경영시스템에 관한 국제규격인 ISO14001 및 GMS 인증을 획득하는 등 초일류 지방공기업으로 거듭나기 위해 노력하고 있다.

김시화 사장은 "지역균형발전을 통한 주민의 복리증진이라는 지방공기업 본연의 사명을 달성하기 위해 부임 후 2년간 공사 임직원들과 함께 흘린 땀에 대한 결실이라고 생각한다"며 "앞으로도 지방공기업의 발전을 위해 최선의 노력을 다하겠다"고 말했다.

누가 보지 않는 곳에서든 열심히 일하면 반드시 알아주는 사람이 있게 마련이다. 아무도 보지 않는 것 같지만 항상 누군가는 지켜보고 있다. 그래서 세상에 비밀은 없는 것이다. 속담에 "낮말은 새가 듣고 밤말은 쥐가 듣는다"고 했다. 세상일이라는 것이 절대 비밀도 없지만 열심히 일하면 반드시 누군가는 알아주게 마련인 것 같았다.

그러나 이렇게 기쁜 일들이 일어났다고 기뻐하면서 즐기고만 있을 수는 없는 일이었다. 하루가 다르게 발전하는 모습으로 변모하는 내 고향 하남시의 모습에 걸맞은 사업들을 일으켜 하남시의 내실을 충족시켜야 했다.

하남시도시개발공사
지역현안 2지구 부지조성공사 3월 21일 기공식 개최

하남시도시개발공사(사장 김시화)는 오는 21일 오후 3시 하남시 지역현안 2지구 부지조성공사 기공식을 하남시 신장동 190번지 일원(환경기초시설 건설현장 앞)에서 개최한다.

본 행사는 사물놀이와 국악공연 등 식전행사와 본식인 기공식, 축하공연과 경품추첨 등 식후행사로 진행되며, 기공식에는 시장 및 시의회 의장, 국회의원, 각 유관기관 단체장이 내외빈으로 참석하고 하남시민 3,000여 명이 초대되어 순조로운 사업의 추진을 기원한다.

지역현안사업 2지구 개발사업은 하남시 랜드마크와 친환경 수변

하남시 지역현안 2지구 부지조성공사 기공식 현장에서
(중앙에서 왼쪽이 김시화 사장)

도시 건설을 목표로 2015년까지 하남시 신장동 288번지 일원 부지 면적 56만 8487㎡(약 17만 평)에 프리미엄 복합쇼핑몰과 공동주택 및 공공문화시설 조성을 내용으로 한다.

본 사업부지에 조성되는 복합쇼핑몰은 경기도, 하남시, ㈜신세계, 터브먼 社가 공동으로 8억 6,000만 달러(외국인 직접 투자금 2억 5,000만 달러 포함) 투자·유치에 성공하여 각종 언론에 주목을 받았다. 복합쇼핑몰 건설과 공동주택 및 공공문화시설, 상업시설 조성에 따른 경제유발효과는 2조 6천 억에 달하며 고용유발효과도 7천 명으로 추산된다.

지역현안 2지구 부지조성공사는 거양산업개발 주식회사 등 5개 사가 시공사로 참여하며 2014년 말 완공을 목표로 사업을 추진 중이다.

보도자료는 물론이고 각종 언론에서도 지역현안 2지구 사업에 대한 관심은 대단했다. 각종 신문과 매체에서는 인터뷰 요청을 하거나 아니면 기사를 실었다. 특히 당시에는 보금자리 주택인 '에코앤캐슬'에 대한 인기가 대단했다. 그 당시 언론보도 등을 종합해 보았다.

위례지구 A3-8블록 보금자리주택 '에코앤캐슬' 본격분양
　▶ 양도세 감면 수혜 예정, 상반기 최대 '블루칩'
　▶ 위례지구 A3-8블록 중소형 1,673가구 대단지
　▶ 국민이 갖는 프리미엄 '위례지구 에코앤캐슬'

하남시도시개발공사가 오는 5월 31일부터 위례지구 A3-8블록 보금자리주택 '에코앤캐슬'을 본격 분양한다. 올 상반기 위례지구에서 공급되는 신규 분양 중 유일하게 모든 가구 양도세 100% 감면혜택이 적용될 예정이다.

위례지구 A3-8블록 '에코앤캐슬'은 하남시도시개발공사가 시행하고 롯데건설이 시공하는 보금자리주택(공공분양)이다. 지하 2층~지상 27층 총 14개 동이며, 전용면적은 75㎡ 438가구, 84㎡ 1,235가구 등 실수요층이 두터운 중소형 총 1,673가구로 구성됐다.

단지는 매머드급 규모답게 입주민 편의시설이 잘 갖춰질 예정이다. 전용 커뮤니티센터에는 유산소운동이나 헬스 등을 할 수 있는 피트니스센터와 GX룸, 실내골프연습장 등이 마련되며, 교육형 과학놀이터와 자연을 체험할 수 있는 산림욕장, 보행축에 교육을 테마로 한 에듀밴드 등이 조성될 예정이다. 또한 도보 5~10분 거리에 초등학교와 중학교, 고등학교가 신설이 예정돼 자녀를 안심하고 교육시킬 수 있으며 성남CC가 인접해 시원한 조망과 쾌적한 주거환경을 누릴 수 있을 전망이다.

서울 송파구와 경기도 하남시, 성남시에 걸쳐있는 위례지구는 강남역이 반경 10km, 잠실역이 반경 5km 이내 거리에 위치, 도심 접근성이 우수한 강남 생활권 신도시로 주목받고 있다. 오는 2015년 말까지 6.8㎢ 부지에 주택 4만여 가구가 들어설 예정이며 '첨단 생태도시'를 목표로 친환경 보행전용통로인 '휴먼링'과 대규모 생태녹지축 등도 조성될 예정이다.

위례지구 인근에는 현재 굵직한 개발과 교통여건 개선 호재도 많다. 거여·마천뉴타운과 동남권유통단지(가든파이브) 등이 가깝고 잠실 제2롯데월드가 2015년 완공을 목표로 공사가 한창 진행 중이다. 또 2015년 준공예정인 문정법조타운에는 법원과 등기소, 경찰청, 미래형업무지구 등이 들어설 예정이다. 교통은 KTX 수서역이 2015년 개통될 예정이며 서울외곽순환고속도로 송파IC와 송파대로, 동부간선도로, 분당-수서 간 도시고속화도로 등을 쉽게 이용할 수 있다. 또 지구 남측에는 지하철 8호선 복정역과 산성역 사이에 우남역이 오는 2017년 신설(개통)될 예정이며, 8호선 복정역과 5호선 마천역 사이에는 신교통수단 '트램'이 운행될 예정이다.

분양을 앞둔 하남시도시개발공사 관계자는 "위례지구는 입지여건이 우수하고 인근에 개발 호재도 많아 미래가치가 높은 곳이다. 에코앤캐슬은 체계적으로 조성되는 위례의 인프라와 생활편익시설 등을 모두 누릴 수 있는 동시에 중소형 보금자리주택으로 양도세 100% 감면혜택까지 적용될 예정이라, 실수요는 물론 투자자들의 관심이 높다"고 말했다.

위례지구 A3-8블록 '에코앤캐슬' 견본주택(분양홍보관)은 하남시 신장동 326-19번지 일대 하남문화예술회관 인근에 위치했다. 입주는 2016년 1월 예정이다.

이런 언론의 조명을 실망시키지 않고 분양은 말 그대로 초만원사례를 이루었다. 흔히 말하는 대박을 이룬 것이다. 당시 보도자료가 그것을 생생하게 증명해 준다.

위례지구 A3-8블록 '에코앤캐슬' 청약대박
1,673세대 모집, 최종 경쟁률 7.24 대 1 청약마감

하남시도시개발공사가 지난 6월 22일(토) 위례지구 A3-8블록 '에코앤캐슬' 잔여세대 61가구를 공급한 결과 1순위(무주택 세대주)에서 총 442건의 청약신청이 접수, 평균 경쟁률 7.24 대 1로 최종 마감됐다.

'에코앤캐슬' 잔여세대 공급은 총 1,673가구 중 1~3순위 정식 청약 후 남은 61가구에 대해 지난 6월 14일 '잔여세대 모집공고'를 발표했다. 청약신청은 6월 22일(토)까지 수도권거주 무주택 세대주가 1순위, 기타 2순위로 현장 접수를 받았으며 당첨자는 추첨으로 선정했다.

분양관계자는 "잔여세대로 공급한 61세대는 22일(토) 현장에서 동호수 지정 계약이 100% 체결됐다. '에코앤캐슬'은 기존 1~3순위 정식 청약에서도 총 1,256가구 일반공급에 1,355명이 신청하는 등 실수요자들의 선호도가 높았다. 우수한 입지여건과 위례의 미래가치 등에 힘입어 이번 잔여가구 모집이 성황리에 마감됐기 때문에 오는 7월 1일~7월 3일에 예정된 정식 계약도 순조롭게 진행될 것으로 예상된다"고 말했다.

'에코앤캐슬' 당첨자의 관련 서류접수는 6월 24일~6월 26일이며 정식 계약 체결은 오는 7월 1일부터 7월 3일까지 진행된다.

이렇게 좋은 결과가 나오자 언론에서는 앞다퉈 특집 기사로 하남도시공사를 조명해 주었다. 그러나 그것은 단순한 칭찬이나 띄워주기가 아니었다. 진심으로 우리 공사를 칭찬하고 격려해 주는 것일 뿐만 아니라 앞으로 더 잘하라는 채찍이었다. 당시 언론을 종합 정리해 보면 다음과 같았다.

13년 연속흑자 지방공기업 '하남시도시개발공사'

각급 공기업들의 방만한 사업운영과 무책임한 부채관리가 문제되는 요즘, 설립 이래 단 한 번도 적자를 내지 않는 지방공기업이 있어 주목된다.

하남시가 100% 출자한 지방공기업인 하남시도시개발공사(대표 김시화, 이하 공사)는 2000년 8월 설립 이래 13년 연속흑자경영을 이어가고 있다.

지속적인 흑자경영을 바탕으로 설립 당시 60억 원이던 자본금을 2011년 950억 원으로 확대하였으며, 현재 순항 중인 각종 개발사업을 통해 자본규모를 더욱 확대하여 지속적인 신규 사업의 기반을 마련하고 지역경제발전 및 재정건전성 확보하기 위해 노력하고 있다.

공사가 수행한 주요 사업으로는 신장 2지구 에코타운 건설사업(총 1,607세대), 풍산아이파크 건설사업(총 1,051세대), '아이테코' 하남지식산업센터 건설사업이 있으며, 특히 '아이테코' 건설사업은 국내 최초로 성공한 재무적 투자자(FI)만을 대상으로 공모한 공공민간합동 프로젝트파이낸싱(PF) 사업모델로 주목을 받았다.

개발사업의 연이은 성공을 기반으로 설립 당시 자본금 60억 원이던 공사는 2011년 950억 원으로 자본금을 확충하였으며, 2011년에는 기초지방자치단체 지방공기업으로는 최초로 시에 30억 원

현금배당을 실시하여 지방재정에 기여하는 공기업으로 위상을 높여가고 있다.

현재 공사는 지역현안 1지구·2지구 개발사업과 위례 신도시 주택건설사업 등 하남시의 지도를 바꾸는 대규모 도시개발사업을 추진하고 있다. 특히 지역현안 2지구 개발사업은 경기도, 하남시, ㈜신세계, 터브먼 社가 공동으로 8억 6,000만 달러(외국인 직접 투자금 2억 5,000만 달러 포함)를 투자·유치하여 각급 언론에 주목을 받았다. 또한 지난달 31일부터 분양에 들어간 위례지구 에코앤캐슬 주택건설사업 역시 성공적으로 청약이 완료되어 사업성공이 확실시 되고 있다.

■ 재정건정성·신용평가등급 AA '하남시도시개발공사'

㈜한국기업평가는 6월 3일 하남시도시개발공사 발행 CP에 대한 신용평가에서 최고등급인 A1으로 적기상환능력이 최고수준이라고 평가하였다. 아울러 회사채 신용등급 역시 최상위 등급인 AA로 평가하였다. 공사는 기업신용평가를 분기별로 받아오고 있으며 올해 초 한국신용평가와 NICE신용평가에서 실시한 신용평가 결과도 AA로 안정적인 것으로 발표되어 재정건전성, 기업신용도 모두 최고수준을 유지하는 것으로 나타났다.

일부 지역언론에 '하남시 총부채 4,389억 원으로 전국 2위'라는 보도를 통해 우려를 표명한 것에 대해, 공사 관계자는 "그 중 4,169억 원은 공사의 부채이며 이 역시 위례지구 에코앤캐슬 건설사업, 현안 2지구 택지개발사업 등을 공사가 직접 시행하고 있어 발생한 일시적인 사업비일 뿐 시의 재정에 부담을 주는 부채가 아니어서 각종 사업의 순항으로 부채관리에 전혀 문제가 없다"고 밝혔다.

본지 확인 결과 2012년 말 현재 부채 4,169억 원 중 1,265억 원은 스타필드 하남에 용지를 매각하고 받은 토지대금이 회계상 부채로 반영된 것이며 267억 원은 현안 2지구 토지보상을 위해 발행한 채권이고, 기타 237억 원은 전세임대주택기금 및 법인세 등으로 순부채는 2,400억 원으로 확인됐다.

순부채 2,400억 원을 제외한 1,769억 원은 2015년까지 단계적으로 갚아 나갈 예정으로 지방재정에 부담이 되는 실질적인 부채가 아니며, 순부채 2,400억 원은 위례지구 아파트 분양금 및 현안 2지구 택지분양 수입금으로 상환 완료될 예정이다.

하남시도시개발공사는 위례지구와 현안 2지구 개발을 위해 안전행정부로부터 2011년과 2012년 2,400억 원의 공사채 승인을 받아 사용하고 있는 것이 부채로 관리되고 있는 것으로 분양 중에 있는 위례지구 아파트의 2013년 분양수입금 1,800억 원과 이후에 입금될 중도금 및 현안 2지구 용지 매각대금 등의 재원으로 부채 2,400억 원은 2015년까지 전액 조기상환될 예정이다.

따라서 하남시의 순부채는 200억 원에 불과하여 경기도 31개 지자체 중 부채 없는 시·이 상위 6위로 재정건정성이 높은 것으로 평가 되고 있다. 이는 하남시민 1인당 부채 17만 원으로 하남시와 비슷한 규모의 지자체 1인당 부채 33만 4천 원에 비하면 상당히 낮은 수준에 해당한다. 또한 재정자립도는 52.3%로 3년간 향상(2011년 48.2%, 2012년 49.5%)되어 미사 강변 도시, 위례 신도시, 감일지구, 지역현안 1지구 및 2지구 개발사업이 완료되는 2016년 이후에는 경기도 내 최고의 자립도시로 거듭날 것으로 보인다.

■ 강남권 생활의 편리함을 하남에서, 위례지구 에코앤캐슬 주택 건설사업

하남시도시개발공사가 시행하여 올 상반기 위례 신도시 최대 알짜로 손꼽히던 '에코앤캐슬'이 최고 경쟁률 2.78 대 1을 기록하며 성황리에 마감됐다. 공사는 지난 6월 11일까지 진행된 위례지구 '에코앤캐슬' 일반공급 청약접수 결과 특별공급을 제외한 1,256세대 모집에 총 1,355명의 신청자가 몰리면서 85A형·B형을 제외하고 전 주택형이 순위 내 마감됐다고 밝혔다. 특히 가장 인기가 높았던 전용 75A형은 1순위에서만 무려 160명이 신청하는 등 뜨거운 청약 열기가 이어졌다.

하남시도시개발공사가 위례지구 A3-8블록에서 공급하는 '에코앤캐슬'은 롯데건설이 시공하는 보금자리주택(공공분양)으로, 지하 2층~지상 27층 총 14개 동이며, 전용면적은 75㎡ 438가구, 84㎡ 1,235가구 등 실수요층이 두터운 중소형 총 1,673가구로 구성됐다. 올 상반기 위례지구에서 공급되는 신규 분양 중 유일하게 모든 가구 양도세 100% 감면혜택이 적용될 예정으로 위례의 생활 인프라와 생활 편의시설 등을 모두 누릴 수 있는 장점이 부각돼 실수요는 물론 투자자들의 관심이 집중되고 있다.

특히 요즘 문제가 되고 있는 층간소음의 저감을 위해 당초 180㎜로 설계되었던 콘크리트 슬래브 두께를 210㎜로 상향시켰으며 또한 일반적인 20㎜ 두께의 바닥완충재를 30㎜로 상향시켜 최신 민영 아파트 수준의 소음 저감 성능을 발휘할 수 있도록 계획하였다.

하남시도시개발공사 관계자는 "에코앤캐슬은 실수요층이 두터운 중소형으로 구성됐고, 위례의 미래가치와 인프라를 공유할 수 있기 때문에 견본주택 오픈 전부터 수요자들의 관심이 높았다. 게다가 인근에서 분양하는 민영물량보다 합리적인 가격에 공급되기 때문에 계약 역시 순조롭게 진행될 것으로 예상된다"고 말했다.

당첨자는 오는 6월 18일 발표되며 계약은 7월 1일부터 7월 3일까지 진행된다. 정부의 4·1부동산 종합대책 수혜단지로 계약자는 향후 5년 간 양도소득세가 100% 감면될 예정이다.

견본주택(분양홍보관)은 하남시 신장동 326-19번지 일대 하남문화예술회관 인근에 위치했으며 입주는 2016년 2월 예정이다.

■ 친환경 주거공간의 건설 '지역현안사업 1지구 개발사업'

친환경 공동주택단지 조성과 첨단사업 유치를 목적으로 하는 지역현안사업 1지구 개발사업은 2016년까지 부지면적 15만 5713㎡에 공동주택 약 1,310여 세대와 지식산업센터 건설을 주 내용으로 한다. 특히 부지 내 건설될 지식산업센터의 경우 삼성엔지니어링, 강동 엔지니어링 복합단지, 아이테코 지식산업센터, 미사보금자리지구 자족용지, 스타필드 하남을 잇는 강동권 산업기반 라인의 한 축을 담당할 것으로 예상된다.

현재 본 사업은 도시개발법에 의한 민관공동사업방식으로 하남시도시개발공사와 광주지방공사, 남양주도시공사가 51%를 공동출자하고, 대우건설 컨소시엄이 49%를 출자하여 사업을 추진 중이며, 올해 4월 보상계획 공고 후 현재 보상절차를 진행 중에 있다.

■ 하남 랜드마크 친환경 복합쇼핑센터 '스타필드 하남' 건설

－지역현안사업 2지구 개발사업－

하남시 랜드마크와 친환경 수변도시를 건설하는 지역현안사업 2지구 개발사업은 2015년까지 하남시 신장동 288번지 일원 부지면적 56만 8487㎡에 프리미엄 복합쇼핑몰 '스타필드 하남'과 공동주택 및 공공문화시설 건설을 내용으로 한다.

본 사업은 경기도, 하남시, ㈜신세계, 터브먼 社가 공동으로 8억 6,000만 달러(외국인 직접 투자금 2억 5,000만 달러 포함)를 투자·유치하여 각종 언론에 주목을 받았고 스타필드 하남에는 프리미엄 백화점, 시네마파크와 공연 및 관람·전시시설 등이 마련될 예정이다.

본 사업을 기대되는 경제효과로 건설투자 및 시설운영에 따른 약 1만 6,000여 명의 고용창출이 예상되며 유동인구 증가, 파생수요 확대에 따른 경제유발효과는 2조 원 이상이 될 것으로 추정되고 있다.

공사는 지난 12월 부지조성공사에 착공하여 2014년 12월 준공을 목표로 현재 공사가 한창 진행 중에 있다.

■ 지역사회와 함께하는 '하남시도시개발공사'

하남시도시개발공사는 각종 개발사업의 경영수익의 환원을 통해 지역사회와 함께하는 지방공기업상을 구현하는 데 총력을 다하고 있다.

기초생활수급자 및 한부모가정 등 저소득계층을 위한 주거안정을 위해 2010년부터 기초지방공기업 최초로 '기존주택 전세임대사업'을 시행하여 현재 220호의 물량을 확보하여 사업을 추진 중에 있으며, 입주민에 도배·장판을 무료로 해드리고 부동산 중개수수

료, 보증보험료, 주택화재보험료를 전액 지원하는 등 입주자 만족도 향상을 위해 최선의 노력을 다하고 있다.

또한 공사는 2012년 하남시민 문화예술 수준 향상과 소외계층 복리증진을 위해 정기문화예술행사 개최, 찾아가는 예술교실 등 다양한 문화 환원사업을 진행하고 있다.

외국인 노동자·한부모가정·기초생활수급자 등과 함께하는 '뮤지컬 Big3 콘서트', 정기 문화예술행사인 '오감만족콘서트', 문화공연 저변확대와 학교폭력을 예방하기 위한 목적으로 추진하는 '찾아가는 예술교실' 등 다채로운 콘셉트로 구성·개최하여 시민들의 많은 호응을 얻고 있다.

그 밖에도 공사는 각종 개발사업을 통해 창출된 수익을 사회에 환원하기 위해 다양한 활동을 펼치고 있다. 임직원 사회봉사단을 운영하여 매월 1회 관내 복지시설을 방문하여 봉사활동을 실시하고 있으며, 매 학기 저소득 가정 청소년을 위한 교복 후원과 동절기 용품 지원 및 김장 나누기 등 사회 소외된 곳을 돌보는 사업에도 적극적으로 나서고 있다.

이것은 하남도시공사가 2012년 공사 사업현황으로 발표했던 보도자료의 내용과 크게 다르지 않다. 하지만 이미 밝힌 보도자료와 언론의 내용이 크게 다르지 않다는 것은 우리 임직원이 그만큼 열심히 일해서 스스로 발표했던 '사업현황'이 '사업진행현황'으로 바뀐 것이라고 나는 자신 있게 말할 수 있다. '~할 것이다' 혹은 '~할 예정이다'라고 발표했던 사항들이 '~하고 있다' 혹은 '~게 진행 중이다'로 바뀔 수 있었다는 것은 그만큼 시민들과의 약속을 지킨다는 일념으로 도시공사 임직원 모두가 정말 열심히 일했다는 증거라고 말할 수 있다. 이렇게 열심히 일한 결과는 결국 기쁨과 감동을 안겨주었다.

2013년 지방공기업 예산평가 우수기관, 경영평가 1위 등의 평가를 받아내는 쾌거를 이룩하는 기쁨으로 이어진 것이다.

하남시도시개발공사,
2013년 지방공기업 예산평가 우수기관 선정

하남시도시개발공사(사장 김시화)가 2013년 지방공기업 예산평가에서 우수기관으로 선정됐다.

안전행정부 주관으로 2013년 처음으로 실시한 '지방공기업 예산편성 분석·평가 결과'에서 전국 기초지방자치단체 지방공기업 중 2위(80.35점)를 차지했다.

이번 평가는 안전행정부에서 지난해 3월부터 예산분석을 통해 공기업의 사업성과 예측 및 부실경영 사전 예방을 위해 경영성과측정과 자금운영능력측정 등을 위주로 영업수익 비중, 지치단체 의존비중, 차입원리금 부담 능력지표 등 총 20개 예산분석지표를 개발해 올해 처음으로 전국 384기관 지방공기업을 대상으로 2013년 예산에 대하여 분석·평가를 실시했다.

김시화 사장은 "지역균형발전을 통한 주민의 복리증진이라는 지방공기업 본연의 사명을 달성하기 위해 부임 후 3년간 공사 임직원들과 함께 흘린 땀에 대한 결실이라고 생각한다"며 "앞으로도 지방공기업의 발전을 위해 최선의 노력을 다하겠다"고 말했다.

하남시도시개발공사는 올해 1월에도 '정부정책추진 우수기관'으로 선정되어 안정행정부장관 표창을 수상한바 있다.

하남시도시개발공사, 2013년 경영평가 1위
2012년 경영실적 안전행정부 지방공기업 정책위원회 심의로 확정

안전행정부는 지난 9월 4일 하남시도시개발공사(사장 김시화)가 2013년 지방공기업 경영평가에서 경기도 내 1위를 차지했다고 밝혔다.

금번 경영평가는 지방공기업의 재무건전성을 높이기 위해 부채비율 및 이자보상비율 등의 배점을 높이고 적자가 발생한 기관은 우수등급에서 배제하는 등 평가기준을 대폭 강화하여 실시하였다.

하남시도시개발공사가 이번 평가에서 우수한 성적을 거둔 것은 스타필드 하남이 건설되는 지역현안 2지구 개발사업, 위례지구 에코앤캐슬 등 우수한 사업실적에 기인한 것이기도 하지만, 리스크관리 TF팀을 통한 각종 사업리스크에 대한 시나리오 분석, 투명한 인사제도의 운영, 지역사회 환원사업의 적극적 추진, ISO14001 획득 등 경영관리 역량의 향상도 주효한 것으로 보인다.

설립 이후 13년간 연속흑자를 기록한 하남시도시개발공사는 올해 1월 정부정책추진 우수공기업으로 안정행정부장관 표창을 수상한바 있으며, 6월에는 2012년도 전국 지방공기업 예산평가에서 우수기관으로 선정된바 있다.

하남도시공사가 하남시민들을 위하여 하고자 했던 일은 거

기에서 멈추지 않았다. 하남의 랜드마크로 건설하기로 했던 스타필드 하남이 기공식을 할 수 있는 계기가 마련되었다.

스타필드 하남 10월 착공된다.
토지정산금 잔금 795억 납부완료
고용창출효과 7,000명, 경제유발효과 2조 6천억 원

하남시도시개발공사(사장 김시화)는 스타필드 하남이 지난 7월 30일 토지감정평가에 따른 정산금 795억 원을 입금하였다고 밝혔다. 잔금이 납부됨에 따라 하남시도시개발공사는 토지사용승낙서를 발행하여 10월 착공이 무난할 것으로 보인다.

이에 앞서 하남시는 본 사업과 관련한 사전결정신청서를 경기도에 제출한바 있으며, 오는 31일 경기도 건축위원회에 스타필드 하남 복합개발 신축공사에 대한 심의안건이 상정될 예정이다. 이로써 하남시 최대 현안사업이며, 국내 최대 규모의 복합쇼핑몰인 스타필드 하남의 건설사업이 본격화될 전망이다.

반면 하남시도시개발공사는 본 자금으로 오는 11월말에 도래하는 위례지구 택지잔금 766억 원을 선납하여 약 4개월간의 할부이자 14억 원을 절감하게 되어 민간과 공공이 Win-Win하는 사례로 남게 되었다. 공사 관계자는 "공기업의 방만한 경영에 따른 과다한 부채가 연일 문제되는 요즘, 택지대금 선납으로 금융비용을 절감할 수 있어 기쁘다"고 밝히면서 "사업의 성공을 위한 하남시, 스타필드 하남과의 긴밀한 협조가 있었기에 가능한 일이다"고 강조했다.

하남시는 본 사업의 추진을 위해 시 개발사업단장을 위원장으로 하고 시 관계부서, 하남시도시개발공사, 스타필드 하남 관계자로 지원협의회를 구성하고 정기적 협의를 통해 본 사업의 추진에 총력을 쏟고 있다.

오는 10월 착공하여 2016년 상반기 오픈할 예정인 스타필드 하남은 국내 최대의 복합쇼핑몰로 경기도, 하남시, ㈜신세계, 터브먼社가 공동으로 8억 6,000만 달러(외국인 직접 투자금 2억 5,000만 달러 포함)를 투자·유치하여 각종 언론에 주목을 받았고 연면적 442,580㎡(약 134,000평)에 프리미엄 백화점, 시네마파크와 공연 및 관람·전시시설 등이 마련될 예정으로 약 1만 6,000여 명의 고용 창출이 예상되며 유동인구 증가, 파생수요 확대에 따른 경제유발효과는 2조 원 이상이 될 것으로 추정되고 있다.

하남시도시개발공사는 스타필드 하남이 건설될 지역현안 2지구 부지조성공사를 지난해 12월에 착공하여 2014년 12월 완료할 예정이다.

그리고 결국에는 10월 28일 스타필드 하남 기공식이 열렸다. 기공식이 열리던 날 나는 하남의 랜드마크가 하나 생긴다는 마음에 기쁘기도 했지만 스타필드 하남이 준공되면 행여 손해를 보게 될 수도 있는 일부 소상공인들을 생각하면서 미안한 마음도 들었다. 그러나 이런 틀을 마련하여 하남시가 발전할 수 있는 계기를 만든 만큼 그분들에게도 큰 손해를 보지 않도록 하는 조치가 반드시 뒤따라야 한다는 생각으로 스스로를 위로했다. 아니, 단순히 스스로를 위로한 것에서 그치지 않고 반드시 이 사업으로 인해서 피해를 보는 시민들을 위한 대책이 마련되어야 한다고 몇 번이나 다짐했다.

또 그 시기는 스타필드 하남 기공식 전인 10월 1일에 일어난 일이기는 하지만, 내가 3년 동안 한 일이 하남의 개발사업이었는데 서민들을 위해서는 크게 한 일이 없는 것 같다는 생각이 들었다. 그래서 마지막으로 해야 할 일이라고 생각하고 주택금융공사와 전략적 업무제휴를 맺었다.

하남시도시개발공사, 한국주택금융공사와 전략적 업무제휴
보증료 인하, 보증절차 간소화 등
서민지원 강화를 위한 상호협력 추진

하남시도시개발공사(사장 김시화)와 한국주택금융공사(HF, 사장 서종대)는 서민의 주거안정 지원을 강화하기 위하여 1일 하남시도시개발공사에서 업무제휴 협약을 체결했다.

본 협약으로 한국주택금융공사는 하남시도시개발공사가 공급하는 분양주택과 임대주택 입주세대에 대해 보증료를 인하하기로 하여 주택 실수요자의 부담이 경감될 것으로 보인다.

또한 주택공급과 주택금융 활성화를 위해 주택공급계획, 주택금융상품 및 국내외 주택금융동향 등에 관한 상호 정보교류도 긴밀히 하기로 하였다.

하남시도시개발공사 관계자는 "실물경기의 침체로 어려움을 겪고 있는 서민의 부담을 덜어주고자 한국주택금융공사와의 업무제휴를 추진하게 되었다"고 밝히면서, 이번 업무제휴를 통해 "하남지

업무제휴 협약식(사진 중앙 왼쪽이 김시화 사장)

역 공공주택의 공급과 대출, 보증에 효율적인 지원체계가 마련됨에 따라 무주택 서민의 내 집 마련에 기여하게 될 것"이라고 강조했다.

한국주택금융공사 관계자는 "업무제휴를 통하여 하남시도시개발 공사가 공급하는 주택의 입주민이 대출이 필요한 경우 금융기관 단독으로 집단승인을 요청할 수 있으며, 보증수수료도 중도금보증 이용 시 25%, 전세자금 이용 시 50%가량 할인되어 입주민에게 실질적인 혜택을 줄 수 있게 된다"며, "이번의 절차 간소화와 보증수수료 인하 조치를 계기로 보증이용률도 높아질 것으로 기대한다"고 밝혔다.

구분	대출금액	보증료(연)		우대금액	비고
		현재	제휴 시		
중도금보증	200백만 원	40만 원	30만 원	10만 원	집단승인
전세자금보증	27백만 원	10.8만 원	5.4만 원	5.4만 원	-

※ 전세자금의 우대효과는 50%로 중도금 25%에 비해 훨씬 높음

하남시도시개발공사는 2013년 9월 현재 위례지구 에코앤캐슬 공동주택 1,673세대를 공급완료, 기존 신장 에코타운 1,607세대 및 풍산아이파크 1,051세대를 포함하여 총 4,331세대를 공급 및 관리하고 있다.

그렇게 열심히 일하면서도 우리는 본래 우리들 스스로 시민들과 함께하겠다는 정신을 잃지 않고 틈틈이 실행에 옮겨 왔다. 무엇보다 어렵고 힘든 이웃과 함께하면서 문화·예술에 대한 지원을 하겠다는 약속은 반드시 지키기 위해서 노력했다.

하남시도시개발공사 '새내기 희망드림 교복 전달식' 개최
2013. 5. 21(화) 저소득 청소년 66명에 하복 전달

하남시도시개발공사(사장 김시화, 이하 공사)는 지난 5월 21일(화) 하남종합사회복지관에서 '새내기 희망드림 교복 전달식' 행사를 개최했다. 기초생활수급자, 저소득 장애인 가정의 청소년 66명에 교복(하복)을 전달하여, 학교생활에 안정적으로 적응하고 가정의 경제적 부담을 덜어주기 위해 추진되었다.

하남시도시개발공사는 2012년 2회에 걸쳐 총 65명의 청소년에게 교복을 지원한바 있다.

공사 관계자는 "이번 행사로 관내 저소득 가정 청소년이 학교생활을 하는데 조금이라도 보탬이 되길 바란다"며 "앞으로도 지역사회 어려운 이웃을 위해 실질적인 도움이 되는 나눔 활동을 지속적으로 추진해 나갈 계획"이라고 말했다.

문화·예술에 대한 지원 역시 마찬가지였다.

하남시도시개발공사 후원 "찾아가는 예술교실 2013" 개최
청소년 학교폭력 해소를 위해 하남문화재단과 함께 2011년부터 기획
7월 19일까지 하남시 9개 초·중·고교에서 열려

하남시도시개발공사(사장 김시화)가 후원하는 "찾아가는 예술교실 2013"이 지난 7월 3일(수) 신장초등학교를 시작으로 19일까지 하남시 9개 초·중·고등학교에서 열린다.

이번 행사에는 뮤지컬 배우의 진행으로 아이들과 선생님이 직접 참여하여 학교폭력의 심각성과 해결책을 모색해 보는 참여형 뮤지컬 "멈춰"와 공연예술에 스포츠를 접목한 익스트림 퍼포먼스 "플라잉"을 선보인다.

하남시도시개발공사 관계자는 "찾아가는 예술교실은 문화예술을 통한 학교폭력 해소에 목적을 두고 매년 다양한 콘텐츠를 선보일 예정이다"며 강조한 후 "청소년들이 학교폭력에서 벗어나 마음껏 자신의 꿈을 펼칠 수 있도록 다양한 방면으로 지원할 예정"이라고 밝혔다.

"찾아가는 예술교실"은 청소년 학교폭력 문제를 문화예술을 통해 해소하고자 하남문화재단과 2011년부터 준비하여 2012년 첫 선을 보인 하남시도시개발공사의 대표적인 사회공헌사업이다.

시민들과 함께하겠다는 약속을 지키며 3년을 열심히 일한 덕분인지 나는 경영성과 우수에 따른 혜택으로 1년을 연임하여 다시 도시공사 사장으로 취임하였다.

이번에는 취임하자마자 또 다른 면에서의 쾌거가 찾아 왔다. 2013년 가족친화 우수기관으로 선정된 것이다.

하남시도시개발공사, 2013년 가족친화 우수기관 선정
가족친화 인증수여식,
여성가족부 주관으로 9일 대한상공회의소에서 열려

하남시도시개발공사(사장 김시화)는 9일 대한상공회의소에서 열린 여성가족부 주최 "2013년 가족친화기업 인증수여식"에서 '2013년 가족친화 우수기관'으로 선정되어 조윤선 여성가족부 장관으로부터 인증서를 받았다고 밝혔다.

특히 이번 행사에는 박근혜 대통령이 직접 참석하여 '가족친화기업 육성정책'의 의미와 중요성을 강조하였다. 대통령은 축사를 통해 "가정은 우리 삶의 가장 중요한 터전이자 국민행복의 출발점"이라고 밝히며 "육아휴직과 직장 어린이집, 유연근무 등을 통해서 육아 부담을 덜어주고 가족의 가치를 지킬 수 있도록 하는 일은 개인과 가족의 행복은 물론 궁극적으로 기업의 성장 잠재력을 키우는 일"이라고 말했다.

'가족친화 인증제'는 근로자의 일과 가정생활이 조화롭게 병행할 수 있도록 가족친화제도를 모범적으로 운영하고 있는 기관이나 기업에 대해 심사를 통해 인증을 부여하는 제도이다.

이번 인증은 여성가족부 가족친화 인증사무국이 각 기관 및 기업의 가족친화 직장환경 조성을 위한 제반 운영 상황 및 노력, 가족친화제도 실행사항, 가족친화경영 만족도에 대한 서류심사와 사장의 가족친화에 대한 관심 및 의지를 확인하는 현장심사를 통해 이루어졌으며, 인증의 유효기간은 3년간이다.

심사과정에서 하남시도시개발공사는 가족친화 사회공헌 분야에서 '찾아가는 예술교실', 가족간호 및 간병지원 분야에서 '가족 건강검진', 근로자 자녀 양육 지원 분야에서 '출산장려를 위한 영유아 보육수당' 등이 높은 평가를 받았다.

'찾아가는 예술교실'은 하남시도시개발공사와 하남문화재단이 공동으로 기획한 학교폭력 해소를 위한 문화예술 공헌사업이다. '학교폭력 솔루션 멈춰!'와 청소년이 참여하는 '비보이 공연', '드로잉쇼' 등 청소년 문제를 함께 고민하는 장과 재능과 끼를 발산할 수 있는 프로그램으로 기획하여 많은 호응을 얻고 있다. 2012년부터 시작된 '찾아가는 예술교실'은 현재까지 14개 학교 연인원 6,607명의 청소년들이 참가하였으며 지역사회가 함께 청소년 문제를 공유하고 고민하는 모범사례로 평가받고 있다.

그 외에도 하남시도시개발공사에서는 일과 가정이 양립하는 직장환경 조성을 위해 '단체 보장성 보험 가입', '맞춤형 복지제도 운영', '다자녀 보육지원', '가족 건강검진 지원' 등 다양한 가족친화제도를 발굴·시행하고 있다.

하남시도시개발공사 김시화 사장은 "지방공기업 경영평가 경기도 1위에 이어 가족친화 우수기관으로 지정된 것에 대해 매우 기쁘고 자랑스럽게 생각한다"며 "직원의 만족이 고객의 만족으로 이어질 수 있도록 최선의 노력을 다하겠다"고 말했다.

설립 이후 13년간 연속흑자를 기록한 하남시도시개발공사는 올해 1월 정부정책추진 우수공기업으로 안전행정부장관 표창을 수상한바 있으며, 2012년도 전국 지방공기업 예산평가 우수기관 선정, 2013년 지방공기업 경영평가에서 경기노 1위를 날성한 바 있나.

가족친화기업 인증수여식
(조윤선 여성부장관으로부터 인증서를 수여받는 김시화 사장)

그러나 이런 기쁜 행사가 있었다고 업무를 게을리 할 수는 없는 일이었다.

그 중에서도 무엇보다 중요한 것이 부채를 상환하는 일이었다. 이미 행정안전부로부터 최우수 평가를 받은 공기업으로서, 그렇지 않아도 공기업들이 부채 문제를 안고 있는 곳이 많은데 돈을 가지고 있으면서 굳이 상환을 미룰 필요가 없다는 생각에 750억 원을 조기상환하기로 결정했다.

하남시도시개발공사, 750억 부채조기상환

■ 지역현안사업 2지구 공사채 1,000억 원 중 750억 원 조기상환

하남시도시개발공사(사장 김시화, 이하 공사)는 지난 27일 지역현안 2지구 도시개발사업을 위해 차입한 1,000억 원 중 750억 원을 만기보다 1년 일찍 상환하였다고 밝혔다.

이번 차입금 조기상환은 지역현안 2지구 택지분양 수입금을 재원으로 기타 불요불급한 사업의 억제를 통해 예산을 절감하고 매월 리스크 회의를 통한 자금운영분석과 자금일정 조정을 통해 이루어 낸 것으로 알려졌다.

공사는 지역현안 2지구 도시개발사업을 위해 2011년에 안전행정부로부터 1,400억 원의 공사채 승인을 받아, 이 중 1,000억 원을 같은 해 12월 19일에 만기 3년으로 농협으로부터 차입한바 있다.

■ 전국 최고의 재무건전성 공기업

이번 차입금 조기상환으로 2013년 말 공사가 부담하고 있는 순수 금융차입금은 1,650억 원으로, 그 외의 부채는 스타필드 하남으로부터 받은 토지매각 선수금과 100% 분양을 완료한 위례지구 에코앤캐슬 분양선수금, 토지보상채권, 국민주택기금 등으로 이른바 리스크 없는 건전한 부채로 파악되고 있다.

순수 금융차입금 1,650억 원 중 2015년 8월에 만기가 도래하는 1,400억 원은 100% 분양이 완료된 위례지구 에코앤캐슬 주택건설사업을 위한 자금으로 상환에 문제가 없는 것으로 공사는 판단하고 있다.

따라서 공사가 부담하고 있는 실질적인 금융부채는 250억 원으로 현재 추진하고 있는 각종 개발사업의 순조로운 진행에 따라 만기인 2014년 12월까지 상환하는데 무리가 없을 것으로 보인다.

■ 지역현안사업 2지구 도시개발사업, 위례 에코앤캐슬 주택건설 사업, 스타필드 하남 부지조성사업 등 순조롭게 추진

공사는 지역현안사업 2지구 착공보다 1년 앞선 2011년 9월 외자 유치 및 물류·유통용지에 대한 선수매각에 성공한바 있다. 해당 부지에 대한 매각대금 2,665억 원이 올해 7월 30일 공사에 입금 완료되어 공사의 자금운영은 물론 사업 추진에도 탄력을 받게 되었다는 평가이다.

또한 올해 8월에 위례지구 에코앤캐슬 아파트 1,673세대 100% 분양에 성공하여 현재 계약금과 1차 중도금 납입이 완료된 상태이다. 본 사업은 지난 8월 5일에 착공하였으며 2016년 2월 입주를 목표로 현재 공사가 순조롭게 진행 중이다.

지역현안 2지구 물류·유통용지 매각 및 위례지구 에코앤캐슬 아파트 분양을 통해 받은 선수금과 국민주택기금이 회계 상 부채로 인식되지만 사업공정률에 따라 상계될 것으로 공사의 자금운용이나 시 재정에 전혀 부담으로 작용하는 부채가 아니라고 밝혔다.

정신없이, 그러나 보람되게 일을 한 2013년도 가고 2014년 새해가 밝았다. 새해가 밝자마자 하남도시공사에서는 '스마일 운동 선포식'을 개최하였다.

하남시도시개발공사 '스마일운동 선포식' 개최
2014년 하남시도시개발공사의
직원화합과 고객감동을 위한 행동기준 선포

하남시도시개발공사(사장 김시화)는 1월 2일 시무식과 함께 '스마일운동 선포식'을 개최하였다.

이번 행사는 '스쳐도 웃고, 마주쳐도 웃고, 일부러 웃자'는 실천
목표를 선포한 후 '직원화합과 고객감동'을 위한 9가지 행동강령 낭
독, '외부강사 초청 특별강연' 순으로 진행되었다.

김시화 사장은 기념사를 통해 "2014년 갑오년은 직원화합과 고
객감동을 실천하는 원년"이라고 강조하면서 "우리가 더욱 일치단결
하여 하남시의 균형발전과 시민의 복리증진을 위해 노력하여야 할
것"이라고 밝혔다.

2013년 하남시도시개발공사는 침체된 부동산시장과 건설경기
속에서도 위례지구 에코앤캐슬 아파트를 100% 분양 완료하는 등
뛰어난 사업성과로 언론의 주목을 받은바 있다. 또한 안전행정부
경영평가 전국 2위, 가족친화 우수기관 선정, 정부정책추진 우수공
기업으로 안전행정부장관 표창을 수상하는 등 타 지방공기업의 모
범이 되고 있다.

하남시도시개발공사 관계자는 "2014년은 설립 이래 최고의 경영
성과가 예상되는 해"라며 "공사는 현재 지역현안 1·2지구 개발사업
과 위례지구 에코앤캐슬 건설사업을 순조롭게 추진하고 있으며, 더
불어 사업영역의 다각화와 신규 사업 개발을 통해 36만 자족도시로
나아가는 하남시의 경쟁력 향상을 위해 최선의 노력을 다할 것"이
라고 말하였다.

얼핏 보기에는 억지로 웃어야 한다는, 말하자면 어쩔 수 없
이 웃어 보이자는 것으로 보일 수도 있다. 하지만 내 본래의
의도는 그것이 아니었다. 직원 모두가 정말 마음 깊은 곳에서
부터 웃음이 나올 수 있는, 미소가 절로 얼굴에 머금어지는 그

런 하남도시공사를 만들고 싶었던 것이다. 그런 웃음이 일어나는 곳이라면 그곳은 직장이 아니라 바로 천국일 것이다. 우리가 흔히 천국이라고 말하는 곳이 어디인지 구체적으로 답할수 있는 사람은 없다. 다만 행복한 곳이라면 그곳이 바로 천국이라고 말하는 이들은 많다. 나는 내가 근무하고, 나는 비록 사장이라서 그렇다고 할지 모르지만, 사장이 아닌 신입사원까지스스로 천국임을 자부할 수 있는 바로 그런 직장이 되기를 원했던 것이다.

그리고 그런 마음으로 직원들과 호흡을 한 덕분인지 세월호참사가 일어났을 때 우리 직원들은 해마다 열던 체육대회를포기하고 헌혈을 하는 희생정신을 보여주었다.

하남시도시개발공사 임직원 생명나눔 실천에 나서
희생자들의 애도 및 실종자들의 무사귀환 기원 위해
계획된 춘계 체육행사 취소하고 전 직원 헌혈행사 실시

하남시도시개발공사(사장 김시화)는 오는 25일 정기적으로 실시하던 춘계 체육대회를 전면 취소하고, 대신 여객선 세월호 침몰사고와 관련 희생자들의 명복과 실종자들의 무사생환을 기원하는 전직원 헌혈행사로 대체한다고 밝혔다.

김시화 사장은 "세월호 침몰로 인해 안산 단원고 학생들을 비롯하여 수많은 분들의 생사를 알 수 없는 국가적 재난이 발생함에 따라공기업으로서 사고 희생자의 애도와 실종자들의 조속한 구조를 기원하는 국민적 염원에 동참하고자 금번 헌혈행사를 기획하게 되었다"
면서, "모든 임직원이 헌혈을 통한 생명나눔으로 여객선 침몰사고를
애도하고 혈액부족으로 고통 받는 이웃을 도울 것"이라고 밝혔다.

일반시민도 가능한 금번 헌혈행사는 이달 30일 대한적십자사 서
울남부혈액원에서 채혈차량을 지원받아 오후 1시부터 6시까지 하
남종합운동장에서 진행될 예정이다.

공사는 봉사와 나눔의 정신으로 지역사회와 함께하는 지방공기
업상을 구현하기 위해 임직원 사회봉사단, 사랑의 김장 나누기, 소
외계층 초청 문화예술행사 개최, 학교폭력 솔루션 찾아가는 예술교
실 등 다양한 사회환원사업을 추진하고 있다.

그뿐만 아니라 일에도 능률이 더해져서 경영평가 전국 1위
의 공기업으로 선정되는 쾌거를 이룩하기도 했다.

하남도시공사, 2014년 경영평가 전국 1위('가' 등급)
안전행정부 328개 지방공기업의 2013년 경영성적표 발표

안전행정부는 지난 8월 3일 하남도시공사(사장 김시화)가 2014
년 지방공기업 경영평가에서 전국 1위(최우수 등급)를 차지했다고
밝혔다.

금번 경영평가는 지방공기업의 재무건전성과 사회적 책임성을
높이고자 부채비율 및 이자보상비율 등의 배점을 높이고 적자가 발
생한 기관은 우수등급('가', '나' 등급)에서 배제하는 등 평가기준을
대폭 강화하여 실시하였다. 이러한 엄격한 평가기준을 적용해 경영

평가를 실시한 경과 328개 지방공기업 중 '가' 등급은 32개, '나' 등급은 97개, '다' 등급은 132개, '라' 등급은 50개, '마' 등급은 17개 기관이 받았다.

하남도시공사가 이렇게 강화된 기준에도 2년 연속 우수공기업으로 평가된 배경에는 위례 신도시 에코앤캐슬 보금자리주택 100% 분양 성공, 지역현안 2지구 B-1블록·C-1블록 매각성공 등 도시개발사업의 성공은 물론 가족친화경영 우수기업, 정부정책추진 우수공기업 선정 및 투명하고 공정한 인사·조직제도의 운영 등이 주효했던 것으로 알려지고 있다.

재무적으로 하남도시공사는 2011년 매출액 64억 원, 당기순이익 23억 원에서 2013년 매출액 1,272억 원, 당기순이익 142억 원으로 2년 만에 매출액은 20배, 당기순이익은 6배 성장하였다. 이와 같은 경영성과를 바탕으로 750억 원이던 자본금을 2014년 4월 30일 1,200억 원으로 증액하여 재무구조를 강화하고 신규 도시개발사업 추진기반을 확대하였다.

설립 이후 14년 연속흑자를 기록한 하남도시공사는 이와 같은 대내·외적 경영성과를 바탕으로 2014년 지방공기업 경영평가에서 전국 328개 지방공기업 중 최우수공기업으로 선정되었으며, 2013년에 이어 2년 연속 우수공기업이라는 기록을 세우게 되었다.

하남도시공사 관계자는 "그동안 우리 공사가 노력한 모든 성과들이 경영평가 최우수등급이라는 결과로 이어져 기쁘다"고 하면서 "하남도시공사의 경영성과 하나하나가 하남시민들의 생활 안정과 복리증진으로 이어져 하남시가 수도권 최고의 살기 좋은 도시로 도약하는 발판이 되길 바란다"고 말했다.

내가 도시개발공사 사장으로 재직하면서 한 일 중에서 제일 잘 했다고 자부하고 싶은 것은 2014년 4월 21일에 '하남도시개발공사'라는 회사명을 '하남도시공사'로 변경한 것이다.

그 이유는 내가 건국대학교 부동산 대학원에서 공부하며 연구한 바에 의하면, 향후 10년 이후에는 부동산 개발보다는 관리하는 역할이 더 중요할 것이라는 결론을 내렸기 때문이다.

따라서 하남도시공사의 먹거리는 부동산 개발보다는 리모델링이나 관리 등을 통해서 창출하는 것이 오히려 더 큰 수익을 낼 것이라는 생각이었다. 일본의 경우 모리스 개발이라는 부동산 관리 회사가 부동산을 개발하는 회사에 비하여 수익을 너 창출한다는 것이 그 좋은 예이다.

우리나라 역시 그런 모델을 참고로 BI, CI를 바꿔 새로운 개념으로 회사를 운영하여 유·무형의 가치 창조로 인해 민간 기업과도 경쟁하여 브랜드 가치를 높여야 한다는 생각에 공기업 중 최초로 도입한 것이다.

적어도 지도자라면 그런 장기적인 비전을 제시할 수 있어야 한다는 생각에서 용단을 내린 것이다.

개발만 하다가는 언젠가는 개발할 자원이 고갈되면 그대로 멈춰서야 한다. 하지만 개발과 관리를 겸한다면 도시가 존재하는 한 영원히 함께 갈 수 있다는 생각이었다. 미래의 사업영역을 생각해 개발만하는 것이 아니라 관리회사로 변경하여 미래를 대비해야 한다는 생각이었다. 아마도 내 생각이 틀리지 않을 것이라고 동조해 주시는 분들 덕분에 사명을 '하남도시공사'로 바꿀 수 있었지만 머지않아 우리 하남도 개발보다는 관리가 더 중요한 시대가 올 것이라는 생각에는 변함이 없다.

하남도시공사, 새로운 CI 'huic(휴익)' 선포
경영평가 전국 1위 달성과 함께 창조경영을 통한 새로운 도약 다짐

Hanam
Urban Innovation
Corporation

huic 하남도시공사

2014년 지방공기업 경영평가에서 전국 1위를 달성한 하남도시
공사(사장 김시화)가 새로운 기업이미지(CI)를 발표하였다.

하남도시공사는 지난 19일 본사 대회의실에서 임직원 등 내외빈
100여 명이 참석한 가운데 열린 '설립 14주년 기념식'에서 새 CI를
선포하였다고 밝혔다. 특히 'CI 현판 제막식'과 새로운 CI로 제작한
'사기(社旗) 전달식'에 노사가 함께 참여하여 노사화합을 통한 상생
과 소통을 다짐하였다.

새로운 CI 'huic(휴익)'은 하남시민의 삶을 최우선으로 생각하는
공사의 경영목표를 바탕으로 하남도시공사의 다양한 사업과 공감
과 소통, 청정한 환경, 미래 하남의 인프라를 형상화하였다.

특히 하남을 상징하는 다양한 요소들을 이미지화하였고, 열정과 실천을 의미하는 빨강을 메인 컬러로 청정하남을 뜻하는 녹색, 한 강과 시작을 의미하는 파랑, 나눔과 소통을 의미하는 노랑, 안정과 신뢰를 의미하는 회색을 조합하여 하남시민의 삶 안에서 발전하는 하남도시공사의 비전을 나타냈다.

김시화 하남도시공사 사장은 이날 기념식에서 "올해는 설립 이후 최초로 지방공기업 경영평가에서 전국 1위의 성적을 거둔 뜻 깊은 해"라고 강조하면서, "우리는 이에 자만하지 말고 하남시민 속에서 소통하고 성장하며 그 성과를 나누는 데 최선을 다하여야 한다"고 다짐하였다. 또한 "우리 모든 임직원은 새로운 공사의 CI를 더 큰 성과를 위한 제2노약의 이정표로 삼고, 하남시민의 삶에 새로운 가치와 감동을 제공하는 대한민국 최고의 지방공기업이 되도록 최선을 다할 것"이라고 말하였다.

하남도시공사는 위례 신도시 에코앤캐슬 보금자리주택 100% 분양 성공, 지역현안 2지구 B-1블록·C-1블록 매각성공 등 도시개발사업의 성공은 물론 가족친화경영 우수기업 선정(여성가족부), 정부정책추진 우수공기업 선정(안전행정부) 및 투명하고 공정한 인사·조직제도의 운영 등의 경영성과를 인정받아 올해 안전행정부가 주관하는 지방공기업 경영평가에서 전국 1위를 달성한바 있다.

또한 2000년 설립 이후 14년 연속흑자를 기록하고 있는 하남도시공사는 최근 2년간 매출액은 20배, 당기순이익은 6배가 상승하는 등 안정적 성장을 이어나가고 있다.

도시공사 사장 일지를 마치면서 드리는 말씀

　2014년에 연임된 임기까지 마치고 2015년부터는 도시공사 사장을 맡고 있지 않지만, 나는 지금도 하남이야 말로 더 할 나위 없이 무한한 발전 가능성을 가지고 있는 도시라는 것을 믿어 의심치 않는다. 말로만 그리하는 것이 아니라 사실 금년 초에 어떤 잡지에서 글을 요청받았을 때 나는 평소 나의 지론인 '강남 위에 하남'이라는 지론에 맞춰 글을 써서 발표했다.

위례 신도시 택지개발지구의 분양 전망
수도권에서 강남을 대체할 수 있는 도시는 없을까?

(전)하남도시공사 사장 김시화

위례 신도시는 강남권의 집값을 억제하고 안정적 주택수급을 목표로 위례 신도시의 택지개발지구 내 공동주택을 건립하여 양질의 주택공급 및 정주환경 조성을 위한 목적을 두고 서울시 송파구 거여동·장지동/경기도 성남시 창곡동·복정동/하남시 학암동·감이동 일원으로 면적은 6.8㎢(송파 2.58㎢, 성남 2.80㎢, 하남 1.42㎢), 사업기간은 2008년 8월부터 2017년 12월까지로 약 43,580세대, 수용인구는 약 11만 명으로 현재 개발 중인 곳으로 필자는 지인을 만나거나 학교 등의 강의 때마다 하남에 투자하라고 말하곤 한다.

하남을 소개할 때는 항상 다음과 같이 농담 반 진담 반으로 하지만 나는 진심으로 그렇게 되기를 바라는 마음으로 한다.
"천당 위에 분당 있다는 말 들어보셨죠? 그럼 강남 위에는 무엇이 있는지 아십니까?"
"강남 위에 하남 있습니다."

강남은 이미 개발이 완료된 도시이고 하남은 아직도 개발할 수 있는 토지 즉, 하남시 전체 면적 93.04㎢의 1, 약 79%가 그린벨트로 남아 있어 생태환경도시로 잘 개발하면 강남을 대치할 수 있는 유일한 도시이기 때문이다. 하남시는 89년 1월 1일 동부읍·서부면·중부면 일부가 광주시로부터 분리되어 인구 10만의 시로 승격되어 27년 차 도시로 인구 5만이 증가하여 현재 인구 15만의 도시다.

이제 하남시가 2020기본도시계획에 의해 4~5년 후에는 인구 36만의 자족도시로 발전할 것이고 그 후에도 단체장(하남시장, 경기도지사)이 가진 G·B해제 전략을 가지고 개발하게 되면 향후 50만의 자족도시로 성장해 나갈 수 있을 것이다.

현재 한창 개발 중인 하남시의 미사 강변 신도시, 감일지구, 현안 1지구 사업, 현안 2지구 사업 등이 추진 중에 있는데 위례 신도시를 중심으로,

1. 주변지구, 2. 주변 시세, 3. 교통 및 환경, 4. 권역별 분석, 5. 종합분석

순으로 조심스럽게 분양을 전망해 보기로 한다.

1. 주변지구

강남지구 총 8만 7천여 세대가 계획 중으로 위례 신도시는 38,090세대의 보금자리 밀집지역에 인접하였으나 주거 선호도가 높은 강남 지역 대비 경쟁력이 다소 열위 예상 지역이다.

1) 우면 2지구: 2005~2013년: 3,331세대

2) 세곡지구: 2005~2018년: 2,206세대

3) 서초지구: 2009~2013년: 3,390세대

4) 내곡지구: 2009~2014년: 4,355세대

5) 강남지구: 2009~2018년: 6,821세대

6) 세곡 2지구: 2009~2018년: 4,441세대

7) 거여마천지구: 2006~2016년: 11,374세대

8) 감일지구: 2010~2018년: 12,907세대

9) 위례 신도시: 2010~2017년: 38,090세대

2. 주변 시세

위례 신도시 주변 송파구 시세는 17,500~28,200(천원)/3.3㎡.

1) 잠실 엘스(08. 9월: 5,678세대) 24,940~26,250(천원)

2) 잠실 트리지움(07. 8월: 3,696세대) 25,460~26,640(천원)

3) 일원 푸른마을(94. 1월: 930세대) 20,170~21980(천원)

4) 수서 삼성아파트(97. 11월: 680세대) 21,850~23,470(천원)

5) 잠실 리센츠(08. 7월: 5,562세대) 27,370~28,200(천원)

6) 레이크 팰리스(06. 12월: 2,678세대) 26,490~27,770(천원)

7) 송파 동부센트레빌(01. 11월: 264세대) 17,500~18,450(천원)

8) 송파 파인타운 1~13단지(08. 8월: 3,413세대) 15,870~18,350(천원)

9) 파크리오(08. 8월: 6,864세대) 23,900~25,250(천원)

10) 래미안 송파 파인탑(12. 1월: 794세대) 21,800(천원)

11) 래미안 파크 팰리스(07. 11월: 919세대) 21,770~23,300(천원)

12) 문정 래미안(04. 9월 :1,696세대) 18,610~18,900(천원)

13) 위례 신도시 공공주택: 기 분양가 12,700(천원)/3.3㎡, 예정 분양가 13,800(천원)/3.3㎡

(출처: 국민은행 부동산, 송파 파인탑 부동산 거래가능 시세)

3. 교통 및 환경

1) 신개념 교통수단 트램: 지하철 복정역과 마천역을 연결하는 친환경 무가선 노면전차
2) 송파IC로 외곽순환도로 이용과 지하철 분당선 8호선과 5호선 이용이 편리
3) 수서역에 KTX 역사 설치 예정으로 전국 접근성 양호
4) 우남역 신설로 지하철 접근성 개선(8호선 우남역-트램-5호선 마천역)
5) 가든파이브, 롯데월드 백화점, NC 백화점, 영화관, 대형마트 등 10분 이내 이용 가능
6) 남한산성의 주요 등산로 입구 5분 거리(마천역 성골마을 출발점)
7) 도시를 감싸는 쉼터 휴먼링(Human Ring)이 차량과 입체적으로 분리돼 산책, 조깅 등을 즐기는 인간중심 녹지공간
8) 신도시의 중심 트랜짓 몰: 위례 신도시 내 도입되는 트램(Tram)의 이동 경로에 따라 지어지는 상가건물

위의 교통과 환경으로 강남 및 송파 생활권을 5분 이내에 누릴 수 있는 마지막 강남의 신도시다.

4. 권역별 분석

1) 송파권: 민간분양 비율 낮고 가장 선호도 높은 지역

(1) 민간분양 블록의 경우 군 이전 문제 등의 사유로 매각시기 결정 안 됨

(2) 대부분 LH공사, SH공사, 군인공제회 등 공공기관에서 보금자리로 분양

(3) 민간공급: 18,200(천원)-(대우),
보금자리: 11,630~12,800(천원)-(LH공사 보금자리)

2) 성남권: 교통/상업시설 접근성 우수평가지역

(1) 토지에 대한 문제가 적은 권역으로 대부분 토지는 2015년 내 사용가능지역이다

(2) 8호선 복정역과 우남역(신설)의 이용 편리

(3) 민간공급: 17,500(천원)선 내외,
보금자리: 13,800(천원)선 내외

3) 하남권-남한산성의 쾌적함과 골프장이 있어서 조망권이 우수한 지역이다

(1) 사업지가 권역 내 최초 공급 물량이나 대부분 토지사용 가능 시기는 2015년이다

(2) 민간공급: 16,500(천원) 내외, 보금자리: 12,800(천원) 내외

5. 종합분석

　2기 신도시 11곳 중에서 강남권에 위치한 유일한 신도시로서 강남의 문화, 생활, 교육 등을 합리적으로 만날 수 있는 최고의 기회이고, 광역 교통망이 우수하지만 입주 시점, 교통망, 행정권역에 따른 학군은 해결과제이다.

　위례 신도시는 신도시 1기 분당, 일산, 평촌, 산본, 중동 등을 거쳐 신도시 2기 판교, 김포, 파주, 동탄 1기, 광교와 더불어 준비된 신도시이다. 입지적으로는 강남 보금자리와 문정지구, 위례 신도시를 잇는 서울 동남권 일대가 신 강남 주거벨트로 형성될 것이며, 이 강남 주거벨트는 송파구 경계의 위례 신도시에서 출발해 문정지구를 거쳐 강남, 서초구의 남쪽 끝자락인 세곡보금자리지구로 이어져 세곡-문정-위례 신도시의 벨트 즉, 경부 축을 대신할 강남권의 새로운 개발 중심지로 자리 잡을 것이다.

　교통적으로도 외곽순환도로와 분당~수서 간 고속화도로 인접으로 광역 교통망을 갖추고 있으며, 2015년에 완공하는 수서역 KTX공사 또한 호재로 작용하고 있다. 하지만 이러한 좋은 환경 속에서도 주택공급 물량의 고밀도가 제기되고 행정권이 경기하남, 서울송파, 경기성남 권으로 이어져 학군에 대한 문제와 각 블록별 입주 시기에 따른 학구(초등), 학군(중·고) 및 대중교통문제 등이 위례 신도시 가수요 대상자들로부터 의구심을 주는 문제로 대두되고 있다.

이것은 단순히 내가 고향인 하남을 사랑해서가 아니라 실제로 하남이야 말로 가장 발전 가능성을 안고 있는 도시이자 아직도 자연친화적인 도시라는 장점을 가지고 있기 때문이라는 객관적인 분석에서 나온 것이다.

물론 내가 고향인 하남을 사랑하는 것도 맞는 말이다. 그러나 단순히 하남을 사랑한다는 것만 가지고는 어떤 일을 하는 데 무언가 부족한 느낌이 든다.

나에게는 언제 어떤 자리에서 어느 일을 하든지 그 일에 정열을 가지고, 기본계획을 세우고, 있는 힘을 다하여 추진한다면 반드시 이루어 질 것이라는 신념이 있다.

그러나 그 어떤 일이라는 것에 전제되어야 할 것은 반드시 사람이 먼저라는 것이다.

아무리 세상이 좋다한들 사람보다 좋은 것이 어디 있을 수 있겠는가? 가장 귀한 것도 사람이요, 가장 좋은 것도 사람이니, 하물며 바로 내 곁에 있는 가족은 물론 내 이웃, 내 고향 사람들만큼 좋은 것이 어디 있겠는가? 그리고 정말로 그분들이 좋다면 그분들을 위해서 일하는 것을 게을리 할 수 있겠는가?

나는 도시공사 사장 임기 4년을 바로 그런 생각으로 일을 했다.

이 세상에서 가장 귀한 것이 사람이니 바로 내 이웃이 가장 귀한 존재다.

제1장
하남시만이 가질 수 있는
랜드마크 건설

환경을 최대한 보호하면서 간직할 수 있는
하남시의 관광자원
-환경을 지키면서 수익을 창출할 수 있는 일곱 가지 제안-

우리나라에서도 지방자치제도가 어느 정도 자리매김을 했다. 아직 완전하다고는 할 수 없지만 여러 번의 실책을 보완하는 과정에서 나름대로 안정되어 가는 추세다. 그러다 보니 자연히 각 지방자치단체마다 서로 특색을 갖고 싶어 한다. 특색 있는 지방이 되어야 그만큼 관광을 위한 수익 증대는 물론 지방의 브랜드 가치가 높아져서 주민들의 재산권이 높이 평가되는 이유다.

예를 들면 천연자연이 준 것으로, 나비를 모토로 하는 함평 나비 축제도 있고, 화천의 빙어 축제는 물론 보령의 머드 축제까지 자연을 축제의 주제로 삼고 있다. 그리고 인공적인 것으로는 바다에 양식장을 만들어 놓고 양식된 것을 잡는 그런 축제도 벌인다. 심지어는 우리나라 어디서든지 사육하고 있는 한우를 자기 고장의 특산물처럼 각인시켜 그 고장에서 나는 한우가 좋은 한우라는 인식을 주기 위해서 한우 축제를 여는 곳도 있다. 실로 기발한 아이디어들이 속출하고 그에 따라서 효과를 보는 곳도 있는가 하면 오히려 적자만 쌓이는 곳도 있다고 한다.

물론 우리 하남이라고 축제가 없다는 것은 아니다. 하지만 그렇게 축제로 며칠을 보내며 하남의 브랜드를 만들어 내는 것보다는 '하남' 하면 떠오르는 항상 준비되어 있는 그런 명소나, 대화의 대상에 오를 수 있는 무엇인가가 있다면 보다 더 가치 있고 풍요롭게 보이는 하남을 만들 수 있지 않을까 하는 생각이 든다.

그렇게 하기 위해서는 무엇이 필요할까?

그것은 더 말할 나위 없이 도전하는 정신으로 새로운 아이디어를 창출해서 새롭게 일을 시작하는 것이라고 생각한다.

일을 두려워해서는 안 된다.

이 일을 하면 저런 부작용이 생길 것이라는 이유 때문에 새로운 일에 도전하기를 힘들어 한다면 그것은 모든 일에 대해 검토를 하는 그 순간에 그에 따른 부작용을 생각하게 되고, 그 부작용이 겁이 나서 새로운 일에 도전을 못한다. 그렇게 되면 결국은 자기 정체로 끝이 나고 새로운 일에 대해서는 도전할 수 없는 멈춤 상태가 된다.

세상은 자꾸 앞으로 나아가는데 나는 멈추고 있다면, 그것은 상대적인 도태다.

그런 현상은 비단 개인에게만 일어나는 것이 아니다.

사적인 모임은 물론 불특정 다수가 만나는 공동체와 행정이라는 주체가 되어 모이는 지방자치단체, 나아가서는 국가라는 커다란 집단도 마찬가지다.

새로운 것을 추구하는 것은 엄연한 도전이다. 그리고 그 도전을 위해서는 닥쳐올 부작용을 면밀히 검토하고 그 부작용에 대처할 방안도 마련해야 한다. 다수의 이익을 위해서 소수가 희생해야 한다는 그런 논리가 아니라 다수도 행복해지는 만큼 소수도 행복해져야 한다는 논리로 대응해야 한다. 그러기 위해서는 무엇보다 먼저 꾸준히 연구하고 계발하는 것을 우선해야 한다. 연구하고 계발하는 사람이야 말로 자신이 도전하고자 하는 일에, 혹은 어떤 공동체가 실시하고자 하는 일에 대한 장·단점을 파악하고 그에 대처할 수 있는 능력을 갖출 수 있기 때문이다.

사람이 만물의 영장이라고 일컬어지는 이유가 위기에 대처하는 능력이 가장 뛰어나기 때문이라고 한다. 저능한 동물일수록 위험에 대처하는 능력이 부족하다는 것이다. 그 위기 대처의 능력이 부족한 것은 힘이 없어서일 수도 있지만, 무엇보다 위기 대처에 대한 방안을 마련할 수 있는 생각을 할 수 없기 때문이라고 한다. 아울러 공동체 의식이 부족한지, 아닌지의 여부 역시 위기 대처를 하는데 커다란 영향을 미친다는 것이다.

실제로 우리가 〈동물의 왕국〉 같은 TV 프로그램을 보면 사자의 무리는 원숭이 무리를 공격하지 않는다. 원숭이가 나무

높은 곳으로 올라가 버리면 의미가 없어서다. 그리고 원숭이들은 무리를 지어 항상 적이 자신들을 공격하는지 아닌지에 대해서 대비를 한다. 그러나 사자 몇 마리가 수십 마리의 물소 떼를 공격하는 장면을 보면 물소 떼는 여지없이 한두 마리가 희생되고야 만다.

얼핏 생각하기에는 물소 떼가 단합만 해서 역으로 사자를 공격하면 사자 몇 마리는 그 커다란 덩치의 발로 밟아서도 무찌를 수 있을 것 같은데 일단 사자가 나타나면 물소 떼는 자기 살길만 찾느라고 앞다퉈 도망치기에 바쁘다. 그러면 영락없이 그 중에서 느리거나 아니면 무리의 뒤에 있던 물소는 희생을 당하고 만다.

이것은 물소 떼가 힘이 없어서라기보다는 위기 대처를 위한 사고능력이 부족하고, 상생하겠다는 공동체 의식의 부재 때문에 일어나는 현상이다.

군이 〈동물의 왕국〉을 예로 들어가면서까지 위기 대처를 이야기한 것은 다름이 아니다. 우리가 무슨 일을 시작하고자 할 때 예견되는 부작용에 대해서는 그 대책을 마련하는 데 주저함이 없어야 하고, 특히 그 일로 인해서 손해를 보게 되는 소수의 시민들에 대한 대책 역시 함께 생각해야 한다는 것이다.

새로운 도전에 따라오는 부작용을 위기라고 하고 피해를 볼 수 있는 소수 시민을 물소 떼의 희생자로 볼 때, 사람은 그에 대처할 수 있는 능력이 얼마든지 있다.

아무리 계산을 하고 방법을 짜내도 일 자체가 이득보다는 손해만 더 큰 것이라면 당연히 포기를 해야 한다. 내가 내세운 일이니 내가 업적을 세우겠다는 고집을 접는 것이 공연한 희생을 막는 가장 좋은 방법이다. 그러나 만일 실도 있겠지만 그보다는 커다란 득이 당장이라도 눈에 보인다면 그 실을 최소화하는 방안을 첨부해서 일을 추진해 나가야 한다. 그것이 발전이고 당장은 실을 보는 것처럼 보이는 사람에게도 그 발전이 결국은 득을 가져다 줄 수 있기 때문이다.

지금 우리 하남은 말 그대로 고도성장을 눈앞에 두고 있는 보기 드문 지방자치단체다. 따라서 여러 가지 일들을 추진해야 하고 또 일을 추진하다 보면 그에 따른 득과 실을 계산해야 하는 복잡한 일들이 산적해 있다.

다 아는 이야기지만 넓은 그린벨트 지역의 해제와 그에 따르는 환경파괴, 개발을 해 나가자면 그 그림자 뒤에 드리워지는 힘없고 어려운 사람들과, 눈으로 보기에는 이득을 보는 것 같아서 아무런 대책도 보장받지 못하지만 실질적으로는 삶의 터전을 잃을 수도 있는 위기에 처한 이웃들이 우리 주변에는 얼마든지 생겨날 수 있는 것이다.

이들에 대한 어떤 대처가 없다면 그것은 잘못된 성장이다. 하지만 그에 따른 최대한의 배려와 부작용을 해소하기 위한 방안을 강구하고 그 방안에 따라서 계획적으로 일을 추진해 나간다면 그 모든 부작용들이 결국에는 하남시민 모두에게 행복을 향해서 한 걸음 더 나가는 과정을 선물하는 것이 될 수 있다.

그러기 위해서는 끊임없는 자기 계발은 물론 주변의 의견을 수렴하고 또 그 의견을 검토하는 이들과 함께 장·단점을 연구하고 검토해야 한다. 그 연구와 검토 결과에 따라서 아무리 자치단체에서 추진하고 싶은 일이라고 할지라도 시민은 물론 시에도 별 도움이 되지 않는다면 빨리 포기하고 보다 새롭고 득이 되는 사업으로 전환해야 한다.

　결국 끊임없이 준비하고 소통하면서 생각하는 자치단체만이 시민들에게 행복의 문을 열어 줄 수 있다는 것을 상기하면서 우리 하남시민과 하남시의 발전을 위한 몇 가지 모델을 제시해 보고자 한다.

1. 유럽마을 조성
-하남시민의 고용창출과 수익 증대를 위한
미사섬의 친환경 개발을 위한 한 가지 제언-

　우리 하남에는 귀중한 보물이 많지만 그 중 하나라면 누구
라도 미사섬을 꼽을 것이다. 한강의 남쪽에 자리하고 있는 천
혜의 명소로서, 눈앞에 펼쳐지는 탁 트인 경치는 물론 서울과
불과 다리 하나만을 사이로 두고 있어서 친환경 관광자원으로
개발만 할 수 있다면, 수많은 관광객을 유치해서 하남에서 소
비하고 하남에서 즐기며, 하남시민들의 수익 증대에 보탬이
될 수 있는 조건을 갖추고 있는 것이다.

　그러나 미사섬이 지금처럼 단지 잠시 들렀다가 가는 곳으로,
그저 먹고 마시고 잠시 쉬었다 가는 곳으로 머문다면 거기에
서 얻는 수익 증대는 극히 제한적일 수밖에 없다. 정말 단기간
의 레저를 즐길 수 있는 복합 레저단지로, 그것도 요즈음처럼
가족 단위로 레저 활동을 할 때는 그런 콘셉트에 맞춰 설계를

하고 개발을 해야 한다.

예를 들자면 제주도에 가면 스위스 마을이라는 신개념의 수익형 휴양민박단지가 있다. 주거와 경제활동의 새로운 패러다임을 제공한다는 슬로건으로 소유자 모두가 협동조합원이 되어 함께 운영하고 함께 만들어 가는 주거 공동체라는 것이다.

잠시 그곳을 벤치마킹해 본다.

첫째, 스위스 건축가가 직접 디자인 설계한 유럽스타일의 테마 마을로서 골목의 낭만과 자연의 여유까지 디자인에 담았다는 것으로 그 마을의 구조는 다음과 같다.

각각의 독립 화단과 텃밭을 조성한다. 건축과 자연의 조화를 추구한 단지 및 조경계획을 통해서 텃밭과 다양한 화단을 조성하여 그 안에서 안락한 전원의 삶을 영위할 수 있도록 한다는 것이다.

마을의 중심에 축제 광장을 만든다. 유럽의 작은 마을에서 느낄 수 있는 평온함 속에서 휴식과 여유를 즐길 수 있도록 축제 광장을 조성하여 마을의 중심공간을 특화시킨다는 것이다.

단지 내 오솔길을 만든다. 단지 외곽을 따라 순환성 구릉 산책로를 마련하고 공기의 흐름을 거스르지 않는 배치와 동선 설계를 통해 자연이 주는 즐거움과 건축의 쾌적성을 극대화한다는 것이다.

"같이" 누리는 가치를 창조한다. 일반 타운하우스와는 달리 함께 모여 있는 단지 배치와 커뮤니티센터를 마련해 더불어 사는 마을, 사람냄새 나는 공동체의 이미지를 구현한다는 것이다.

둘째, 할 일과 소득이 있는 선진형 생활공동체로 스위스 미그로의 성공신화를 옮겨 놓은 것이라고 한다.

건축은 모두가 3층인데 건물의 색깔은 형형색색이다. 외형은 유럽, 그 중에서도 스위스의 마을 하나를 옮겨 놓은 것 같이 생겼다.

1층은 식당을 포함한 상가이고, 2층은 게스트 하우스이며, 주거공간으로 입주자, 혹은 투자자가 살 경우에는 주거를 하는 것이고, 만일 투자자가 그곳에 거주하지 않고 휴양지나 별장으로 이용하고자 한다면 그가 이용하지 않는 기간은 임대를 하여 그 수익을 취하는 것이다.

이것은 소위 내가 그곳에 거주한다면 상가 등을 이용해 내 할 일을 평생 하면서 여유롭게 생을 즐기자는 취지이고, 만일 내가 그곳에 거주하지 않는다면 임대수익을 통해 은퇴 후에도 여유로운 생활을 하자는 것이다.

그리고 그들은 그곳의 위치적인 장점을 제주시내에서 자동차로 10분 내에 있는 곳이라고 자랑하고 있다.

그런 면에서는 우리 하남의 미사섬이야 말로 천혜의 요지가 될 수밖에 없다.

서울의 중심부인 광화문이나 서울의 주거는 물론 산업의 요충지인 강남에서 불과 10~20분 내 거리이면 도착할 수 있는 곳이 바로 미사섬이다. 그뿐만 아니라 머지않아 지하철 5호선이 미사역에 정차하게 되고 지금 한참 벌이고 있는 9호선을 연장 유치하게 되면 강남은 물론 여의도에서도 지하철 한 번 승차만으로 휴식과 삶의 재충전을 위해 도착할 수 있는 곳이 미사섬이다.

제주도의 스위스 마을은 단지 외곽에 오솔길을 만든다고 했지만 미사섬은 섬 전체의 외곽 산책로를 만들어서 오솔길이 되었든, 벚꽃길이 되었든 아니면 더 좋은 어떤 산책로를 만들 수도 있는 계획을 세울 수 있다.

굳이 제주도가 아니라 서울의 가까운 거리에 이국적인 정취와 휴식, 그리고 수익까지 만끽할 수 있는 곳이라면 그 누구라도 마다하지 않을 것이다.

게다가 그 근처에는 조정 경기장을 비롯한 스포츠 시설들도 있을 뿐만 아니라 미사 신도시의 개발로 인해서 교통은 최적의 요지가 되었다.

미사섬이 지금처럼 아무런 계획도 없이 개발되어 식당 위주의 섬으로 남는다면 그것은 우리 하남으로서는 엄청난 손해다. 설령 제주의 스위스 마을과 똑같은 방식이 아니라도, 1층에는 상가를 두어서 음식문화를 비롯한 여러 가지 필요한 것들을 충족하고, 2층에서는 가족이나 혹은 단체별로 숙박을 할 수 있고, 3층에는 주거공간 혹은 다른 숙박업소 등으로 계획되어 개발되는 것은 물론, 섬 한가운데에서는 각종 문화행사를 할 수 있는 터도 마련된다면 그것은 더할 나위 없는 4계절 전천후 휴양주거단지가 될 것이다.

그리고 그것은 우리 하남시민들의 이익 극대화를 창출해 주는 것은 물론 시 재정에는 세수에 보탬이 됨으로써 원활한 시정을 운영하는 데 많은 도움을 줄 수 있다.

만일 일정한 계획에 의해 휴양민박단지로 거듭날 수 있다면, 첫째는 그 단지를 조성하기 위해서 토목·건축 사업을 해야 한다. 거기에서 일단 엄청난 고용이 창출될 것이다. 그 다음에는 단지가 조성이 되고 나면 그에 따른 조경, 환경미화 등의 관리인원이 필요할 것이고, 그 인원은 하남에 연고를 둔 사람들로 충원을 한다. 뿐만 아니라 1층에 식당을 비롯한 상가가 들어서면 서비스 산업이 고용을 증대시키는 데는 엄청난 효과를 낸다는 것은 모두가 아는 일이다. 뿐만 아니라 단순한 음식문화가 아니라 숙박까지 겸하는 단지가 됨으로써 더 많은 인원을 고용하게 될 것이다. 그리고 문화공연 등의 각종 문화행사를 할 수 있는 장소까지 마련함으로써 그에 따른 부대시설을 관리하는 인원 등 고용창출의 효과는 곧바로 우리 하남시민들의 일자리를 만들어서 하남시민들의 수익 증대에 보탬이 되고 그 수익은 다시 하남에서의 소비로 이어지니, 결국 50만 자족도시를 만드는 데 일조를 할 것이다.

하남이 베드타운으로 남지 않기 위해서는 반드시 필요한 것이 자족을 위한 일자리다. 그 일자리가 환경을 해치지 않고 오히려 누구라도 오고 싶은 하남을 만들면서 이룰 수 있다면 그것이야말로 살기 좋은 하남을 만드는 것이 아닌가?

이렇게 이야기를 하다보면 과연 그렇게 할 예산은 있느냐는 소리가 나올 수 있다. 하지만 그것은 크게 걱정하지 않아도 될 일이라는 생각이다. 요즈음은 민자 유치에 의한 사업이 활성화되어있다. 민자를 유치해서 단지를 건설을 하고 그 민자가 일정기간 자신들이 운영을 한 후 그 시설을 시에 귀속시키게 하면 된다. 그러면 그 뒤부터는 시의 수익이 창출되는 것이다. 물론 민자를 유치해서 사업을 시작해도 시민들의 고용창출은 이미 일어난 것이니 그야말로 일석이조의 효과를 거두는 것임에 틀림이 없다. 더더욱 환경도 해치지 않으니 청정하남을 유지하는 데는 아무런 이상이 없다.

설령 내가 생각하는 미사섬에 관한 개발이 아니더라도 그런 식으로 하남의 곳곳을 들여다보면 환경을 해치지 않고 시민과 하남시 모두가 이익이 될 수 있는 50만 자족도시 하남을 건설할 수 있는 요소들이 많다는 것이 내가 생각하는 하남의 장점이다.

"구슬이 서 말이라도 꿰어야 보배"라는 속담이 있다.

미사섬이 아무리 좋은 자연경관을 가지고 있다고 하더라도 만일 아무런 계획도 없이 방치하듯이 놓아둔다면, 그리고 집이나 그 토지의 주인들이 알아서 관리하기만 바란다면, 그것은 더 큰 기대를 할 수 없는 섬일 뿐만 아니라, 그린벨트가 전면 해제되고 개발이 자유화될지라도 난개발을 면치 못할 것이다. 자연을 보호하면서 생태계를 파괴하지 않고, 주민의 수익과 경제적 효과를 극대화할 수 있는 방법을 모색하는 것만이 미사섬이 정말 보물로 남을 수 있는 비결이다.

2. 국내 패션상가의 조성
-하남시 스타필드 하남의 건설과 소상공인이
동반 성장하는 방안에 관한 한 가지 제언-

　내가 하남도시개발공사(현 하남도시공사) 사장으로 재직할 당시 스타필드 하남을 하남시에 유치했다.

　당시 내가 스타필드 하남 유치에 앞장섰던 가장 큰 이유는 우리 하남을 위해서였다. 50만 자족도시로 거듭나야 할 하남시의 고용과 일자리 창출은 물론 하남시민이 대규모 쇼핑센터를 이용해서 하남시민이 하남시에서 소비를 해야 한다는 생각이 우선한 까닭이었다. 아울러 그런 대형 쇼핑센터는 외부의 주민들까지 유입시켜서 소비를 촉진하는 효과를 유발시킬 수 있다. 지금은 한풀 꺾인 기세이기는 하지만 서울 용산의 전자상가나 강변의 테크노마트가 그 좋은 예였다. 따라서 하남의 랜드마크 격인 대형 쇼핑센터 하나 정도가 자리 잡는다면 하남시에는 그만큼 많은 수익을 가져다 줄 수 있다는 확신이 있어서였다.

그 사업은 하남시에 아시아 최대의 복합쇼핑몰인 스타필드 하남 공사에 외국인 직접 투자금 2억 5,000만 달러를 유치하는 성과를 낳았던 사업이다. 사실 그동안 많은 지자체들이 외자 유치를 직접 하겠다고 나섰지만 실제 그 성공률은 아주 미약하고 힘들다는 것을 우리는 익히 보아왔다. 그러나 우리 하남시는 그 어려운 일을 해낸 자부심이 있는 도시다. 특히 내가 도시개발공사 사장을 할 때 이뤄낼 수 있었다는 것이 나에게는 커다란 자부심이다. 정말 뜻이 있다면 무슨 일이든지 해 낼 수 있다는 확실한 자부심을 나 자신은 물론 우리 하남시민 모두의 가슴에 깊이 새길 수 있는 뜻 깊은 일이다.

스타필드 하남 해외 직접 투자는 상해에서 협약을 맺었다. 경기도 김문수 도지사와 하남시 이교범 시장과 나 김시화가 하남도시개발공사 사장의 자격으로 직접 MOA를 체결한 것이다. 하남도시개발공사가 부지 35,000평을 수의계약으로 공급하면서 외지유치를 하고 수익을 창출하기 위한 자업을 했던 것이다.

스타필드 하남은 우리 하남도시개발공사가 주축이 되어 경기도와 하남시, ㈜신세계, 터브먼 社가 공동으로 8억 6,000만 달러를 투자하여 이룩한 공사다. 연면적 442,580㎡(약 134,000평)에 이르는 어마어마한 규모의 공사다. 이 공사는 외국인 직접 투자 2억 5,000만 달러를 유치하면서 시작한 공사로 이미 각종 언론에서 주목을 받은 공인된 성공사업이다.

2013년 7월 30일 토지감정평가에 따른 정산금 795억 원을 입금하여 잔금이 납부됨에 따라 내가 사장으로 봉직하고 있는 하남도시개발공사가 토지사용승낙서를 발행했다. 따라서 스타필드 하남의 공사는 2013년 10월 28일 기공식이 열렸다.

기공식이 열리던 날, 무려 7,000여 명이나 되는 우리 하남시 주민들이 축하해 주시기 위해서 모였었다. 그렇게 많은 분들이 성대하게 축하해 주시리라고는 솔직히 상상도 못했던 일이다. 우리 하남시민들이 이렇게 열망하던 사업인가를 스스로에게 되묻고 싶었었다. 한편으로는 이 모두가 하남시민들의 문화에 대한 열망이라는 생각도 들었었다. 그렇게 많은 시민들이 모여서 축하해 주시는 것에 대해 정말 고마우면서도 한편으로는 어깨가 무거워지는 것은 어쩔 수 없었다. 저 분들의 저런 열망을 앞으로 더 많은 인프라를 구축해서 풀어 드려야 한다는 의무감마저 들었다. 그리고 더 많이 연구하여 우리 하남시의 아름다운 자연을 해치지 않는 선에서 어떻게든 주민들의 열망을 풀어 드릴 수 있는 사업을 추진하기로 마음을 다졌었다.

공사가 마무리 되고 2016년 하반기에 스타필드 하남이 개장을 하게 되면 프리미엄 백화점, 시네마파크와 공연 및 관람, 전시시설 등이 마련될 예정으로 약 7,000명의 고용창출이 예상된다. 뿐만 아니라 영화 개봉관, 공연 및 관람장이 들어서고 고급 백화점의 입점 등으로 유동인구는 당연히 증가할 것이고 파생수요 확대가 이뤄질 것이다. 그에 따른 경제유발효과는 2조 원 이상으로 추정하고 있다.

경제규모가 커지고 유동인구가 많아지면 교통수단 역시 증가해야 된다.

특히 시민들의 숙원사업인 지하철을 조속히 완공해야 하는 것이다. 이미 검단역까지 설계를 마치고 2014년도에 착공한 지하철을 조속히 완공시키는 일에 2016년에 완공된 스타필드 하남이 커다란 기여를 할 것이다. 그뿐만이 아니라 우리 하남 시민들이 유치하고 싶어 하는 지하철 9호선 유치에도 반드시 커다란 역할을 할 것이다.

적자 운영을 하고 있다는 지하철의 경우에는 그 수지가 어느 정도만 맞으면 당연히 우리 하남까지 연장선을 서두르기 마련이다. 스타필드 하남 때문에 유동인구가 늘어나는 것은 결국 지하철 5호선의 완공시기와 9호선 유치를 앞당기는 것에 반드시 영향을 미칠 것이다.

이것이야말로 우리 하남시 복리증진에 기여하는 것이라는 자부심이 절로 생기는 일이다.

무슨 일을 하던지 최선을 다하는 성격을 가진 나는 그 당시 하남도시개발공사 경영에 혼신의 힘을 나하고 있었다. 그 덕분인지 우리 도시개발공사는 아주 좋은 평가를 받아, 경기도에서는 당연히 1위이고 안정행정부 평가에 의하면 전국 '기타 공사 군'에서 평가 2위를 하기도 했다.

광역도시개발공사 군, 시설관리공단 군, 기타공사 군의 세 군으로 나눈 곳에 우리 하남도시개발공사는 광역이 아니므로 기타공사 군에 들어가게 되는데 거기서 전국 2위로 평가를 받은 것이다. 1위가 청송사과유통공사로 그곳은 사과 유통이 중심이지 우리처럼 도시개발을 하는 곳은 아니라는 점이 우리 공사에 근무하는 가족들을 충분히 안심시키면서 개발공사로는 전국 1위라는 자부심을 심어주었었다.

게다가 기초 공기업 308개 중에서 예산편성은 2위를 했다. 그것은 우리 하남도시개발공사에 같이 근무하는 모든 가족들과 뜻이 맞아서 혼연일체로 일했던 덕분이라는 생각이다. 그 덕분에 용인도시공사에서는 나를 초청해서 경영성과에 대한 강의를 듣기도 했다. 성공한 케이스로 그곳 직원들 스스로 추천을 해서 내게서 경험을 듣기 위한 자리라고 했다. 나는 기꺼이 응해서 용인까지 가서 우리 하남시의 성공사례를 강의하기도 했다.

그런데 최근에 들어서 대규모 유통센터가 들어서면 오히려 하남시의 소상공인들에게는 타격을 줄 것이라는 의견들을 내게 개진해 온 사람들이 있다.

충분히 그럴 수 있는 일이다. 하지만 모든 것은 새로운 창의력과 그 창의력이 타당성이 있는 것인가를 검토한 후 타당성이 있는 것이라면, 실천으로 옮길 수 있는 의지만 있다면 얼마든지 해결해 나갈 수 있는 방법이 있다.

우선 내가 제안하고 싶은 안은 지하철 5호선이 들어서는 것을 이용해서 창우역에서 스타필드 하남까지 지하로 연결하여 상가를 만들자는 것이다.

우리와 가까운 서울을 예로 들자면 잠실역 바로 코앞에 롯데 백화점이 있지만 오히려 잠실역 지하상가는 롯데 백화점이 있는 덕분에 더 많은 고객들이 북적인다. 그뿐만이 아니다. 강남고속터미널의 경우에도 처음에 지하상가가 들어설 때는 그곳으로 이어지는 지하철이 생길 경우 상가를 늘리지 않는 것을 원했던 것으로 알고 있다. 하지만 지하철이 개통되면서 지하상가가 확장되고 확장된 지하상가 덕분에 더 많은 고객들이 그곳을 찾고 있다.

우리 하남시라고 못 할 이유가 없다. 벤치마킹을 할 수 있으면 얼마든지 해야 하는 것이 현실이다. 앞에서 예를 들었듯이 창우역(가칭)에서 스타필드 하남까지 지하상가로 통로를 만든다면, 스타필드 하남의 잠재된 고객을 연 천만으로 추산하였는데, 그 천만이 스타필드 하남 지하상가(가칭)를 방문할 수 있는 가능성을 열 수 있다. 지하상가의 서비스나 제품들이 스타필드 하남의 그것들에 비해 뒤질 것이 없다면 오히려 스타필드 하남의 고객들을 잠식해서 역으로 항의를 받을 수 있는 환경을 만들 수 있는 것이다.

물론 그러한 상권을 형성할 경우에는 무엇보다 먼저 입주자들이 누가 되느냐가 문제가 될 수 있다. 그런 경우에는 공청회 등을 통해서 스타필드 하남이 개장함으로써 피해를 입을 수 있는 소상공인들에게 우선권을 주는 것을 원칙으로 하되, 지원자가 넘칠 경우에는 추첨을 통해서 일을 처리할 수도 있는 것이다. 시민들의 상권을 보호해 주고 생업을 이어갈 수 있도록 열린 마음으로 지혜를 모은다면 얼마든지 가능한 일이라고 생각한다.

더불어서 한 가지 더 예를 들자면, 최근에 하남시에 패션단지를 유치하자는 이야기가 공공연히 나오고 있는 중이다. 그렇다면 그런 패션단지를 스타필드 하남과 연계한 지하상가로 하고 국내 브랜드를 유치하는 것이다. 하남에 패션단지를 만든다면, 패션의 메카로 자리매김하도록 할 수 있다는 말이다. 그리되면 자연히 그 주변 지상에도 패션에 관한 상권이 자리매김할 것이고, 그것은 또 다른 고용을 창출하는 효과를 가져올 것이다.

당장 지하상가나 패션단지를 만든다고 한다면 건설은 물론 인테리어 등 그 단지를 조성하기 위한 기초 작업에 소요되는 고용 인원부터 단지가 완성되고, 지하상가가 완성되고 나면 판매에 종사하는 인원 등, 고부가가치의 고용을 창출할 수 있는 기회는 얼마든지 부여될 것이다.

어떤 일을 추진함에 있어서 닥칠 일에 두려움을 가진다면 아무것도 추진할 수가 없다. 처음에 하남에 스타필드 하남이 들어설 때 스타필드 하남에서 창출될 수 있는 고용을 통한 하남시민들의 이익이 더 컸기 때문에 일을 시작했던 것이다. 단순히 머릿속으로 암산을 한 것이 아니라 실제 여러 가지 통계와 경제적인 방식에 의한 산출에 의해서 이익이라는 결론을 내리고 유치한 것이고, 지금도 하남시 전체에게는 이익이 되는 것으로 확신하고 있다.

하지만 시 전체를 위해서 주변의 소상공인들이 손해를 보거나 생계가 막막하다는 표현을 하는데도 모르는 척 한다면 그 역시 잘못된 일이다. 정말 최선책을 강구하기 위해서 대책을 만들어야 한다.

내가 제시한 지하상가 건설로 인한 고용창출을 통한 수익 증대의 방안이 꼭 옳다는 것은 아니고, 더 좋은 방안이 있다면 당연히 그리해야 할 일이지만, 우선 지금 내가 하남의 앞날을 생각하면서 주변에서 같이 하남을 걱정하면서 경제적, 환경적인 전문지식을 가진 분들은 물론 실제 대규모 유통업에 종사하는 분들과 마케팅을 전문으로 하는 전문가들과도 상의하면서 여러 가지 검토를 해 본 결과 그런 방법이 있다는 것을 제안하는 것일 뿐이다.

더 큰 이익을 위해서라면 작은 이익은 버려야 한다는 밀어붙이기식의 경제논리는 이제 끝났다. 모두가 함께 잘 살 수 있는 더불어 가는 공동체 의식을 가지고 시민 모두의 행복을 위해서라면, 우리 모두가 서로 머리를 맞대고 연구하고 검토해서 반드시 실행하는 의지가 무엇보다 중요하다는 것을 덧붙이고 싶다.

3. 하남시의 랜드마크

-하남시민은 휴식을, 외부관광객에게서는 수익을 창출할 수 있는
애니멀 테마파크-

　월파(月坡) 김상용(金尙鎔) 시인은 경기도 연천에서 1902년
태어났다. 8·15 조국 광복 이후 미군정 체제에서 강원도지사
로 임명되었으나 불과 며칠이 지나지 않아서 사임하고, 1945
년 개칭된 이화여자대학교 교수로 재직하시다가, 6·25 동란으
로 인해 부산에 피난 가셨다 1951년에 그곳에서 돌아가신 분
이다. 시인은 전원적이며 목가적인 삶과 생활을 시로 읊으며
살다 가신 분으로 유명하다. 하기야 그랬으니 강원도지사라는
자리를 며칠 만에 사임할 용기가 있으셨을 것이다.

　그분의 시 중에서 우리에게 가장 많이 알려져 있는 것이 바
로 「남으로 창을 내겠소」라는 시다.

　그 시의 내용은 우리가 잘 알고 있다시피, **"남으로 창을 내고
밭을 갈며, 새 노래는 공으로 듣고 강냉이가 익으면 함께와 먹어도 좋**

고, 왜사느냐고 물으면 그냥 웃는다"는 내용으로 전원에서의 삶을 목가적으로 노래하고 있다.

아무리 시를 모르는 사람이 들어도 새가 우는 들판에서 밭을 갈아 옥수수를 심으면서, 저 옥수수가 익으면 이웃과 함께 나눠 먹으며 도란도란 이야기를 나눌 것을 생각하면서 흐뭇해하는 시골 촌부의 모습이 저절로 그려지는 시다. 그런데 이런 시에는 의례히 새나, 새소리가 등장을 한다. 그리고 그 새소리라는 단어를 읽는 이들은 정말 새소리를 듣는 기분을 느끼면서 나름대로 상쾌해 한다.

그만큼 새라는 존재는 우리들의 기분을 가볍게 해 주는 존재인 것 같다.

갑자기 시를 읊고 새 이야기를 꺼내니 의아해 할 수도 있다. 하지만 요즈음 일본에서는 새와 곁에서 함께하며 자연을 보고, 느끼며 체험하는 화조원(花鳥園)이라는 것이 유행하고 있다고 한다.

우리에게 화조원이라는 단어는 어쩌면 생소하게 들릴 수도 있다. 나 역시 처음에는 그 소리를 듣고 용어가 생소했던 것이 사실이다.

그러나 사시사철 꽃과 새를 체험하는데, 그것도 만지고, 느끼고, 체험하는 곳으로, 사람과 새와 꽃이 함께 어우러지는 곳이라고 한다면 이해가 갈 것이다. 아니 단순히 이해가 가는 것이 아니라 한 번 가보고 싶은 곳이라는 생각이 들 것이다.

화조원은 앞서 잠시 언급한 바와 같이, 일본에서는 아주 성황리에 운영이 되고 있으며, 우리나라에서도 새롭게 화조원을 만들기 위해서 사업을 추진하고 있는 지방자치단체들의 움직임이 뉴스에 가끔 보도되곤 한다.

화조원은 이름 그대로 꽃을 키우는 곳에 새를 같이 키우면서 사람들이 관람을 하는 곳이다. 물론 운영방법에 따라 조금씩 다르기는 하지만, 많은 곳에서 꽃이나 새를 일반 식물원이나 동물원 같이 울타리를 치고 우리에 가두는 것이 아니라 관람객들과 어우러질 수 있게 한다. 다시 말하면 꽃밭 사이를 관람객이 걸어가는데 관람객의 어깨에 새가 날아와 앉는 것이다. 이름 그대로 자연과 어우러지면서 자연을 느끼고 체험하며 즐기는 곳이다.

제주도가 자랑으로 여기면서 해마다 수십만 관광객을 유치하는 여미지 식물원보다 한 발자국 앞서서 자연을 단순히 보는 것이 아니라 느끼면서 공감할 수 있는 휴식공간으로 더 할 나위 없는 관광자원이라고 할 수 있다.

일본의 가케가와 화조원의 입장료가 우리 돈 11,000원(일본 돈 1,080엔) 정도이고 여미지 식물원의 입장료가 9,000원이니 그 입장료가 만만한 것은 아니다. 비단 입장료만 가지고 논할 일은 물론 아니다. 화조원이 생김으로써 그것을 관광하기 위해서 오는 사람들이 소비하는 것에서 창출되는 수익 역시 무시하지 못할 일이다.

물론 화조원을 운영해서 이익이 창출될 수 있을까 하는 것은 손익분기를 계산해 보아야 할 일이지만 가장 중요한 것은 사시사철 꽃이 피고 새가 자유롭게 날게 하려면 그만큼 기온을 맞춰줘야 한다는 조건이 선행해야 한다. 사시사철을 따뜻한 기온을 유지하게 만들기 위해서는 그 열관리비용이 만만치 않을 것이기 때문이다. 봄이나 여름에는 큰 문제가 없을 수도 있지만 가을부터, 특히 겨울철 난방비는 무시하지 못할 것이다.

그러나 우리 하남시에는 그러한 시설을 만들 수 있는 조건이 갖춰져 있다. 바로 환경기초시설에 쓰레기 소각장이 있는데 쓰레기 소각장에서 나오는 열을 이용해서 조성하면 된다. 굳이 난방비를 들이지 않고도 초기 시설비만 들이면 만들 수 있는 것이다. 혐오시설로 오인 받는 쓰레기 소각장이 새로운 재화를 일궈내는 재생산의 보고로 쓰일 수 있다. 단지 재생산의 보고로 쓰이는 것만이 아니다.

자칫 환경 취약지구로 분류될 수도 있는 쓰레기 소각장 근처에 친환경적인 시설이 생김으로써 환경 우수지역으로 거듭날 수도 있는 것이다.

더더욱 요즈음에는 지금까지 이야기했던 화조원보다 한 단계 더 나아간 새로운 아이템이 등장하고 있다.

바로 실내 동물원이다. 일명 '주렁주렁'이라는 이름으로 요즈음 한창 부상하고 있는 이 아이템을 잠시 소개해 본다.

동물원은 수백 년간 사람들에게 사랑을 받아온 문화공간이자 콘텐츠이다. 그리고 앞으로도 인간이 존재하는 한 사라지지 않을 콘텐츠임이 분명하다.

동물원의 역사를 보면 유럽의 국가들이 다른 나라를 점령한 후 그것을 기념하거나 위시하기 위해 점령한 국가의 희귀동물들을 수집해 본국으로 가져와 집에 가두어 키웠고 집에 놀러 온 손님들에게 자랑거리로 보여주던 것이 일반에게 공개되기 시작하면서 그 역사가 시작되었다.

점차 사람들의 니즈 변화와 시대의 흐름에 따라 종 보전의 목적과 철창이 아닌 자연환경을 그대로 구현하여 동물과 보는 이로 하여금 만족도 높은 형태로 발전을 거듭해 왔다.

그러나 동물원은 너무나 많은 투자비에 비해 수익성이 낮아 보통 국가기관이나 공공기관이 운영을 하고 있으며, 이로 인해 재투자가 이루어지지 않아 고객 방문률이 지속적으로 감소하는 악순환의 연속인 동물원이 대다수이다.

그 대표적인 이유는 우선 넓은 부지를 필요하기에 외딴곳에 위치해 접근성이 떨어지고, 오픈 형태이기에 비나 눈이 오거나 덥거나 추우면 고객들이 방문하지 않는 운영의 불안정성을 들 수가 있다.

그리고 단순히 보기만 하는 관람 형태의 콘텐츠는 사람들의 니즈를 충족시키지 못하는 것이 주요 요인이다. 이를 해결하고자 오랜 준비 기간을 통하여 만들어진 곳이 바로 도심 속 실내형 애니멀 테마파크 '주렁주렁(동물원의 zoo와 도심 속 공원의 lung을 합친 합성어)'이다.

현재 국내에 3호점이 오픈해 있고 국내 5호점, 중국 1호점까지 확정되어 있을 정도로 사람들에게 큰 호응을 얻고 있는 전혀 새로운 형태의 콘텐츠라고 볼 수 있다.

처음 1호점을 오픈하기 전까지는 실내에서 냄새 문제를 어떻게 해결할지에 대해 많은 사람들이 우려의 시선으로 관심 있게 바라보았었다.

하지만 지금은 오히려 실외 동물원보다 냄새가 나지 않는 곳으로 더 유명하다.

그리고 동물과 사람들의 교감을 최우선으로 하기에 대부분의 동물들에게 먹이주기 체험 등을 통해 교감을 나눌 수가 있는 게 가장 큰 장점이다.

그래서 기존의 동물원과 달리 1년 365일 언제든지 쾌적한 공간에서 단순히 보기만 하는 것이 아닌 동물과의 교감을 느낄 수 있는 곳으로 많은 사랑을 받고 있는 콘텐츠이다.

현재 국내에 가장 큰 규모가 500평에 불과(5호점은 4,000평으로 확정)하나 연간 방문객이 35만 명에 달하고, 50km 거리, 두 시간 거리 지역의 고객들까지 방문할 정도이다.

이렇게 두말할 필요 없이 그 사업성과 인지도가 확인된 애니멀 테마파크를 5,000평 규모로 하남시에 유치한다면 하남시는 대한민국을 넘어 세계적인 이슈가 되는 명실상부한 도시로 발돋움하는데 큰 발판이 될 것이라 확신한다.

어떤 일이 어떻게 진행되고 평가되느냐에 따라서 그 결과는 판이하게 달라지는 것이다. 열효율 재생산도 하고 환경도 좋아질 수 있는데다가 수입도 증대할 수 있는 일이라면 망설일 까닭이 없다.

그러나 이런 사업을 하자면 역시 예산이나 자금이 문제가 될 수 있다. 그러나 그것은 이미 앞서서 미사섬 개발을 이야기할 때 했듯이 방법은 얼마든지 만들 수 있다. 그 일례로 하남 도시공사를 활용해서 풀어나갈 수도 있는 일이다. 다만 중요한 것을 하려는 의지가 있느냐, 아니냐에 달려 있을 뿐이다.

4. 황포돛배에 몸을 싣고, 기차 박물관 관람하며
-황포돛배 박물관과 모형 기차 박물관 건립-

　나는 문화에 대한 관심이 그 누구보다 많다.

　그 이유가 단순히 주변에 가깝게 지내는 친구와 선·후배들 중에 문학이나 음악 혹은 그림을 그리는 화가와 연극과 판소리를 하는 분 등 예술을 하는 지인들이 많아서만은 결코 아니다. 내가 문화에 관심이 많은 까닭은 문화야 말로 작게는 그 고장으로부터 시작해서 나라와 크게는 전 인류가 가지고 있는 가장 소중한 자산이라고 생각하기 때문이다.

　또한 어떤 도시가 자체 문화를 형성하지 못한다면 결국은 주변에 있는 특정 대도시나 설령 대도시가 아니라 크기가 비슷한 주변 도시라 할지라도 그곳으로 자신들의 모든 소비생활이 옮겨가는 현상을 겪을 수밖에 없다. 문화가 없는 곳에 주민들이 모일 일이 없을 것이고 따라서 그 도시는 주변의 대도시 혹은 문화가 있는 주변 도시의 베드타운 역할밖에 할 것이 없어지기 때문이다.

그래서 나는 일찍이 1995년 제2대 시의회 부의장으로 재직하던 시절에 하남시 문화원 건립에 앞장서서 문화원을 탄생시킨 주역을 담당했었다.

그때 나는 이미 말한 바와 같이, 우리 하남시가 문화를 지키지 못하고 자족도시가 되지 못한다면 서울의 베드타운이 될 수밖에 없다고 생각했다. 서울의 베드타운이 된 도시는 달리 말 안 해도 주변의 많은 도시들을 보면 느낄 수 있는 현상이다. 같은 나라에서 베드타운이면 어떻고 아니면 어떠냐는 발상은 내가 내 고장을 사랑하지 않는다는 것을 자인하는 것과 다를 바가 없는 잘못된 생각이다.

도시는 기본적으로 갖춰야 할 모습이 있다. 그 가운데 필수로 갖춰야 할 것이 바로 문화시설이다. 특히 지금 당장의 문화를 즐길 수 있는 시설도 필요하지만 그 도시가 가지고 있는 전통적인 문화유산을 재현함으로써 주민들이 문화에 대한 자부심을 가질 수 있도록 해야 한다. 그렇지 않으면 단순한 베드타운으로 전락하게 되고 베드타운이 되면 도시는 절대 제 기능을 갖춘 도시가 될 수 없다. 도시라면 필수로 갖춰야 할 문화시설이 들어서도 적자에 허덕일 것이 뻔하기에 아무도 투자를 하려고 하지 않을 것이다. 그리고 문화시설 하나도 없는 베드타운이라는 낙인이 찍히면 그곳에서는 한밤중에 외로운 사람들이 찾는 포장마차 주점까지도 투자하려 하지 않을 것이다. 무엇을 하든 적자가 눈에 보이는데 무언가를 해 보고 싶은 마음이 생길 리가 없다. 자연히 도시는 도시 본연의 모습을 잃고

죽은 도시가 된다.

나는 수도 서울이라는 거대한 도시가 바로 옆에 자리한 우리 하남시가 자칫 잘못하다가는 죽은 도시처럼 변하는 베드타운이 될 수도 있다고 생각하니 끔찍하기 그지없었다. 그대로 받아들일 수 없다면 부족하지만 내 힘으로라도 무언가를 해야 한다고 결심했다. 고민 끝에 하남시 문화원을 만들어 보기로 결심했다. 그러나 문화원을 만든다는 것이 결코 쉬운 일이 아니었다.

무엇보다 중요한 설립 자본금이 문제였다. 설립 자본금은 지금도 큰돈이지만 물가나 기타 여러 가지 지수로 비교해 볼 때 당시에는 정말 큰돈인 5천만 원이 필요했다. 그러나 이미 전에 내가 발간한 『꼴망태』에서 이야기한 바와 같이 동부유선 유덕무 사장의 쾌척으로 문화원 자본금을 해결하여 문화원을 설립할 수 있는 단초를 만들었다.

사람이 만물의 영장이라고 하는 이유 중 하나가 바로 문화를 누릴 줄 알기 때문이라고 생각한다. 문화야 말로 인류의 삶을 윤택하게 해 주는 것이다. 문화를 향유할 줄 알기 때문에 우리는 삶의 가치를 재창조할 수도 있는 것이다.

문화라는 것은 단순히 눈에 보이는 예술 행위와 그에 동반되는 것이 아니라 우리들의 삶 모두로서 특히 그 문화가 역사성을 겸비한 것이라면 전통문화 내지는 그 민족이나 지방의 고유문화로서 그 가치를 더하는 것이다. 심지어 21세기에 들어서면서부터는 문화의 주인이 바로 그 영토의 주인이라는 '문화영토론'까지 나오면서 모든 민족들은 각기 자신의 문화를 보존하고 지키는 것은 물론, 전 세계에 알리고자 노력하고 있다.

그것은 비단 나라의 문제만은 아니다. 지방자치가 이루어지고 난 후에는 각 고장별로도 자기 고장의 문화를 알리기 위해서 갖은 수단과 방법을 강구해서 홍보에 열을 올리고 있다. 그리고 그 홍보를 바탕으로 축제의 장을 연다. 지방자치단체와 그 안에서 생활하고 있는 주민들의 수익 증대를 위한 것이다.

그런 움직임에 비교할 때 우리 하남은 어떤가?

우리 하남이야 말로 정말 자랑할 것이 많은 곳이다. 특히 백제의 첫 도읍지 '위례성'은 바로 우리 하남을 지칭하는 말이다. 마치 신라의 고도 경주나, 백제의 또 다른 수도로 웅진이라 불리던 공주, 사비라 불리던 부여와 견주어서 하나도 뒤질 것이 없는 곳으로 그 도시들이 가지고 있는 고도의 인상은 물론 관광사업적인 면에서 떳떳하게 앞서 나갈 수 있는 곳이어야 한다. 그런데 희한하게도 우리 하남에는 이렇다 할 명소가 아직 개발되지 못하고 있다. 참으로 안타깝기 그지없는 노릇이다. 그렇다고 지금처럼 백제의 첫 도읍지였다는 것이 역사적으로 밝혀진 엄연한 사실임에도 불구하고 아무런 준비나 사업도 하지 않은 채 손 놓고 있는 것은 더더욱 안타깝기만 한 일이다.

미처 과거의 역사적인 유물이나 유적이 발견되지 못했다면 역사적인 사실을 바탕으로 인위적인 준비라도 해야 하는 것이다. 인위적으로 역사적인 사실을 일깨우고 자꾸 그 일들을 되새길 때 과거의 유물이나 유적에 대한 그리움이 더해지고 그 개발에 대한 절실함이 더해짐으로써 유물이나 유적을 발굴하고자 하는 의지 역시 배가 될 수 있다는 것이다.

그런 이론을 바탕으로 할 때 우리 하남이 가질 수 있는 것은 참으로 많다.

1982년 지문사에서 출간된 김성호의 『비류백제와 일본의 국가기원』에서는 백제(百濟)라는 나라이름 자체가 '백가(百家)가 제해(濟海)함에서 유래된 해상국가(海上國家)를 뜻한다고 되어 있다. 백제는 막강한 해상국가였다는 것이다. 그 덕분에 우리 선조들은 대륙에도 진출을 했었고 대마도에 뿌리를 내리고 살았을 뿐만 아니라 일본에도 문화를 전수해 줄 수 있었을 것이다. 특히 일본의 문화를 백제가 전달해서 이룩했다는 것은 우리들이 잘 아는 이야기다.

그렇다면 해상국가인 백제는 수도인 위례성, 즉 우리 하남과 바다인 서해와는 어떤 교통로를 이용했을까? 물론 육상교통도 이용을 하고 말을 이용하기도 했겠지만 당연히 배를 더 많이 이용했을 것이다. 당시의 말은 비싼 편에 속하는 자가용으로 권세가 있는 사람이나 부가 많은 사람이 이용하는 것이고 일반 백성들은 걸어서 다니며 장사도 하고 여행도 했다. 그러나 배는 대중교통수단이었으니 한강을 끼고 있는 위례성은 당연히 배를 이용해 바다로 나갔고 서해에서 남쪽으로 내려가서 금강 등을 타고 올라서 다시 육지로 향하는 그런 내륙교통수단을 이용했을 것이다.

그런데 한강은 수위가 낮다. 그래서 등장한 것이 바로 황포돛배다. 일반 배들의 단면을 보면 삼각형인데 비해서 황포돛배는 단면이 마름모꼴이라는 특이한 배다. 수위가 낮은 한강을 오르내리기 위한 방편으로 만든 배였던 것이다. 그리고 그 배는 조선시대에도 마포나루에서 내륙으로 물자와 사람을 수송하는 역할을 했다. 이미 우리나라 한강 이남의 서부지방을 지배하는 해상왕국이던 백제가 먼저 한강을 오르내리는 교통수단으로 수도 위례성과 멀리는 충청도나 전라도까지 연결하던 배였을 것이라는 추론이 지나친 것만은 아니다. 어쩌면 조선시대의 마포나루 정도에서 황포돛배에서 내려 다른 배로 환승을 하고 남쪽으로 여행을 했을 수도 있는 일이지만 어쨌든 한강의 중요한 교통수단은 황포돛배였을 것이고 우리 하남은 그 중심에 있던 것이 분명하다.

우리 하남에는 단지 백제 옛 고도라는 이름만 있는 것이 아니다. 어느 한 개인을 굳이 지칭하자는 것이 아니라 실제로 대한민국 그 어디에도 없는 인적자원이 있다. 바로 국내 유일의 조선장(造船匠)으로 경기도 무형문화재 제11호 기능보유자는 경기도 하남시 배알미동의 김귀성이다.

'배알미'라는 곳은 현재 남한강과 북한강이 서로 만나는 지점으로 옛날부터 교통과 상업의 중심 거점이었는데, 이곳에서 그 제작 기술이 이어져 오고 있다.

조선(朝鮮) 배의 특징은 물 깊이가 낮아서 무릎 정도밖에 안되는 강의 상류를 자유롭게 다닐 수 있도록 배의 바닥이 평평하고 탄력 있게 만들어야 한다는 것이다. 근대 한선(韓船)이라고 하면 일제강점기를 전후하여 강이나 바다에 떠다니던 배를 말하는데 거룻배·나룻배·야거리배·당두리 등의 배가 있었다.

야거리배는 돛대가 하나 달린 바닷배로 배 밑이 평평하기 때문에 한강으로 거슬러 올라 다녔으며, 한강의 모래밭에 그대로 올라앉을 수 있었다고 한다.

당두리라고 하는 배[唐道里船]도 원래 바닷배이면서 한강을 거슬러 올라 다녔다. 현재 만드는 배는 주로 늘배·엇거루라고도 부르는 황포(黃布)돛배이다.

농부들이 농사를 지으러 일터를 옮겨 다닐 때 타던 배로서 나무를 실어 나를 때는 두 척을 붙여 사용하기 때문에 이를 쌍능이 배라고 부르기도 한다. 그 외에 놀이배·기관선 그리고 고기 잡을 때 많이 사용하는 매생이배 등이다.

배를 만들 때는 주로 마을 사람들이 동원되어 함께 일하며, 큰 배는 2~3명, 작은 배는 1~2명이 배의 종류에 따라 일주일에서 한 달 걸려 제작한다.

현재 기능보유자 김귀성은 이전의 기능보유자였던 고(故) 김용운의 아들로서 전수 교육 보조자로 지정되어 있다. 그의 집안은 예로부터 한강 나루에서 살아왔다. 8대를 이어오면서 사람이나 짐 등을 실어 강을 건네주는 일을 하거나 또는 나룻배·거룻배 등을 만드는 일에 종사하여 왔다. 현재 하남시청 공원에 전시된 황포돛배와 경기도 박물관에 전시된 매생이배는 이들이 복원, 제작한 것이다.

그뿐만이 아니라 양평군의 두물머리를 비롯하여 여주, 부여 등에 있는 무려 12척의 황포돛배를 제작하였다. 또한 그가 제작한 배들은 실제로 운항하고 있다.

지금 황포돛배를 운항하고 있는 곳으로 대표적인 곳은 부여의 백마강과 여주군, 파주시, 나주시 등이다. 그런데 황포돛배의 원조라고 할 수 있는 우리 하남시에는 황포돛배를 운항하지 않고 있다. 만일 생각의 눈을 조금만 더 크게 뜰 수 있다면 우리 하남시야 말로 인적자원은 물론 천혜의 자연환경을 갖춘 곳으로 황포돛배를 운항하기에는 최적의 곳이다.

예를 들자면 하남 미사섬과 그리 멀지 않은 서울 광진구의 광나루를 연결하는 뱃길로 쓰는 거다. 단순한 한강 유람선이 아니라 정말 노를 저어 운항하는 선조들의 뱃길 그대로 재현을 하는 것이다. 지금 부여에서 그리하고 있다. 그렇게 될 경우 5호선 역이 있는 광나루와 하남까지의 황포돛배의 운항은 단순한 배 운항에서 오는 관광수입이 문제가 아니라 관광객을 미사섬을 비롯한 우리 하남으로 유치하는 데 커다란 역할을 할 수 있다는 것이다. 그리고 미사섬과 스타필드 하남을 잇는 노선 등을 만든다면 하남까지 황포돛배를 타고 와서 미사섬의 풍치를 즐기고, 스타필드 하남에서 쇼핑을 하는 관광벨트를 만듦으로써 요즈음 한창 붐이 일고 있는 중국관광객 유치까지 해 볼 수 있는 일이다. 그리고 장기적으로는 이미 제시한 바와 같은 미사섬을 친환경적으로 개발을 할 수 있다면 그것은 그야말로 일석이조가 아니라 더 큰 효과를 창출할 수도 있을 것이다.

그리고 지나친 욕심일지는 모르지만 이런 사실을 조금 더 전문적으로 고증을 곁들여서 하남에 황토돛배 박물관을 건설한다면 어떨까? 단순히 황포돛배만 다루는 것이 아니라 조선업을 하는 대기업과 손을 잡고 배 박물관을 만드는 것도 일종의 방법일 수도 있다.

어쨌든 유서 깊은 백제의 고도로서 어쩌면 황포돛배의 첫 출항지였을지도 모르는 하남이면서도 이렇다 할 백제문화제 한 번 못 열고 있는 현실이 안타깝기만 해서 내놓는 제안이다. 적어도 백제의 위례성으로 황포돛배의 중심지라는 자부심이 있다면 그 역사와 현실을 알 수 있는 박물관 하나는 있어야 하고 기왕에 박물관을 지을 것이라면 수익성도 고려해서 조선업을 하는 대기업과 손잡고 우리나라의 배 역사와 배 문화에 관한 박물관을 지음으로써 하남시민은 물론 배에 관해서 보기 위해서는 하남에 가야 한다는 명성을 얻기만 한다면 일단은 하남 고유의 문화도 살리고 하남이라는 도시도 브랜드 가치를 하나 더 얻을 수 있는 기회라는 생각이다. 그렇게 되면 자연히 수익이 창출되는 것은 굳이 재론하지 않아도 될 일이다. 투자역시 이미 앞서 밝힌바와 같이 굳이 재론할 필요가 없다.

내 고장을 사랑한다면 내 고장의 브랜드 가치를 높이는 일에 주저해서는 안 된다. 물론 그 일을 추진하기 위해서는 면밀한 검토가 동반되어야 하지만 시도도 해 보지 않는 것은 일을 하지 않겠다는 것과 다를 바가 없다는 생각이다.

또 하나의 제안은 모형 기차 박물관의 건립이다.

기차 박물관은 소득이 증가하는 국민들에게 확산되는 성인

모형 기차 박물관의 내부

들의 고급취미로 선진국에는 200여 년 전부터 모형 기차나 자동차 등의 수집과 축소된 세상을 꾸미는 취미가 있다. 정밀 축소된 기차를 소장하고 기찻길과 마을 등을 디오라마(diorama)로 꾸미고, 그 기차들이 기적소리와 함께 불을 켜고, 연기를 뿜으며 스스로 달리는 모습을 즐기는 취미가 독일, 미국, 일본 등 선진국에는 조성되어 있으며, 우리나라에도 약 2만여 명의 동호인들이 있다.

모형 기차 박물관은 미주·유럽에 위치한 것들이 일반적인데 어린이들에게는 물론 성인들에게도 인기가 좋은 것으로 아이보다 어른이 더 좋아한다고 해도 과언이 아니다. 대개의 경우 그 보유대수는 1,000대 이하이지만 만일 우리 하남이 이 기차 박물관을 유치한다면 소장품 3,000여 대의 세계 최대 규모 모형 기차 박물관이 될 것이며 모형 기차와 디오라마로 조성된다.

세계 1~2위의 모형 기차 전문회사가 바로 한국의 업체로서 정밀 모형 기차를 30여 년째 전량 해외 수출하는 세계적인 기업으로, 이 회사는 200여 년 동안 만들어진 세계 각국의 모형 기차를 30여 년 넘게 수집하여 3,000대 이상을 소장하고 있다고 한다. 아울러 이 분야에서 핵심 기술을 가지고 있기에 세계 그 어느 나라보다 더욱 진화되고 다양한, 생동하는 미니어쳐 월드를 건설할 수 있다고 한다. 또한 자신들이 소장하고 있는 3,000대의 모형 기차와 모바일 분야의 투자를 통한 공동투자도 할 의사가 있다고 한다.

그 방면에 종사하는 사람들의 말에 의하면 기차 박물관이야말로 세계적인 관광테마가 될 수 있는 아이템으로 만일 3,000대의 모형 기차가 전시된다면 이것은 세계 최대, 최초의 일이며 가장 빠른 관광자원이 될 수 있다는 것이다.

요즈음 우리나라에는 일본인 관광객을 넘어서 중국 요우커들이 밀려오고 있다. 특히 요우커들의 쇼핑 명가로 알려진 서울은 관광객들이 집중적으로 몰려오는 곳으로 우리 하남과는 경계를 같이 하고 있다는 것은 우리 모두가 아는 일이다. 이 천혜적인 지역 조건과 아직 국내에는 알려지지 않고 있지만 전 세계적으로 인정받고 있는 모형 기차 박물관을 하남시가 유치한다면 단순한 관광 그 이상의 시너지 효과를 얻을 수 있다. 스타필드 하남이 완공되어 관광객들에 의한 쇼핑의 효과까지 배가 되는 것은 물론, 주변 상가나 식당가들에도 자연히 그 부수적인 파급효과가 온다는 것은 굳이 설명하지 않아도 될 것이다.

황포돛배를 중심으로 한 배 박물관도 건립하고 앞서 제시한 미사섬을 개발하고, 그 주변에 황포돛배를 타고 유람할 수 있는 유람선을 띄운다면 관광객은 자연히 증가될 것이다. 그리고 그 관광객은 단순한 관람객들이 아니라, 스타필드 하남을 비롯한 하남의 쇼핑센터와 재래시장에서 쇼핑을 하는 소비자가 될 것이다.

이야말로 하남은 낭만과 역사와 문화가 한데 어우러지는 명소가 되고 우리 시민들은 그 관광객들이 먹고 마시고 쇼핑하는 모든 소비를 통해서 한 발자국 더 도약할 수 있지 않을까 하는 조심스러운 의견을 개진해 본다.

5. 영화산업을 통해서 개발할 수 있는
하남의 문화 인프라

1) 대학영화제를 통해서 전 세계로 웅비하는 하남

내가 도시공사 사장시절에 경기도 수원의 모 대학교 교수한 분이 찾아오셨다. 그리고 그 분은 우리 하남에서 대학영화제를 유치해서 열어보지 않겠느냐고 내게 건의를 했다. 물론그리 큰 예산이 드는 것도 아니기에 나는 당시 시장이던 분에게 그 뜻을 전했지만 동의를 얻지 못해서 일을 성사시키지 못했다.

그런데 지금 생각하면 아쉽기 짝이 없다.

대학영화제라는 것은 알다시피 우리나라 모든 대학생들이내로라하는 작품을 만들어서 선보이는 곳이다. 그리고 그 작품의 예술성과 미래 영상을 이끌어갈 새로운 도전 정신을 높이 사는 곳이기도 하다. 물론 당시 우리 하남 사정으로는 그런 영화제를 열만한 극장도 없었던 것이 사실이다. 하지만 이제 우리 하남에도 스타필드 하남에 메가박스 영화관이 들어섰으므로 얼마든지 그런 여건을 갖출 수 있다. 그렇다면 다시 한 번 재고해 볼 필요가 있는 산업이 아닐까 하는 생각이 든다.

대한민국 대학영화제는 2004년 12월 18일부터 22일까지 서울 성북구 아리랑시네센터에서 막을 올린 이후 2015년 서울 디에스홀 빌딩에서 9월 17일에서 18일까지 이틀 동안 개최한 제10회 대회까지 장소와 후원을 바꿔가면서 열렸다. 예를 들자면 제4회 대회는 씨너스 단성사에서, 5회는 CGV 영등포에서, 6회는 메가박스 코엑스에서 열린 것이다. 물론 서로 대학영화제를 유치하기 위해서 경쟁을 하는 바람에 장소를 바꾼 것일 수도 있지만, 그 이면에는 마땅한 고정 개최지가 없기 때문에 장소를 바꿔야만 한 것일 수도 있다. 그렇다면 만일 매년 비슷한 시기에 고정적으로 영화제를 열 수 있는 마땅한 장소가 있다면 어떻게 될까?

무릇 영화제는 물론이고 정기적인 행사를 하는 것이라면 고정적으로 장소를 정해서 비슷한 시기에 여는 것이 대회의 효율성이나 기타 운영하는 측면에서도 훨씬 효율적이라는 것은 두말할 필요도 없는 것이다. 그런 차원에서 나는 하남시가 대한민국 대학영화제를 유치하는 도시가 되면 어떨까 하는 생각이다.

우선 대학영화제를 개최하게 된다면 우리나라 대학생들, 특히 영화산업에 관심을 두는 대학생들은 물론 청소년 부에 참여하는 청소년들까지 지대한 관심을 두게 될 것이고, 그에 따른 하남시의 문화 콘텐츠는 많이 부상하게 될 것이다. 아직은 국내는 물론 국제적으로 이렇다 할 문화 콘텐츠가 없는 하남시가 새롭게 도약할 수 있는 기회가 될 수 있다는 것이다. 영화라는 산업의 특수성을 이용해서, 적어도 영화제가 열리는 동안만이라도 하남시를 국내는 물론 국제적으로 알릴 수 있는 기회가 될 것이다. 단지 하남을 알리는 것뿐만 아니라 영화제를 관람하러 오는 관람객들에게는 하남의 좋은 모습을 보여줌으로써 하남시의 관광산업을 육성하는 계기로 만들 수도 있다. 또한 하남시가 유치한 대학영화제를 통해서 우수한 작품들이 제작되고, 그 작품이 한류열풍을 타고 국제적으로 퍼져나가 준다면 그것은 하남시의 국제관광산업에도 많은 도움을 줄 것이다.

　물론 이것은 하남시가 투자한 것에 대한 반대급부를 생각한 일들이다. 하지만 이렇게 나열한 반대급부가 아니라 단순히 대학영화제를 지원할 수만 있다고 해도 그것은 장기적으로 볼 때 미래의 우리나라 영상산업을 지원하는 것이라는 자부심을 가질 수 있는 것은 물론 우리 하남시민들이 보다 한 걸음 나간 창의적인 대학생들의 신개념의 영화문화에 접근할 수 있다는 것만으로도 아주 커다란 수확이라고 할 수 있을 것이다.

　그리고 한 발자국 더 나아가서 생각한다면, 단순히 자부심으로 끝날 일이 아니라는 것도 금방 알 수 있다. 매년 하남에서 대학영화제를 개최하면서 동시에 전국 대학교의 입시설명회를 동시에 개최하는 것이다. 즉, 대학 연극 영화과를 지망하는 전국의 청소년들이라면 당연히 하남의 대학영화제에서 열리는 입시설명회에 참석해야 한다고 인식할 정도의 실속 있는 입시설명회가 되도록 대학영화제에 참여하는 각 대학의 연극 영화과와 협약을 체결하고 그에 부합하는 입시설명회를 개최하는 것이다. 대학영화제와 대학 연극 영화과에 입학하는 관문의 역할을 동시에 수행하여 대학 연극 영화의 컨트롤 타워가 됨으로써, 명실상부한 대한민국 영화계의 메카로 발돋움해 나가는 것이다.

2) 한국애니메이션 고등학교와 부천판타스틱영화제

우리 하남에는 전국 유일의 콘텐츠를 갖고 있는 고등학교가 있다. 바로 한국애니메이션 고등학교다. 전국적으로 보자면 유사한 고등학교는 있지만 우리 하남의 애니메이션 고등학교처럼 전문적으로 애니메이션에 관한 인재를 양성하는 고등학교는 아직 없다. 물론 설치된 학과도 수적으로는 4개과에 불과하지만 내용면에서 본다면 애니메이션에 관한 한 무엇이든지 할 수 있도록 다양하다. 만화창작과, 애니메이션과, 영상연출과, 컴퓨터게임제작과가 바로 우리 하남의 한국애니메이션 고등학교에 설치되어 있는 학과들로서 이 학과들을 통하면 일반적으로 책이나 온라인에서 만날 수 있는 만화는 물론 만화영화를 비롯해서 실제 광고나 기타 산업에 쓰일 수 있는 3D 그래

픽을 통한 각종 영상물까지 모든 것이 제작 가능하다는 것이다. 이것은 우리나라 부천에서 열리고 있는 부천국제판타스틱영화제(약칭: BiFan)와 잘 조화를 시킨다면 우리 하남을 대한민국의 중심에 우뚝 설 수 있게 할 수 있는 기회로 활용할 수 있다. 우리 하남에는 애니메이션 고등학교가 있으나 애니메이션 사업에 대한 기반이 약하고, 부천에서는 국제판타스틱영화제가 열리고 있으니 상호 교류를 통해서 협조한다면 애니메이션 고등학교의 홍보는 물론 그로 인한 학생들의 취업과 소질 계발에도 기여할 수 있는 길이 열릴 수 있다는 것이다.

부천판타스틱국제영화제는 영화와 만화, 게임을 아우르는 영상문화의 메카로 자리매김하기 위해서 경기도 부천시가 1997년에 제1회 대회를 개최함으로써 시작하여, 지난 2016.07.21~07.31 제20회 부천국제판타스틱영화제를 개최함으로써 새로운 감성과 에너지로 무장한 가장 역동적인 영화제로서 국내뿐 아니라 해외에서도 그 자리를 확실히 다졌다고 자부하는 영화제다. 이 영화제에는 애니메이션의 재미와 예술적인 성취를 확인할 수 있는 특별한 공간으로 애니펀다라는 프로그램이 있다.

우리 하남의 애니메이션 고등학교의 영재들과 연계해 볼 수 있는 프로그램이다. 또한 이미 말했듯이 우리 하남의 한국애니메이션 고등학교는 판타지 영화를 만들 수 있는 능력을 갖추고 있다. 시나 혹은 다른 기관이나 단체에서 조금만 관심을 갖고 지원해 준다면 그들 나름대로 훌륭한 영화를 만들어서 부천영화제에도 얼마든지 응모할 수 있고, 또 좋은 결과를 가져올 수 있다. 예를 들면 시나리오를 공모해서 지원을 해 주는 것이다. 물론 그들에게도 시나리오를 만들 수 있는 능력이 없다는 것이 아니라 적어도 국제영화제에 걸맞은 테마를 제공해 준다는 것이다. 그래서 좋은 결과를 가져 올 수 있다면 우리하남의 문화에 대한 인식은 전국적으로, 아니 전 세계적으로 인정을 받을 수 있을 것이다.

그렇게 되면 하남이라는 이름은 문화를 상징하는 이름으로 거듭날 수 있고 그것은 하남이라는 도시 브랜드의 가치를 상승시킴으로써 하남시민들의 재산권 자체에도 커다란 상승효과를 가져오게 될 것이다. 물론 판타지 영화라는 것이 단순한 애니메이션 영화만을 다루는 것은 아니다. 스펙터클한 영화로 애니메이션적인 요소보다는 3D와 기타 특수기법을 사용하여 만든 영화들도 얼마든지 있다. 우리가 잘 알고 있는 스타워즈나 해리포터, 반지의 제왕 등 이루 말할 수 없이 많다. 하지만 쿵푸팬더처럼 순수하게 애니메이션으로 제작된 판타지 영화도 얼마든지 있다. 그리고 꼭 장편이 아니더라도 단편영화는 단편대로 따로 심사를 한다는 것이 중요한 것이다. 하고자 하는 의지만 있으면 얼마든지 방법은 있다.

애니메이션 고등학교의 본가로서의 자부심을 가지고 거기에서 공부하는 영재들을 지원해 줄 수 있다면, 그리고 그들이 뻗어나갈 수 있는 길을 제시해 줄 수 있다면 그것은 대한민국의 또 하나의 새로운 명소가 하남에 자리하도록 만들 수 있는 것이다.

6. 보세구역 설정으로 산업화에 박차를 가하는 하남

2015년 8월 1일.

강원도 속초시 대포동의 속초해양산업단지 46만 4천 118㎡ (약 14만 평)가 종합보세구역으로 지정됐다. 그 결과 속초해양산업단지에 입주해 있거나 입주할 투자기업들은 수출상품 원재료 수입을 할 때 관세를 면제받을 뿐만 아니라 속초해양산업단지 안에는 보세창고와 공장, 전시장은 물론 판매장까지 들어설 수 있게 되어 지역 상업에 막대한 이익을 초래해 줄 것으로 기대되고 있다. 물론 이것은 앞으로 열릴 중국 동북 및 러시아 지역과 일본 사이를 잇는 가교적인 역할을 하는 곳으로 중국 동북부나 러시아 시베리아와 연해주 지방으로부터 원재료를 수입해서 가공하여 우리나라 주변국인 일본은 물론 중국과 러시아로의 재수출 혹은 교차 수출은 물론이고 전 세계로 수출을 할 수 있는 지리적인 여건을 염두에 둔 일이다. 우리의 앞선 기술력이라면 충분히 가능한 일이다.

이것은 분명히 역발상적이며 창의적인 것이다.

우리가 흔히 보세구역하면 인천이나 부산을 연상하고 중국과의 무역을 이야기할 때도 의례히 서해안 쪽을 생각해 왔다. 물론 러시아 극동지방이라는 새로운 지역이 대두되면서 일어난 발상이라고 하지만 동해안에 중국과의 무역이나 러시아는 물론 일본과 전 세계를 염두에 둔 해상무역기지를 만든다는 것은 신선한 창의력과 과감한 결단력을 곁들이지 않으면 쉽사리 결정할 수 없는 일임에는 틀림이 없다.

역발상적이고 창의적인 결단으로는 현대자동차 그룹의 정몽구 회장이 유명하다. 그분은 경기가 쇠퇴하고 기업이 어려움에 처하면 오히려 투자금액을 대폭 늘려서 신차를 개발하고 새롭게 사업을 확장함으로써 판매를 늘려 어려움을 해소해 나간다는 것이다. 이것이야말로 창의적인 결단력이다. 경기가 나빠지고 기업이 어려워지면 당연히 투자가 위축되기 마련인데 오히려 투자를 늘린다는 것은 쉽게 결정내릴 수 있는 일이 아니다. 그럼에도 불구하고 과감하게 투자를 늘려 새로운 것을 만들어 냄으로써 매출을 오히려 신장시킨다는 것이 바로 역발상적인 기업경영의 마인드로 성공투자로 이끄는 지름길인 것이다.

속초해양산업단지가 바로 이런 경우에 준하는 것이라고 할 수 있다. 동해안이라는 지형상 보세단지를 형성한다는 것은 쉽게 결정할 문제가 아니었을 것이다. 그럼에도 불구하고 약 14만 평이라는 거대한 토지를 보세구역으로 지정하고 그 안에 우리나라 업체는 물론 중국계 공장까지 유치하고자 한다는 것은 새로운 시도임에 틀림이 없고 아무도 생각하지 못한 중국 동북부와 러시아 시베리아와 연해주의 원자재를 겨냥하고 그것을 우리의 기술력으로 가공하여 제품을 재수출하고 또 일본과 연계하는 것은 물론 전 세계를 수출무대로 삼는다는 것은 아주 기발하고 창의적이며 결단력이 있는 것이다.

그렇다면 우리 하남은 어떨까?

우리 하남이야말로 내륙적으로는 아주 좋은 여건을 갖추고 있는 곳이다. 우선은 항구나 공항을 생각하게 되어있는 것이 보세단지인데 하남이야말로 내륙에 위치해 있으면서도 항구를 바로 옆에 끼고 있는 곳과 다름이 없는 곳이다. 우선은 경부고속도로는 물론 인천항으로 직결되는 제2경인고속도로에 짧은 시간에 진입할 수 있는 교통지리적 여건이 아주 우수하고 인천공항을 향해서 갈 수 있는 올림픽대로가 하남의 바로 옆으로 지나는 곳이다. 그뿐만이 아니다. 아직 개발이 되지 않은 넓은 땅을 보유한 도시다. 그 넓은 대지에 보세구역만 설정할 수 있다면 인적자원은 바로 경계를 마주하고 있는 서울과 성남 등 아주 풍부한 인적자원을 확보한 곳이기도 하다. 반면에 서울이나 성남은 이제 포화상태라고 해도 과언이 아니다. 그런 환경으로 인해서 만일 우리가 보세단지를 유치하고 인력을 그곳으로부터 수급할 수 있다면 주변 경제를 우리 하남이 이끌어갈 수도 있다. 또한 지리와 교통적으로 좋은 조건을 갖춘 우리 하남에서 보세단지를 설치하고 국내 산업은 물론 중국과 더 나아가서는 일본이나 기타 선진국의 산업을 유치하기만 한다면 각국에서 방문하기 좋은 인천공항이 가깝기 때문에 속초나 기타 여느 지역보다 훨씬 지리적인 우위를 점유할 수 있다는 것이다.

지리적으로 뛰어나고 풍요로운 대지와 인적자원이 풍부하니 당연히 경쟁력을 갖출 수 있는 것이다. 하남에 보세단지 설정만 할 수 있다면 하남시민의 고용은 당연히 창출되는 것이고 그 단지에 유치된 산업으로 인해서 당연히 우리 하남의 시민 모두의 자산 가치는 높아져 가는 것이다.

산업을 유치한다는 것이 공해를 유발하는 것이 아니냐는 우려를 할 수도 있다. 물론 당연히 걱정할 수 있는 일이다. 하지만 지금은 굴뚝산업이라고 해도 공해를 유발하거나 환경을 해치는 산업은 얼마든지 구별이 가능하고 유치문제를 결정할 수 있는 기준과 기술이 있다. 굴뚝산업이라는 것이 공해를 양산하고 환경을 망친다는 고정관념은 이제 버려야 한다. 원래 우리나라가 IT 강국이라는 명예를 안고 있는 나라라서 그렇지 굴뚝 산업이 배제되는 경제성장이라는 것은 있을 수 없는 일이다. 반도체 산업도 굴뚝산업이고 제조업 모두가 굴뚝산업에 해당하는 것이다. 굴뚝산업, 혹은 제조업이라고 하면 공해나 환경을 걱정하던 시대는 지났다. 얼마든지 그렇지 않은 산업들이 지금은 비일비재할 뿐만 아니라 공해를 유발하던 산업도 공해를 방지하고 유치할 수 있는 새로운 공해방지 기술들이 개발되었다. 청정하남을 위해서 노력하는 모든 시민들이 감시하는 체제에서 절대로 그런 걱정은 하지 않아도 된다. 우리나라가 IT 강국이 될 수 있었던 것도 결국에는 반도체 산업의 선두주자가 되었기 때문이라는 것을 잊어서는 안 된다. 또 휴대폰과 컴퓨터 생산이 그 어느 나라에 비해서도 앞서가는 기술을 보유했다는 것이 결국은 IT 강국으로 도약하게 만들었다는 것을 잊어서는 안 된다. 결국 굴뚝산업이 뒷받침 되어야 3차 산업에 해당하는 서비스 산업은 물론 신기술들이 개발될 수 있다는 것을 잊어서는 안 되는 것이다.

그런 개념을 기초로 해서 우리 하남에 보세산업단지를 유치할 수만 있다면 하남의 발전은 눈에 보이는 것이다. 얼마든지 더 성장하고 어느 보세단지보다 좋은 여건으로 하남은 물론 국가 발전에도 충실하게 기여할 수 있을 것이다.

7. 백제문화축제가 열리는 하남

우리 하남은 누가 뭐래도 역사가 증명하는 백제의 고도다. 그럼에도 불구하고 안타깝게도 하남에서는 아직 백제의 유물이 발견되지 않고 있다. 원래 같은 광주였다가 지금은 분리되어 있는, 인접한 송파구나 강동에서는 백제 유물들이 발견되어 대대적인 축제를 하는데도 우리 하남은 백제 고도라는 것을 잘 알기에 위례 신도시까지 만들면서도 백제 유물 이야기만 나오면 위축되기 십상이다. 그러나 그것은 공연한 우리들의 기우일 뿐이다. 유물이 나오지 않았다고 역사가들이 공통적으로 인정하는 백제 고도가 사라지는 것은 아니다.

그렇다면 역사와 문화는 어떤 상관관계가 있을까?

우리가 흔히 문화라고 하는 것은 "사람의 총체적 지성의 특징을 말하는 것이며 사회적, 종교적, 윤리적, 과학적, 그리고 기술적인 특색이 종합적으로 나타나는 것"으로 "어떤 집단의 일반 사회질서에 나타나고 있는 생활습관 및 비형식적인 법규, 기구, 제도를 포함한 총괄적인 것"이다. 토인비가 말하는 문명의 개념과 별로 차이가 없다. 다시 말하자면 "인간이 속한 집단에 의해 공유되는 인간 생활의 모든 것"을 지칭하는 것이 바로 문화이자 문명인 것이다. 그런 까닭에 19세기말에 '문화'를 최초로 정의한 타일러(Sir Edward Burnett Tylor)는 '문명'과 '문화'를 동일시했다.

문화는 범위가 너무 광범위해서 한마디로 정의하기는 어렵다. 따라서 문화를 이해하기 위하여 문화의 요소를 분류해 보기로 한다.

문화를 분류하는 가장 기본적인 분류방법으로는 눈에 보이는 형태를 가지고 있는지, 혹은 형태가 없어서 보이지 않는지에 따라서 유형문화와 무형문화로 나눈다.

다음으로 문화인류학에서 분류하는 방법에 의하면 다음과 같다.

첫째, 가장 원초적인 물질문명, 즉 형이하학적인 문명을 용기문화라고 한다. 사람이 생활해 나가는 데 필요한 의복, 그릇 등 일체의 용품과 무기 등을 말하는 것으로 용기문화의 특징은 문화와 문화 사이의 전수가 아주 빨리 이루어진다는 점이다.

둘째, 용기문화보다 한 단계 높은 차원의 문화를 규범문화라고 한다. 이것은 주로 한 사회의 제도·관습·법률 등을 가리키는 것으로 용기문화처럼 빠르게 전수되지는 않지만 상당기간을 서로 교류하면 동화되는 것이 보통이다. 세계의 헌법·형법·민법 등이 비슷하다는 것에서 알 수 있다.

　마지막으로 가장 고차원의 정신문화를 관념문화라고 하는데, 이것은 그 민족 고유의 언어·종교·사상·신앙 등을 포괄하는 것으로 문화와 문화가 교류를 통해서도 서로 동화가 잘 안 되는 것으로 그 문화의 주인인 민족과 운명을 같이 한다고 할 수도 있다.

　결론적으로 말하자면 문화라는 것은 인간의 삶 그 자체라고 통틀어서 말할 수 있는 것이다. 그리고 그 문화가 어느 지역에 어떻게 유포하고 있는가에 따라서 문화권을 형성하는 것이다. 전 인류가 공통적으로 누리는 문화라고 한다면 그것은 세계문화라고 할 수 있을 것이다. 또 어떤 나라에만 통용되는 문화라고 한다면 그것은 국가문화라고 지칭할 수 있을 것이며, 어떤 민족만이 누리는 문화라면 그것은 민족문화라고 지칭할 수 있을 것이다. 마찬가지로 나라와 민족을 떠나서 어떤 지역에 속해서 그 지역에 사는 사람들만이 누리는 문화라면 그것은 지역문화다.

　결국 문화라는 것은 지금 내가 속해있는 이곳에 자리 잡고 있는 모든 것이다.

　그렇다면 문화와 역사는 어떤 상관관계가 있을까?

　아주 간단하게 말하자면 역사는 종적인 것이고 문화는 횡적인 것이다. 역사가 시간적인 것이라면 문화는 공간적인 것이다. 지금 이 순간의 내가 있는 바로 이 자리는 종적인 역사가 흐르고 있는 시간과 횡적인 문화가 퍼져있는 공간이 만나는 그 시점의 그 자리다.

이 자리가 시간이 흐르면서 축적되고 쌓이는 것이 바로 역사다. 만일 바로 이 자리에 흐르는 정서를 포함한 모든 것이 기록되거나 구전된 모든 것이 이 순간이 지나고 나면 역사가 되는 것이다.

이런 모든 것들을 종합해 본다면 결국 유물, 혹은 유적이라는 것은 유형문화로 용기문화에 속하는 문화의 아주 일부분일 뿐이다. 유물이 발견되지 않았다고 역사가 바뀌는 것은 아니다.

유물은 인간이 발견해야 나타나는 것이지 스스로 나타날 수 없는 물건이다.

우리 하남에서 백제 유물이 나오지 않은 것 자체는 우리가 아직 발굴을 못한 것일 뿐 하남의 땅 속에 백제 유물이 없다는 것을 뜻하는 것이 아니라는 것이다.

따라서 이미 전술한 바와 같이 백제 유물이 나오지 않았다고 역사가들이 공통적으로 인정하는 백제 고도라는 사실이 사라지는 것은 아니다. 그 증거로 들 수 있는 것이 바로 도미부인에 관한 설화다. 앞서 말한 바와 같이 무형문화 역시 엄연한 문화요, 아주 중요한 문화요소라는 것에는 더 말할 나위 없는 것이니 전설로 전해오는 것 역시 문화의 큰 부분이고 그것이 우리 하남의 자랑거리가 될 수 있는 것이다. 도미부인에 관한 설화를 요약하면 다음과 같이 정리할 수 있다.

도미는 백제 사람으로 그 부인이 절세미인이라고 소문이 나고 그것을 의심하는 사람은 없었다. 게다가 단지 절세의 미인이라는 것이 중요한 것은 아니었다. 아름답다는 것 이상으로 절개가 굳고 그 행위 역시 모든 이에게 근본이 된다고 소문이 자자하였다. 당시 백제는 제4대 개루왕(128~166)이 집권하던 시절로, 개루왕은 그런 도미부인을 시험해 보고 싶었다. 그래서 도미를 불러 '여인의 절개가 아무리 굳다고 하더라도 권력과 부를 앞세워 은밀하게 접근하면 어찌 될지 모르는 일이니 내가 한 번 시험해 보면 어떻겠느냐?'고 물었고 도미는 '사람의 마음은 헤아릴 수 없는 것이니 그리해 보라.'고 답했다. 왕이 하겠다는데 그 앞에서 거절할 수 없던 것은 당연한 일이지만, 도미는 내심 자신의 아내에 대한 믿음이 굳건했기에 허락을 했던 것이다. 드디어 왕은 도미부인을 시험하기 위해서 궁궐에 일이 있으니 입궐하여 일을 돌보라고 명령을 했다. 그리고는 가까운 신하를 시켜서 왕의 옷과 말 등을 제공하고 왕인 척하면서 도미부인의 정절을 시험하도록 하였다. 왕의 명령을 받은 부하는 도미부인의 집으로 가서 도미부인에게 자신이 왕이며, 도미와 내기 장기를 두었는데 자신이 이기면 도미부인을 후궁으로 삼기로 했다고 하면서 수청을 들 것을 요구했다. 그러자 도미부인은 '그렇다면 당연히 명을 따르겠노라'고 하고는 밖으로 나와 자신의 몸종을 치장시켜서 대신 방으로 들어가 수청을 들게 하였다. 그러나 그 사실이 그리 쉽게 넘어갈 일이 아니었다. 비록 자신의 도미부인의 정절을 시험하겠다고 벌인 일이지만 왕은 자신을 대신한 부하가 속은 사실에 격분하여 도미를 불러 그의 두 눈을 뽑아버리고 배에 실어 강물에

띄워 보냈다. 그리고 왕은 이번에는 자신이 직접 도미부인을 강제로라도 어찌 해 보려고 하자 도미부인은 기지를 발휘해서 자신은 지금 생리 중이니 생리가 끝나고 나면 왕을 모시겠다고 거짓으로 자리를 피한 후 왕 몰래 남편을 따라 죽기로 결심을 한다.

도미부인은 틀림없이 남편 도미가 죽었을 것이라고 확신을 하고 남편이 배에 태워져 버림을 받았다는 강가로 와서, 자신도 강물에 **빠져** 죽을 것을 결심하고 통곡을 하며 땅을 치고 우는데 홀연히 배가 나타났다. 그녀는 이미 왕명을 거역하고 왕을 속인 자신의 목숨은 죽은 목숨이나 마찬가지이니 저 배를 타고 가는 데까지 가서 죽더라도 죽으리라 마음을 먹고 그 배를 타고 정처 없이 흘러가다가 도달한 곳이 바로 천성도이고 그곳에서 남편을 만났다. 남편 도미는 비록 두 눈을 잃었지만 죽지 않고 살아 있었던 것이다. 결국 두 사람은 재회의 기쁨을 누리기는 했지만 살길이 막막하여 고구려의 산 아래로 가니 고구려 사람들이 먹을 것과 옷을 나누어 주어 그곳에서 살다가 일생을 마쳤다는 이야기다.

이 이야기 자체는 아내인 도미부인이 사랑하는 남편을 위해 정절을 지키기 위해 기지를 발휘하고 목숨까지 내 놓으려 했다는 것 이외에는 특별한 이야기는 아니다. 하지만, 이런 설화가 전해진다는 것은 하남이 바로 백제의 고도라는 것을 증언하는 것이다. 왕의 시험이 이루어졌던 곳이 왕궁이니 그것은 당연히 수도에 있던 것이고 그 전설이 하남에 전해진다는 것은 하남이 바로 백제의 수도였다는 것이기 때문이다.

그렇다면 우리는 어떻게 대처하는 것이 하남이 백제의 고도라는 것을 증명하는 길일까?

우선 백제와 관련된 문화행사를 열어야 한다.

그 방법으로는 인접지역의 백제문화제와 연대를 하는 것이 가장 좋을 것이다. 현재 송파구에서는 한성 백제문화제가 열리고 있다. 또 강동구에서는 선사문화축제를 열고 있다. 지자체간에 협의를 통해 이 축제들을 잘 연계해서 벨트를 형성한다면 선사시대부터 기원전 18년에 건국된 고대국가 백제의 문화벨트를 형성해서 고대문화에 의한 백제축제로 승화시킬 수 있을 것이다.

백제문화제라는 것이 반드시 유물이나 유적이 있어야 하는 것은 아니다. 역사가들의 고증을 받아 백제에서 열렸던 문화행사를 하면 되는 것이다. 아니, 백제에서 열렸던 문화행사가 아닐지라도 역사 속에 담겨있는 백제를 되살리는 방법도 좋은 방법이 될 수 있다.

구체적으로 어떤 행사를 어떻게 할 것이냐 하는 것은 일단 백제문화제를 열기로 한 연후에 논의해도 어렵지 않은 문제다. 중요한 것은 우리 하남시민 스스로 백제의 고도에 살고 있다는 자부심을 갖고 행사를 연다는 것이 중요한 것이다. 알찬 내용의 문화제를 기획하고 연출한다면 당연히 관광객도 모여들 것이고 그것이 계기가 되어 하남의 어디엔가는 잠들어 있을 백제 유물을 발굴하는 작업 역시 속도를 낼 수도 있는 것이다.

하남이 위례성이라는 것은 이미 증명된 사실이고 그렇다면 백제의 수도였으니, 어딘가에는 백제의 유물들이 잠들어 있을 것이다. 그 유물들이 언제 세상에 자태를 드러낼지는 모르지만 바로 옆 송파구나 한강 건너 광진구의 아차산에서 백제 유물이 발굴되고 있는 것을 보면 우리 하남에도 유물이 존재한다는 것은 의심할 여지가 없는 일이다.

어떤 일이 되었던 '만약 아니라면?'을 생각하기 이전에 '어떻게 해야 발전시킬 것인가?'를 먼저 생각하고 그 생각을 행동으로 옮길 수 있다면 반드시 좋은 결과를 가져올 수 있을 것이다.

제2장
사랑하는 하남을 위한 나의 준비

준비하고 연구하면 일할 수 있는 기회는 온다

준비하고 연구하면 일할 수 있는 기회는 온다

우리는 항상 준비하는 삶을 살아야 한다고 말을 하지만 실제 그 말을 실천하기란 극히 어렵다. 무엇이든지간에 미리 준비를 해 두면 나중에 편하다는 것은 누구든지 안다. 하지만 삶이라는 것이 원래 바쁘게 돌아가는 관계로 미래를 위해서 무언가를 미리 준비하기보다는 당장 닥친 일을 해결하기에도 시간이라는 것이 늘 빠듯하다. 제대로 휴식을 취하기조차 힘든 삶을 살다 보니 내일을 설계하기란 정말이지 너무나도 힘들다. 나 역시 우리라는 공동체 안에서 사는 평범한 사람 중 하나다 보니 똑같다.

하지만 미래는 우리에게 예고치 않고 새로운 변화를 추구하기를 바란다는 것을 우리 모두가 안다. 그렇기에 미래를 위한 준비를 해야 하고 아무리 시간이 없어도 끊임없이 새로운 것을 추구해야 한다. 특히 자신이 무언가를 사랑한다면 그 사랑하는 것을 위해서는 망설임 없이 무언가를 준비하고 노력해야 한다.

나는 하남을 사랑한다.

하남에서 태어나고 하남에서 자랐고, 결혼을 해서 두 아들을 낳고, 두 아들 모두 지금 하남에서 산다. 내가 3년여 간의 군 생활을 위해서 하남을 떠나본 것을 제외하면 하남을 떠나서 살아 본 적이 없다.

내 고향이자 내 삶의 터전이 하남이다.

게다가 하남은 나에게 많은 것을 선물한 곳이기도 하다.

1991년부터 2002년까지의 세 번의 시의원으로 나를 선택해서, 내 고향이며 삶의 터전인 하남을 위해서 일을 하게 해 주었다. 세 번의 시의원 중 마지막에는 하남시의회 의장을 역임하면서 시민들을 위해 많은 일을 하고 싶었지만 무언가 아쉬움이 남는 봉사였다.

하남도시공사 사장도 역임했다. 한참 성장하는 하남시의 기틀을 마련하는 자리에서 시민들을 위해서 일할 수 있는 기회를 하남은 나에게 끝없이 만들어 주었다.

내 고향 하남과 하남시민들이 나를 사랑해서 보내준 고마운 은혜다. 나는 그것을 잊지 않고 있기에 내가 시민들을 위해서 무언가 열심히 일을 해서 되갚아 주어야 한다고 늘 빚진 기분으로 살아왔다. 그렇기에 내가 봉사할 기회만 주어지면 나는 가리지 않고 최선을 다해 열심히 봉사했다.

그러나 무조건적으로 열심히 봉사만 한다고 되는 일은 아닌 듯 싶었다. 하남은 나날이 새로워지고 눈부신 발전을 거듭하는데 나는 제자리에 멈춰서 봉사한다는 열의만 가지고 있다가는 새롭게 발전하는 하남의 진짜 모습 안에 나를 담을 수 없을 것 같았다.

나는 새로운 하남이 어떤 모습으로 태어나야 정말 아름답고 살기 좋으며 하남 특유의 자연을 훼손하지 않고 청정하남으로 남아서 하남다운 모습이 될까 곰곰이 생각했다. 그렇지만 생각하는 것에 한계를 느꼈다. 내가 그런 모습의 하남을 그리기 위해서는 모르는 것이 너무 많다는 것을 깨닫게 된 것이다. 내가 모르는 것을 배우고 익혀 그것을 실제 봉사하는 곳에 적용시키는 것이 가장 빠를 것 같다는 생각을 하게 되었다.

한동안 그 방법을 곰곰이 생각하던 끝에 대학원에 진학해서 하남의 내일을 위해 공부하는 것이 가장 정확하고 빠른 길이라는 결론을 내렸다. 그래서 한양대학교 대학원에서 지역개발학(도시개발전공) 석사과정을 공부하고 하남에 대해 연구한 논문을 썼다.

우리가 살다 보면 우리도 어떤 선택에 대한 결정을 해야 할 때가 얼마든지 있다. 하지만 그 결정을 바르고 정확하게 할 수 있는지 아니면 없는지가 삶의 성공과 실패를 가늠하는 것이다. 삶을 살다보면 중요한 선택에 대한 기회가 와도 결정을 하지 못하고 머뭇거리다가 기회를 놓치는 경우가 허다하다.

이것은 비단 개인의 일만이 아니다. 국가와 지방자치단체와 기업 등 모든 곳에서 비일비재한 것이 선택의 결정을 해야 하는 순간인 것이다. 그 선택의 결정을 하는 순간에 머뭇거리지 않는 것이 내 특징이다. 일단 사전 검토를 충분히 하고 옳다는 생각과 논리적으로 옳은 것이 확인되면 과감하게 밀고 나가는 것이다.

혼히 주변에서 내가 카리스마가 부족하다고 하지만 나는 신중하게 결정을 하는 동안은 주변 모두의 이야기를 경청한다. 내 스스로 독단을 부리지 않고 옳고 그름을 판단하기 위해서 최대한 객관적인 배려를 한다. 그런 내 모습을 카리스마가 없다고 하는지는 모르겠지만 선택을 위한 결정을 한다는 것은 내 개인적인 일일 때는 나 하나의 손실로 끝날 수 있어도 내가 어느 단체의 장으로 있을 때는 나 이외의 모든 구성원에게 손해를 입힐 수도 있다는 생각에서 검토를 신중하고 정확하게 그리고 나 혼자의 독단성 없이 객관적으로 하는 것일 뿐이다.

하지만 일단 옳고 그름과 득실이 가려지고 나면 거침없이 진행해 나간다. 그리고 그 과정에서 어떤 어려움이 닥칠지라도 성공적으로 일을 마치기 위해서 내가 가진 모든 역량을 투자한다. 다수의 이익을 위해서라면 망설이지 않는다. 나는 진정한 카리스마라는 것은 바로 그런 것이라고 생각하는 사람이다. 그리고 그런 원칙은 나 개인의 일에도 적용해서 내가 할 수 있는 한 최대한 정보를 수집하고 옳고 그름을 판단하기 위해서 주변의 조언을 많이 구하기도 한다. 하지만 그 역시 일단 결정을 하고 나면 최선을 다해서 한다.

대학원에 입학해서 정말이지 열심히 공부했다.

직업도 제각각이라 서로 추구하고 목적하는 바도 달랐지만 학교라는 정해진 테두리 안에서 무엇인가를 배우겠다는 목적이 있어서 만난 사람들이라 그런지 학교에서만큼은 서로를 이해하고 함께 토론하는 데 전혀 벽을 느끼지 않고 어울릴 수 있었다. 단순히 어울리는 것을 떠나서 서로 충분한 소통도 할 수 있었다.

마지막 졸업을 앞두고 논문을 준비하는 4학기가 되었을 때 다른 원우들은 무엇을 주제로 어떻게 써야 하는지 많은 고민들을 하는 것을 보았다. 하지만 나는 이미 내가 무엇을 하기 위해서 대학원에 진학했는지 뚜렷한 목표가 있었기에 논문을 지도해 주는 교수에게 내가 입학하게 된 동기는 물론 내가 그때까지 연구해 온 것과 그것을 어떻게 논문으로 승화시키기를 원하는가에 대해서 의사를 전했다. 교수께서도 흔쾌히 아주 좋은 논문주제라고 하면서 지도를 허락해 주셨다.

정말이지 이 논문을 쓰는 동안 내가 사랑하는 하남의 미래를 본다는 생각으로 열심히 임했다. 필요한 자료를 구하면서, 그리고 그 자료를 연구하면서, 나를 낳아주고 성장시켜 준 영원한 내 고향 하남의 미래에 관해 내가 원하고 연구한 모든 것을 모두 담고 싶었다. 하지만 그러기에 하남은 너무나도 거대한 그릇이었다. 아쉽지만 그 중 한 부분을 선택하지 않을 수 없었다. 지도교수와 상의 끝에 청정하남의 이미지도 살리고 발전도 이룩하는 주제를 골라 논문을 쓰기 시작했다.

나는 「생태도시 추진 전략 및 발전 방안의 연구 -경기도 하남시의 사례를 중심으로-」라는 주제로 논문을 썼다.

당시 하남의 시민이 13만일 때 30만 하남시민이 될 것을 예상하고 썼지만 지금은 36만 하남시민 시대를 준비하고 있다.

부족한 감이 없지 않지만 사랑하는 하남을 위해 연구했던 나의 열정을 담은 그 논문을 요약해서 여기에 함께 실어본다.

생태도시 추진 전략 및 발전 방안의 연구
-하남시의 사례를 중심으로-

1. 생태도시의 개념과 연구하게 된 목적

인류는 현재와 미래의 삶을 어떻게 살아야 하며 '좋은 삶이
란 무엇인가'라는 물음에서 핵심요소는 자연환경보호와 보존
에 대한 요구다. 인구는 계속적으로 증가하고 자연환경에 대
한 인위적 개입이 범세계적으로 영향을 미치며 이러한 깊이가
점점 깊어지고 변화의 속도가 빨라지는 현재 상황은 인류에
대한 새로운 형태의 위협이 아닐 수 없다. 과학기술의 발전과
산업 발전이 바로 자연파괴와 환경오염 등 반 문명을 초래했
고 창조질서의 교란은 인간성 파괴와 공해로 직결되어 우리를
위협하고 있다.

이 시점에서 환경보존이 얼마나 중요하며 도시에서 살아가
는 시민들의 삶의 질은 자유로운 사회적 관계나 풍요로운 물
질의 향유에만 달려 있는 것이 아니며 도시 자체는 지속적인
자원과 에너지 공급 및 폐기물의 원활한 처리, 그리고 시민들
의 쾌적하고 안전한 환경의 보장이 전제될 때만이 유지 발전
될 수 있다는 점에서 도시에 관한 논의에서 보조적인 것이 아
니라 필수적인 것이다.

도시는 환경문제가 집중적으로 발생하는 장소며 또한 동시

에 인간 생활과 가장 밀접한 관계를 가진다는 점에서 우리는 미래세대에게 무엇을 물려줄 것인가?라는 대명제 앞에 난개발로 인해 우리나라의 산과 강이 몸살을 앓고 있는 이때 시대적 흐름 속에서 환경문제를 해결하고 시민들의 요구에 부흥해서 도시를 환경적으로 보다 바람직한 곳으로 조성하고 삶의 질을 향상시키는 21세기형의 환경친화적인 생태도시 조성에 대한 기본적인 추진방향의 모색이 절대적으로 필요한 실정이다.

내가 이 연구를 하게 된 목적은 환경친화적 개발로 인간의 삶을 터전으로서 도시가 정치적, 경제적, 사회적 측면에서 친환경적인 도시 공간의 조성과 도시환경을 자리매김하면서 생태도시개발에 대한 방향과 전략을 제시하고자 하는 것이다.

개발과 환경보존은 서로 조화하기 어려운 문제다. 이런 문제에 대한 대안으로 지속 가능한 개발(Sustainable development)을 하면서도 생태도시로 자리매김하기 위한 생태도시 추진 전략 및 발전 방안을 살펴보고자 한다.

첫째, 생태도시의 개념, 생태도시의 구성요소, 생태도시계획과 방법, 생태도시 기본 전략에 대해 이론적 검토를 하였다.

둘째, 생태도시의 추진 과정과 현황에 대해 환경친화적인 세계생태도시는 어떻게 추진되었으며, 현황과 발전 방안에 대해서와 생태도시를 지향하고 있는 국내도시의 사례 연구를 하였다.

셋째, 수도권에서 제일 많은 그린벨트(98.4%)의 면적을 보유하며 생태도시를 지향하고 있는 경기도 하남시의 생태도시 추진 전략과 시범사업을 중심으로 하였다.

넷째, 생태도시 추진 과정에서의 법/제도 제약점과 향후 발전 방안에 대해 제시하였다.

상기한 바와 같이 연구하기 위한 방법으로는, 심각한 도시 환경문제를 해결하기 위한 대안으로서 현재까지 연구된 우리나라의 생태도시에 관한 성과를 살펴보고 외국에 생태도시 조성과 관련한 실례를 통해서 환경친화적이고 지속 가능한 생태도시 추진 방안에 대해서 단행본 연구보고서 학위, 논문 등의 문헌조사와 경기도 하남시의 환경친화적 생태도시 자료와 그외의 소개된 자료를 참조하여,

첫째, 생태도시와 관련하여 역사적으로 다양하게 논의되어 온 개념, 구성요소, 계획 과정과 방법, 기본전략과 유형 그리고 지역개발 및 생태도시에 대해 이론적으로 고찰하였으며,

둘째, 외국의 6개 도시 노르웨이 오슬로, 독일 프라이부르크, 프랑스 스트라스부르, 영국 레스터, 브라질 꾸리찌바, 일본 무사시노를 살펴보고 그 결과를 바탕으로 기존의 우리나라 3개 도시를 대상으로 한 자립성, 순환성, 안전성, 다양성 관점에서 계획수립 환경용량에 근거한 보전지역, 복원지역, 전이지역, 개발지역의 구분 후 지속 가능한 토지이용 전략에 대해 연구하였고,

셋째, "99 하남국제환경박람회"를 개최하는 등 환경친화적인 생태도시를 지향하고 있는 경기도 하남시의 생태도시 추진

전략과 관련하여 생태도시개발을 위한 시범사업 등 관련 계획
(공간환경, 토지이용, 교통환경, 자연생태계, 수환경, 자원 및
에너지, 주택환경, 쓰레기 처리)의 체계적 분석과 생태도시개
발을 위한 방향 및 전략을 제시하고자 한다.

이와 같이 할 경우 생태도시 창조를 위한 사업계획들에 반
영될 수 있을 것이다.

그렇다면 생태도시란 무엇일까?

생태도시는 저하된 도시환경의 질을 높여 도시인의 쾌적한
생활환경을 보장하고 나아가 도시의 지속 가능한 발전을 가능
하게 한다는 것으로서 도시가 자연 및 사회와 공생적으로 발
전해야 하며 도시를 하나의 유기체로 보고 도시의 다양한 활
동과 구조를 자연생태계가 지니고 있는 자립성, 순환성, 안전
성, 다양성의 원칙에 가깝도록 계획 및 설계되어 인간과 환경
이 공존할 수 있는 도시를 말한다.[1]

생태도시는 생태계를 회복하고 자연환경을 보전하며 환경
오염을 줄이는 데 그치지 않고, 한 도시 내 정치, 경제, 사회,
문화의 전반에 걸쳐서 미래세대의 이익을 고려하는 도시를 말
하며 생태도시는 미래성, 자연성, 참여성, 형평성, 자급성이라
는 지속 가능성의 5대 원칙이 구현되는 도시를 말하는 것이다.

---

1) 김귀곤, 「생태도시 계획론: 에코 폴리스 계획의 이론과 실제」(서울: 대한 교과서
주식회사, 1993), P. 2.

2. 외국 생태도시의 예

도시의 자연환경적 여건, 혹은 친환경적 교통 도시개발정책과 재생자원 활용 등 지속적인 환경보존노력의 의해 형성된 외국도시들 가운데 환경과 생태도시로 알려진 6개의 도시 사례를 살펴보고자 한다. 즉, 노르웨이의 오슬로(Oslo), 독일의 프라이부르크(Freibrug), 프랑스의 스트라스부르(Strasbourg) 영국의 레스터(Leicester) 브라질의 구리찌바(Curitiba) 일본의 무사시노(武藏野)이다.

1) 노르웨이 오슬로(Oslo)

노르웨이의 다른 도시와 마찬가지로 자연에 파묻혀 있는 오슬로는 노르웨이의 수도이며 국가 경제, 정치, 문화 그리고 교통의 핵심이다.[2]

시의 인구가 다른 나라의 수도와 비교할 때 도시규모에 비해서 상대적으로 적지만 여느 도시와 마찬가지로 인구 증가와 갖가지 개발로 인해 안고 있는 현안들은 대동소이하다. 19세기 초 겨우 1만 1,000명 정도로 시작된 오슬로는 1910년에는 23만 명에 이르는 성장을 하였다. 계속적인 도시 팽창은 도시 주변의 녹지를 잠식하였고 1854년에는 국가 최초로 건설된 오슬로를 관통하면서 이와 연결된 도로는 더욱 혼잡해지고 도시 인구가 지속적으로 늘어났으며 도시 곳곳에 무질서한 도시개

---

2) 국토연구원, 「세계의 도시」(서울: 도서출판 한울, 2002), P. 146.

발은 가속화되었다. 제2차 세계대전 이후 더욱 빠른 도시 성장을 이룩하면서 인근의 아케르(Aker) 시를 합병하였고 동쪽으로는 'Grorud', 'Veitvet', 'Boeler', 'Lambertseter' 등과 같은 새로운 위성도시를 건설하였다. 이에 따라 오슬로 시는 주변의 아케르스후스(Akershus), 부스케루(Buskerud), 오플란(Oppland) 부분을 포함하여 대 오슬로군(Greater Oslo)을 형성하고 있으며 이곳의 인구는 약 85만 명 정도이다.[3]

오슬로 시에서 단연 돋보이는 것은 홀멘콜렌의 스키점프대로서 스키를 사랑하는 노르웨이 국민성을 보는 듯하다. 홀멘콜렌 스키점프대가 랜드마크로서 오슬로 시내를 상징하는 인공시설물이라면 오슬로의 자연환경을 대표하는 것은 오슬로 피요르드와 오슬로 마르카일 것이다. 특히 오슬로의 역사와 문화, 시민의 생활 그리고 나아가서 도시의 참모습을 이해하기 위해서는 오슬로 마르카를 잘 관찰할 필요가 있다. 1,700km 규모의 마르카는 단순히 나무와 숲이 존재하는 곳이 아니라 노르웨이 국민의 노스탤지어를 담고 있는 공간이라는 데 더 큰 의미가 있다. 오슬로 마르카는 아문젠과 난센 등의 탐험가들이 불굴의 탐험의지를 키운 곳으로 노르웨이 국민에게는 의미 있는 곳이기도 하다.[4]

또한 자연을 사랑하는 오슬로 시민의 생활 속에 깊숙이 연관되어 있기 때문이기도 하다. 오슬로 마르카는 삼림지대로서

---

3) 위의 책, p. 147.
4) 위의 책, p. 147.

해발 600~700m의 산들이 군데군데 있으며 수백 개의 호수, 하천 및 조그마한 개울을 포함하고 있다. 오슬로 마르카는 오슬로 시를 비롯하여 주변 지자체에 걸쳐 지정되어 있다. 마르카와 같은 녹지대는 오슬로 이외에도 베르겐, 트론하임과 같이 큰(인구 20만 내외) 도시뿐만 아니라 드라멘과 같은 큰 도시 주변에 있는 성장 잠재력 있는 도시 주변에도 계획적으로 설치되어 있다.[5]

도시 주변의 녹지는 그 형태에 따라 도시개발압력의 흡수력이 다르다. 도시 주변에 대규모 녹지대를 갖고 있다는 점은 같은데도 오슬로가 개발압력을 받고 있는 반면 인구밀도가 대단히 높고 도시 면적도 적은 코펜하겐은 그러한 압력을 받지 않는다는 점에서 도시 구조와 녹지 형태의 관계를 읽을 수 있다. 오슬로를 비롯한 다른 북구의 도시인 스톡홀름과 헬싱키의 녹지대는 타원형으로 도시를 감싸고 있는 반면 코펜하겐에서는 이른바 그린 핑거(Green fingers)라고 하는 시스템으로 녹지체계를 구축하고 있다. 이것을 따라 산책과 자전거 타기를 즐길 수 있을 뿐만 아니라 도시 교외의 휴양 공간까지 연결하도록 하였다.[6]

또한 손가락 사이의 개발 가능지에서는 장래 예상되는 코펜하겐의 넘치는 개발압력을 수용할 수 있도록 계획한 덕분에 북구 수도 가운데 유일하게 인구 증가와 각종 시설 확충에 따른

---

5) 위의 책, p. 148.
6) 위의 책, p. 149.

현재의 개발압력을 잘 소화해내고 있다. 이러한 쐐기형 녹지는 개발된 곳에서 거주하는 사람들에게 자연과 접촉할 수 있는 기회를 많이 제공함으로써 쾌적한 환경과 질 높은 삶을 보장해 주는 주요한 요소가 되고 있다. 오슬로 모든 계획 및 개발은 생태적 관점에서 평가되고 계획수립 시 토지이용에 대한 대안적 이용 등이 검토되고 있으며 1949년부터 10년 단위로 수립되는 관리계획은 생태적 요소를 감안하여 수립되고 있다.[7]

따라서 이곳의 관리목표는 자원의 이용과 보전의 적정한 균형을 맞추고, 토지, 물, 식생 등 생태시스템의 요소를 보존하며 지속적인 생산성을 유지하면서 동물과 식물을 보전하는 데 두고 있다. 특히 1972년에 수립된 오슬로 시 마르카 관리계획에서는 자연보전을 위해서 산림에 대해 생물적, 기술적, 경제적으로 적절한 방법을 강구함으로써 산림의 건강한 상태를 유지하는데 역점을 두고 있다. 그러나 무엇보다 환경의 풍부함과 다양함을 전제로 시민들에게 다양한 휴양 경험을 제공하기 위한 수단을 강구하도록 하고 있다.[8]

노르웨이의 가장 큰 장점은 깨끗한 공기와 오염되지 않은 물이다. 그들은 그러한 물과 공기를 미래의 후손에게 물려주기 위한 방안을 이미 오래 전부터 실천하고 있는데 여기서 특별한 방법이 있는 것은 아니다. 그들은 자연과 가깝게 그리고 항상 접촉하면서 생활하는 자체를 즐기며 또한 그것을 위해

---

7) 위의 책, 같은 쪽.
8) 위의 책, 같은 쪽.

개인적 이익이라도 기꺼이 제한하는 데 동의하는 대가를 치를 줄 알고 있기 때문이다. 오슬로 마르카라는 무한한 자산을 지니고 있는 오슬로 시민에게 오슬로 마르카는 물리, 생물학적 가치보다는 그들의 문화와 생활 내면에 흐르는 삶의 여유와 풍요를 약속하는 사회, 문화적으로 소중한 자산이라는 사실을 알고 있다. 좋은 관리계획에도 불구하고 오슬로 마르카는 여느 도시 주변에 설치되어 있는 녹지대와 마찬가지로 여러 가지 문제점을 안고 있다. 삼림대의 생산적 이용과 여타 이용 즉, 휴양적 이용, 공익적 기능 그리고 그곳에 서식하고 있는 야생동물의 서식지로서 가치 등이 서로 상충되고 있다. 더 큰 문제는 제2차 세계대전 이후 지속적으로 도시가 팽창하면서 마르카 경제와 이미 개발된 도시 구역 사이에 남아 있던 여유지가 모두 개발되면서 더 이상 개발 가능한 공간이 없게 되자 마르카는 많은 개발압력을 받고 있다는 점이다.9)

환경은 우리가 사는 거처다. 개발은 그 거처 안에 있는 요소를 생활에 편리하게 개선하기 위한 행위다. 그러므로 이 둘은 서로 떨어질 수 없는 관계라는 것이 이들의 생각이다. 이러한 정신 때문에 오슬로는 오늘날 잘 보전되고 오염되지 않은 자연환경을 간직한 지구상의 몇 안 되는 나라 중 하나로 부러움의 대상이 되고 있다. 그래서 오슬로가 안고 있는 개발압력은 그들에게 도전의 대상이지 결코 부담이 되거나 회피하고픈 과제는 아닌 것이다. 그들이 어떻게 이 문제를 해결하건 오슬로는 미래환경도시의 모델이 될 것임이 틀림없다.10)

---

9) 위의 책, p.151.

2) 독일의 프라이부르크

인구 20만의 프라이부르크 시는 독일 서남부 흑림을 끼고 함부르크-프랑크푸르트-바젤로 이어지는 아우토반을 따라 가다보면 남쪽으로는 스위스에 서쪽으로는 프랑스에 접해 유럽의 남북과 동서를 잇는 관문도시인 프라이부르크 시는 지형상 남, 북쪽에 산이 에워싸고 있다. 도시의 1/3 이상이 숲이며 포도밭이 도시의 상당부분을 차지하고 있다. 특히 도시의 동쪽에는 포도농가 지역이 위치해 있으며, 이 지역들과 도심과의 사이에는 프라이부르크 시에서 가장 중요한 녹지역할을 하는 무스발트(Mooswald) 지역이고 무스발트와 도심 사이에는 란드바서(Landwasser), 바인바르텐-빈젠그린(Weingarten binzen-grun) 등 전원주거 및 위성도시와 상업, 공업지구가 형성되어 있다.11)

흑림 대도시 프라이부루크 시는 총인구 약 20만 명 중 2만 5,000명이 대학생인 대학도시이다. 또한 경제활동인구 11만 명 중 80% 이상인 약 9만 명이 관광, 호텔 및 음식업과 각종 행정기관 등 서비스 부문에 종사하는 문화도시로도 유명하다. 800년이 넘는 역사를 지닌 프라이부르크 시는 로마고딕식 뮌스터 교회를 중심으로 뮌스터 광장, 마틴스토어, 슈바벤토어에서 중세적이고 전통적인 도시 분위기를 느낄 수 있는가 하면

---

10) 위의 책, p. 152.
11) 위의 책, p. 190.

음악회관과 같은 현대적 건축물과 거리 곳곳에서 벌어지는 작은 음악회를 통해 생동감 있는 현대적인 도시 분위기를 느낄 수 있다.12)

프라이부르크 시는 대학도시, 문화도시 등 다양한 별칭을 가지고 있으나 최근에는 다른 무엇보다도 환경보전과 관련한 독일의 환경수도로 더 잘 알려져 있다. 프라이부르크 시가 '환경도시', '환경수도'라 부르게 된 것은 불과 20~30년 전인 최근의 일이다. 1974년 접경지대인 이곳을 둘러싸고 약 30km 떨어진 독일과 프랑스, 스위스 접경지역에 3개의 원자력 발전소 건설이 추진되면서 비롯되었다. 원전 반대를 위한 시민운동을 계기로 환경보호를 위해 녹색당이 결성되었고 수많은 민간 환경단체가 결성되었다.13) 프라이부르크는 독일 환경운동의 모체가 되는 도시이다.14) 이들은 그린피스 등 전 세계적인 환경운동과 독일 환경운동의 모체역할을 했고 프라이부르크 시의회와 협력하여 도시를 선진적인 환경정책의 전시장으로 만들고 시민들의 일상생활과 사고방식에도 많은 변화를 가져왔다.

프라이부르크 시는 제2차 세계대전 당시 뮌스터 교회를 제외한 전 도시의 건물이 파괴되었다. 그러나 현재 프라이부르크를 찾는 관광객들은 수백 년 간 잘 보존된 도시와 건물들을 접하게 된다. 재건 당시 전통적인 모습을 그대로 유지한 시민

---

12) 위의 책, p. 191.

13) 위의 책, 같은 쪽.

14) 김선희, 「도시정보: 환경도시 -프라이부르크, 빈-독일」(서울: 대한 지방행정공제회, 1996,), p. 84.

들의 전통과 역사존중의식을 엿보게 된다. 프라이부르크 시의 도시설계에서는 친환경적이고 인간 중심적인 요소가 인상적이다.15)

첫째, 프라이부르크 시는 도심 내 보행자 전용공간 조성의 모델 도시이다. 독일 내 보행자 전용공간 조성을 최초로 시도함으로써 독일에도 도심부 보도광장과 보행자 거리를 도입하게 하는 시초를 제공했다.

둘째, 프라이부르크 시는 도심 내 순환수로와 바람의 통로 등 친환경적인 도시설계가 이색적인 도시이다. 프라이부르크 시 중심가에 들어서면 고색창연한 옛 건물이 즐비하고 높은 곳에서 낮은 곳으로 자연스럽게 물이 흐르도록 설계된 노출수로가 시내 골목길마다 거미줄처럼 설치되어 있다. 강물을 도시 내부로 끌어들여 도시 내 온도조절과 청정 환경을 유지하고 있다.16)

그리고 건축계획을 통제하여 바람의 길을 조성함으로써 도시 내 대기정화를 유도하고 있으며 자연환경보전을 위해 현존하는 자연적인 또는 자연에 가까운 지역을 보전하고 경우에 따라서는 재자연화 조치를 통해 다시 자연 상태로 복귀시키는 데 정책목표를 두고 있다. 이에 따라 프라이부르크 시의 상당 부분이 현재 자연보호구역과 자연경관보호구역이 지정되고 있고 해안가를 중심으로 국립공원과 연계하여 체계적으로 자연경관을 조성하고 있다.17)

---

15) 앞의 책, 국토연구원, 「세계의 도시」(서울: 도서출판 한울, 2002), p. 195.
16) 위의 책, 같은 쪽.

프라이부르크 시는 선진적인 환경정책의 철저한 추진이라는 측면에서 매우 본받을 만하다. 1986년 환경청을 만들어 도시의 환경정책을 종합적으로 추진하고 있으며 에너지 이용과 난방 대기와 수질관리를 통합하는 환경계획을 수립하여 추진했다. 1980~1991년 기간 동안 630만 마르크를 투자해 2,480만 마르크의 에너지 절약효과를 거두었다.[18]

프라이부르크 시는 1992년 독일연방의 '환경수도'로 설정되었다. 그래서 행정조직, 교통, 에너지, 폐기물에서 매우 우수한 환경정책을 시행하고 있다.[19] 이와 같이 프라이부르크 시는 선진적인 환경정책의 전시장으로서 환경수도의 진면목을 보여준다.[20]

첫째, 프라이부르크 시는 시정부가 영향력을 행사할 수 있는 건물에는 에너지 절약 강제기준을 적용하는 한편 태양광발전, 소수력, 열병합발전을 장려하여 핵발전이나 화력발전에 대한 의존비율을 줄이고 있다. 1995년 프라이부르크 시의회는 기후변화에 대처하여 1992년 기준으로 2010년까지 온실가스를 25% 감축목표로 제시하였다. 그리고 분야별로 대중교통수단 개선을 통해 7%, 태양광발전, 풍력발전, 소수력발전 등 재생가능에너지 보급을 통해 14%, 에너지 효율이 높은 열병합발전설비 보급을 통해 28%를 각각 줄이고 나머지 51%는 에너지

---

17) 위의 책, 같은 쪽.
18) 위의 책, p. 192.
19) 변병설, 「세계의 환경도시(5): 프라이부르크」(서울: 대한 지방행정 공제회, 2003), p. 105.
20) 국토연구원, 앞의 책, p. 192.

절약으로 달성한다는 감축목표를 확정하고 다양한 정책을 추진 중이다.[21]

둘째, 프라이부르크 시는 독일 최초로 시간제 요금제도를 도입한 도시이다. 기본요금 없이 완전한 종량제로 에너지를 쓰는 만큼 비용을 지불하게 하였다. 이를 위해 프라이부르크 시는 모든 가정에 3가지 시간대별로 에너지 소비가 다르게 계산될 수 있는 새로운 전력 미터기를 설치했다. 이 정책은 에너지 절약에 경제적 인센티브를 주기 위한 프라이부르크 시의 수요관리 전력정책의 기본이다.

또한 1980년대 중반 시는 자체 전력회사를 건립해 필요전력은 외부의 큰 발전소에서 사오지만 활동시간대의 전력이나 피크 타임대 전력은 지역 내에서 생산하게 하였다. 즉, 태양열이나 소수력을 이용해 전기를 생산하는 개인이나 단체는 잉여전기를 이 전력회사에 판매하도록 함으로써 많은 사람들이 필요한 전기를 스스로 생산하는 것을 장려, 지원하고 있다.[22]

셋째, 프라이부르크 시의회는 쓰레기 정책에 있어서 소각을 금지하고 매립하는 환경친화적 쓰레기 관리시스템을 채택하였다. 이 시스템은 쓰레기 발생량을 원천적으로 줄이고 생물공학원리에 입각해서 쓰레기를 처리하기 위한 것이다. 프라이부르크 시는 학교, 시민과 산업체에 쓰레기 관리에 관한 정보를 제공하며 쓰레기를 줄이도록 유도하고 있다. 다른 한편으로 다시 사용할 수 없거나 재생할 수 없는 쓰레기들을 모아서

---

21) 위의 책, 같은 쪽.
22) 위의 책, p. 193.

조각내고 발효시킨 다음 거름으로 사용하거나 작은 매립지로 가져간다. 이 정책은 쓰레기를 줄이는 효과뿐만 아니라 쓰레기 소각 시에 발생하는 다이옥신을 만들어 내지 않아 대기오염을 방지하는 효과를 가져왔다. 프라이부르크 시의 쓰레기 정책과 주민들의 포장 줄이기와 재활용 노력에 따라 1991년 43만여 톤에 이르던 쓰레기양이 1997년 28만여 톤으로 1/3이나 줄었으며 반면 재활용률은 1990년 19%에서 1997년 55%로 늘어났다.[23]

넷째, 프라이부르크 시는 자전거 천국이다. 1970년대 프라이부르크 시는 도심 내 극심한 차량 혼잡을 겪은 이후 일부 상인의 반대에도 불구하고 도심 내 차량통행금지와 보행자 전용공간화를 적극 추진하였으며 자동차의 수송분담을 줄이기 위해 대중교통요금을 내리도록 했다. 특히 1991년 프라이부르크 시는 환경보호카드 즉, 지역승차권제도를 도입하는 데 재정적 지원을 아끼지 않았다. 지역승차권제도란 도심반경 50km 내 지역을 엮는 연장 2,600km의 전차와 기차, 버스를 저렴한 비용으로 자유로이 이용하도록 하는 것이다. 지역승차권제도의 도입과 함께 프라이부르크 시는 도시 내 차량속도제한 강화, 주차요금 인상시책을 추진하여 자전거와 노면전차 등 대중교통수단의 비교우위를 높였다. 현재 프라이부르크 시의 교통분담구조는 자전거가 차지하는 비중이 30%까지 올라가 시민들의 가장 중요한 교통수단이 되었다.[24] 이 밖의 프라이부르

---

23) 위의 책, p. 194.
24) 위의 책, 같은 쪽.

크 시는 대기 및 수질오염 방지로 깨끗한 도시를 만들기 위해 다양한 시책을 추진하고 있다. 대기오염은 숲의 손상으로 이어지므로 이를 방지하기 위해 발전소, 공장 및 자동차에 필터나 촉매장치를 의무화하였으며 무납 휘발유를 통해 환경부담을 경감시켰다. 또한 엄격한 하수처리규정과 하수세법을 실시하여 지상과 하천생물의 부담을 덜어주고자 하였다.[25]

3) 프랑스 환경도시 스트라스부르

스트라스부르(Strasbourg)[26]는 프랑스 알자스 지방의 수도로서 렝 강(라인 강)을 끼고 독일과 접경하는 오래된 도시로서 '길의 도시'라는 의미를 갖고 있듯이 예로부터 파리와 독일, 오스트리아, 체코 등의 여러 도시를 연결하는 교통로상의 요지일 뿐만 아니라 스위스에서 발원하여 네덜란드의 로테르담에 이르는 렝 강을 이용한 하상운송로의 중간 기착지로서 유명하다. 러시아와 동구권의 일부 국가를 제외한 나머지 유럽지역의 중심에 위치하고 있어서 반경 1,000㎢ 내에 대부분의 유럽도시가 자리 잡고 있다.

지리적 중심지일 뿐만 아니라 유럽의회 관련 시설들이 입지하고 있어서 스트라스부르 사람들은 그들의 도시를 유럽의 수도 또는 유럽의 교차로 등으로 부르기를 꺼리지 않는다. 스트라스부르는 지방행정상 알자스 광역도청과 바랭 도청의 소재

---

25) 위의 책, 같은 쪽.
26) http://www.strasbourg.fr/Strasboirgfr/FR/

지이자 하나의 기초 자치단체(코뮌)이다. 인구는 1999년 현재 26만 4,000명으로 전국적으로 제6위에 해당하며 면적은 78.26 ㎢이다.[27]

스트라스부르는 주변의 26개 소규모 코뮌과 연합하여 하나의 광역적인 도시행정단위(CUS, Communaute Urbaine de stras-bourg)를 형성하고 있다. 이는 전통적으로 과소하게 분할되어 있는 기초 자치단체들 간에 발생하는 광역적인 도시문제에 효율적으로 대처하기 위한 협동조직이다. CUS의 인구와 면적은 각각 45만 1,000명과 305.81㎢에 이른다. CUS의 의장은 스트라스부르 시장이 겸임하고 있고 각 코뮌이 가지고 있던 대부분의 도시계획 권한은 CUS에 위임하고 있다. 이 도시의 기원은 로마시대로 거슬러 올라간다. 로마시대의 작은 포구로 시작되어 중세까지 교황이 관할하는 영토였으나 1681년 30년 전쟁이 끝난 후 프랑스령이 된다.[28]

그러나 프랑스가 1871년 보불전쟁에서 패하면서 제1차 세계대전이 끝나는 1919년까지 48년간 독일의 지배하에 놓이게 되고, 제2차 세계대전이 발발하면서 또다시 독일에게 점령당하는 슬픈 운명을 갖고 있다. 그러나 이처럼 몇 차례의 전쟁을 치렀음에도 불구하고 대성당을 비롯하여 많은 역사적 건축물들이 도처에 남아 있어서 나름의 독특한 공간구조와 경관을 유지하고 있다. 특히 운하 근처의 라 프티트 프랑스 지역에는

---

27) 국토연구원, 앞의 책, p. 172.
28) 위의 책, PP. 172-173.

17~18세기의 건축된 목골조의 알자스 전통 민가들이 집단을 이루고 있어 관광의 명소가 되고 있다. 전후에는 전쟁복구와 아울러 베이비 붐 알제리전쟁 송환자 등으로 인한 새로운 주택수요를 충족하고 현대적 도시기능을 수용하기 위한 개발이 이루어지기 시작하였다. 도심지역에 수용하기 어려운 기능들은 자연스럽게 도시외곽에 입지함으로써 시가화지역이 확대되었다. 1949년에는 유럽의회(Conseil de l'Europe)가 창설되고 소재지를 스트라스부르로 정하게 됨으로써 이 도시에서 국제성과 현대성을 강화하는 결정적인 계기가 된다.

또한 1963년 국토정비 및 지방진흥청(DATAR)이 파리와 프랑스의 과도한 집중을 완화하기 위한 목적으로 스트라스부르를 포함하여 전국적으로 8개의 지역균형도시를 지정함에 따라 스트라스부르가 국토계획상 더욱 중요한 의미를 갖게 되었다. 아울러 슈투트가르트, 프라이부르크, 카를수르에, 바덴바덴 등 인접한 독일 도시들과 협력하여 범 국경적 지역개발의 거점 역할을 주도하고 있다.[29]

제2차 세계대전 이후 스트라스부르를 계획적으로 개발, 보전하고자 하는 시도는 대략 네 가지의 법정계획으로 표현된다. 가장 먼저 수립된 도시계획은 1956년에 채택된 광역도시계획이다. 이 계획은 1943년 도시계획법의 개정으로 제도화되었는데 내무부장관이 지도, 감독하고 공공사업행정관이 수립하였다. 도시개발의 미래양상을 예측할 수 있는 계획으로서 국가

---

29) 위의 책, P. 174.

와 지방자치단체의 권한에 속하는 모든 사업들을 포함하고 있다. 도시계획가 칼사가 수립한 이 계획은 스트라스부르뿐만 아니라 인접하는 코뮌들을 포함한 지역을 계획대상지역으로 설정하였다. 또한 미국식 용도지역제(zonage)를 도입하고 있다는 점이 특색이다.30)

1965년 11월에는 1958년의 도시계획법 개정에 의거한 스트라스부르 도시기본계획이 시의회에 의하여 채택된다. 비비앙이라는 계획가에 의해 수립된 이 계획은 중요한 신규개발사업이나 재개발사업 등을 사전에 정하고자 하는 목적을 가지고 있었다. 1958년에 정비된 프랑스 도시계획체계는 기본계획(plan directeur)과 상세계획으로 구성되었고 주택이나 공공설비를 건설하는 데 토지선매권 등과 같은 새로운 제도적 수단들을 사용하게 된다. 기본계획은 도시정비의 일반적 틀을 구축하고 본질적 요소를 결정한다. 그러나 수요에 따라 특정 부문이나 특정 지역을 다루는 상세계획에 의하여 보완될 수 있도록 하였다.31)

스트라스부르 도시기본계획은 용도지역지구 지정 하부구조시설 계획 공공시설 설치를 위한 유보지 등을 주요내용으로 하였다. 대규모 도로망(고속도로, 우회도로, 도심 진입 간선도로)을 위해서는 선행계획인 광역도시계획의 내용을 다소 수정하였고 불량주거지 재개발지구와 향후 개발수요에 충당할 신규개발지구가 지정되었다. 크뤼트노, 횡크윌레, 마레 베르 등

---

30) 위의 책, pp. 174-175.
31) 위의 책, p. 175.

은 불량주거지 재개발지구이고 엘조, 에스플라나드, 크로넨부르 북부, 로베로소 등은 신개발지구에 해당한다.

1989년 사회당의 카트린 트로트만이 시장으로 당선되면서 스트라스부르의 도시개발은 새로운 국면을 맞는다. 전래 유산을 적극적으로 보전하는 동시에 새로운 개발수요를 충족하는 과정에서 이야기되는 각종 환경문제를 완화하여 궁극적으로 지속 가능한 발전을 위한 다양한 노력들이 시도되었다.

1980년대 말부터 CUS 당국이 중점을 두어 추진했던 도시개발의 방향은 전통성과 현대성이 적절히 조화된 인간 중심의 환경친화적 도시를 만든 것이었다. CUS는 차량이동이 증대함에 따라 도시환경의 질이 악화되는 것을 방지하기 위하여 대중교통체계를 전면적으로 재검토하였다. 그 결과 도심지역의 상당 부분을 보행자 전용구역으로 만들어 차량의 불필요한 이동을 억제하는 것이 필요하다고 판단하였다. 또한 승용차 대신 경전철이나 버스에 의한 도심접근을 유도하며 외곽지역 간의 연계를 촉진하고 아울러 가종 교통수단의 상호보완적 관계를 증진한다는 기본방향을 정립하였다.[32]

이에 따라 첨단장치를 갖춘 도시경전철을 건설하고 도심과 가까운 곳에 버스, 승용차를 위한 대형 환승주차장을 건설하는 한편 경전철의 종점이나 외곽지역에서 자전거와 대중교통 수단을 연계시켜 보완적으로 활용할 수 있도록 하였다. 특히 이와 같은 여러 가지 노력은 개별적으로 시도되기보다는 전체

---

32) 위의 책, PP. 176-177.

적인 틀 속에서 상호연관성을 갖도록 하여 시행 효율성을 높이도록 하였다.

도시경전철을 건설하고 연계 버스망을 재정비하는 일은 민관합작기업(SEM)인 스트라스부르 교통회사(CTS, Compagnie des Transport Strasbourgeois)가 담당하였다. 5년 정도의 준비 및 공사 기간을 거쳐 마침내 1994년 11월 26일 북동부 신개발 지역인 오트피에르 도심의 클레베르 광장 남쪽의 바그제르세를 잇는 총연장 12km의 경전철이 준공되어 상업적 서비스를 제공하게 되었다.33)

도시경전철의 개통으로 말미암아 낙후지역을 활성화하고 지역 간 연대감을 증진하는 동시에 도심 진입차량의 억제, 도시 공간이 보행 구역화, 환경오염의 감소 등과 같은 현상이 촉진됨에 따라 도심환경의 질을 개선하는 데 절대적인 기여를 하게 되었다.

4) 영국 환경도시 레스터34)

레스터는 로마시대 이래로 미들랜드 지방의 중심지 기능을 수행하고 있는 유서 깊은 도시이다. 런던에서 북쪽으로 150km 정도 떨어진 잉글랜드 중심부에 위치하고 있으며 인구수를 기준으로 영국에서 10번째 정도 차지하는 인구 약 30만 명 정도의 공업도시이자 상업중심지가 레스터이다.

---

33) 위의 책, p. 177.
34) http://www.leicester.gov.uk/ http://www.environmentcity.org.uk

레스터 시는 최근 모범적인 환경친화적인 도시로서 그 명성이 새롭게 알려지고 있다. 지역차원의 지속적인 환경보전과 지역 생태자원의 질을 향상시키는 노력이 알려져 1990년에 왕립 자연보존협회로부터 영국 최초의 '환경도시(Environment city)'로 선언되는 영예를 안게 된 것이다. 레스터 환경보전, 관리에 관한 실천적 노력은 국제사회에서도 널리 알려지게 되는데 1992년 브라질 리우데자네이루에서 열린 유엔 환경회의(Earth Summit)에 초청되는 전 세계 12개 도시 중 영국을 대표하는 도시로 참가하였다. 또한 1996년 영국에서는 유일하게 유럽 5개 도시 중 하나로서 유럽의 지속 가능한 도시로 평가됨으로써 도시 차원의 환경정책이 광범위하게 인정받게 되었다.[35]

레스터의 경험은 환경문제를 대처하는 새로운 아이디어와 앞서가는 접근 방법으로 다른 나라의 도시들이 '환경도시'를 가꾸어 가는데 많은 시사점을 제공하고 있다. 더욱이 이러한 성과에 고무된 레스터 시는 환경문제 대처를 위한 지금까지의 파트너십을 더욱 공고히 하고 있다. 시정부 지역 내 민간기업, 자원봉사그룹, 도시환경 관련 비영리조직, 지역 언론, 지역 커뮤니티 등의 참여를 통해 다양한 형태의 창조적 실천을 일궈 내고 있으며 도시 전역을 환경도시로 건설하겠다는 계획을 추진 중이다.

레스터 시는 환경도시로 거듭나기 위해 시정부와 환경단체가 주축이 되어 생태환경복원, 에너지 저감, 교통문제와 대기

---

35) 국토연구원, 앞의 책, p. 181.

오염, 쓰레기 처리 등 도시전체에 대한 생태환경전략을 수립하여 총체적으로 접근하고 있다. 먼저 도시 내에서 생태적 환경을 지켜내려는 노력의 일환으로 1983년부터 1987년까지 도시전반에 걸쳐 대대적인 생태조사를 벌였다. 도시 내 공원, 녹지, 운하, 강, 개천, 철도, 정원, 도로변, 식물, 울타리(Hedge) 등에 서식하는 동식물들을 철저히 조사하여 보존이 필요하거나 생태보호를 위해 중요한 곳, 생물종의 다양성을 위협하는 서식지, 생태적으로 우수한 자연자원 등을 찾아내서 지도로 만들고 이들 지역을 계속 모니터하고 있다. 이 지역은 모든 도시계획이나 개발사업을 수행할 때 필수적으로 고려되어야 한다.[36]

도시개발에 의해 이들 지역이 영향권에 포함되는지에 대해 시청의 생태전문가, 도시계획가, 환경관리책임자 등의 자문을 거쳐야 하며 예상되는 환경적 영향은 엄격히 관리되고 있다. 레스터의 지속 가능한 도시환경에 대한 관심은 우선 물리적 환경 측면에서 많은 변화를 이끌어왔다. 자연복구작업을 통해 녹지보호사업을 중점적으로 벌여 녹색 네트워크로 연결된 녹지가 시 전역에 광범위하게 조성되어 있다. 도시 내 약 2,000에이커의 공원이나 공지가 잘 가꾸어져 있으며 특히 교외의 녹지를 띠 모양으로 도심까지 연결하였는데 사용하지 않은 철도 둑을 이용해 남쪽 주택가와 도시 중심부를 잇는 길로 6km의 녹색축을 형성하였다. 여기에는 자전거 도로, 보행자 전용 도로, 승마길이 있고 자전거로 20분 안에 도심으로 진입 가능

---

36) 위의 책, pp. 181-182.

한 이동통로로 이용된다.

레스터는 트렌트(Trent) 강의 지류인 소어 강에 접하고 있다. 이곳은 1970년대 초반까지 상습적인 침수가 일어나고 골재 채취와 불법 투기된 쓰레기 더미, 폐허화된 운하 등으로 무질서한 곳이었다. 1974년부터 소어 강변을 복구하기 시작하여 1990년 초반에는 호수, 승마길, 산책로, 놀이터, 주말농장, 숲(환경림), 자전거 도로 등 넓이 10km의 아름다운 공원으로 변모하였다. 이 공원은 시의 북쪽 끝에서 남쪽 끝까지 19km에 걸쳐 길게 뻗어 있어 수천 종의 야생동물들이 살고 있고 도심과 교외 사이의 단절된 생태계를 연결하는 역할을 하고 있다. 그 외에도 레스터에는 자연복구작업을 통해 자연습지 및 인공호수가 다수 조성되어 있는데 워터미드 생태공원은 그중 하나로 골재 채취 뒤 생긴 거대한 웅덩이에 수초 등을 심고 모래를 깔아 철새 및 텃새들의 서식지로 변화시킨 곳이다.[37]

환경도시를 실행하기 위해 다양한 정책을 이끌어 나가는 시정부의 선도적 실천 또한 모범적이라 할 수 있다. 시정부 1999년에 유럽연합에서 주도하는 환경관리시스템인 EMAS(Eco-Management and Audit Scheme)를 채택하였다. 이는 각 기관의 친환경적 수행능력을 제고하고 환경에 대한 부정적 영향을 감소시키기 위한 프로그램의 일종이다.[38]

레스터 시정부의 주요성과를 살펴보면 먼저 에너지 저감과

---

37) 위의 책, p. 182.
38) 위의 책, p. 187.

관련하여 시 건물이나 시설의 에너지 사용량을 줄였으며 사용 전기의 12%는 재생자원으로 활용하였다. 또 대기오염을 저감하기 위해 저유황연료를 사용하여 시 보유차량에서 나오는 이산화황, 이산화질소 등 유해가스 배출을 획기적으로 줄였다. 공공시설에서 사용하는 수돗물의 사용도 빗물의 재활용 등에 힘입어 약 21.5% 감소하였다. 종이의 사용도 인터넷이나 전자메일의 보급으로 34.7%나 감소하였으며, 필요한 종이의 95%를 재생용지로 구입하였다. 이와 더불어 시가 보유하고 있는 토지의 자연환경을 지리정보체계(GIS)를 이용하여 더욱 체계적으로 관리하고 있으며 시유지 공지를 활용하여 시민들이 사용할 수 있는 쾌적한 환경을 조성하였다.[39] 그럼에도 불구하고 도시가 안고 있는 갖가지 환경문제들은 오랜 세월 동안 누적되어 온 것이다.

환경도시의 건설은 단지 몇몇 선도적인 개별 프로젝트에 의해 완성되어질 수 없음을 잘 보여주고 있다. 이는 새로운 방식의 주거 및 여가생활 경제활동의 변화가 수반되어야 하는 장기적 과제임이 명백하다. 그러기에 절대다수의 주민의 실천이 담보되어야 하는 것이 기본전제가 될 것이다. 살맛나는 도시, 시민들에게 풍요로운 삶을 제공하는 도시, 인간다운 건강한 삶이 보장되는 도시를 가꾸기 위해 우리 모두의 노력이 필요한 이유가 여기에 있다.

---

39) 위의 책, 같은 쪽.

5) 브라질 환경도시 꾸리찌바

브라질 남부의 빠라나 주의 주도인 꾸리찌바 시는 리우데자네이루에서 남서쪽으로 약 800km 떨어진 곳으로 평균 고도가 약 900m인 아열대 지역에 위치하고 있고 총면적이 432㎢로 우리나라의 대전시보다는 약 100㎢가 작지만 인구는 160만 명으로 대전보다 약간 큰 도시이다.

남미의 외진 곳에 위치한 제3세계의 전형적인 대도시 가운데 하나이지만 국제사회에서 꾸리찌바에 보내는 찬사는 매우 화려하다. '지구에서 환경적으로 가장 올바르게 사는 도시', '세계에서 가장 현명한 도시' 등이 바로 그것이다. 이밖에도 꾸리찌바는 로마클럽이 선정한 세계 모범도시 12개 가운데 하나일 뿐만 아니라 UN인간정주회의에서 선정한 대표적인 도시발전 사례로 주목받았고 국제연합환경계획(UNEP)을 비롯해 무수히 많은 국제기구와 연구소 등에서 영예로운 상을 여러 차례 수상한 곳이다. 게다가 로마클럽의 보고서 「성장의 한계」를 공동 집필한 도넬라 메도우즈가 명명한 것과 같이 '희망의 도시', 시민을 존경하는 '존경의 수도' 등 여러 가지 애칭을 가지고 있다.[40]

브라질 내에서 유럽의 영향을 가장 강력하게 받은 도시 가운데 하나이며 원래 포르투갈의 식민지였던 이 땅은 뚜삐-과라니(브라질 남부 및 파라과이 일대에 걸쳐 사는 토인민족의

---

40) 위의 책, P. 155.

하나) 인디오의 말로 '빠라나 소나무'라는 뜻을 가지고 있는 비옥한 평원이었다. 이곳에 1693년부터 유럽계 이주민들이 정착하면서 서서히 도시가 형성되기 시작했다.

꾸리찌바의 공식적인 최초의 도시계획은 1943년에 이르러 프랑스 도시계획가 아가셰(Alfred Agache)에 의해 이루어졌다. 아가셰 계획이라 불리는 이 계획은 주거지에 둘러싸여 잘 구획된 중심지역과 환상형 도로를 방사형 도로로 연결한 교통체계 즉, 방차통처럼 설계된 교통체계를 제시하는 등 고전적인 계획개념을 반영한 것이었다. 그러나 이 계획은 1950년부터 진전된 브라질의 자동차 붐을 예측하지 못한 데다 공공자금의 부족 때문에 방사형 가로를 제외하고는 집행되지 못하여 물리적 한계를 넘는 도시 성장이 계속되었다.

이러한 무분별한 도시 성장의 문제점을 인식한 자이에 레르네르(Jaime lerer) 시장이 5개의 주요간선 교통축을 따라 선형 성장이 가능하도록 토지이용과 교통계획을 통합하였다. 그의 핵심은 도로위계를 감안하면서 입지 및 중요성과 관련된 기능을 각 도로에 할당하여 흔히 오늘날의 대도시가 안고 있는 고질적인 도시교통문제를 해결함과 동시에 대중교통체계를 완벽하게 확립하는 데 있었다.

1970년대 초반부터 약 30여 년 동안 지속되어 온 대중교통 시스템의 발전은 가히 혁명에 가까울 만큼 꾸리찌바 시를 변화시켰다. 주요간선 교통축을 따라 1974년에 2개의 급행버스 전용차선 1978년에 3개의 새로운 급행버스 전용도로를 건설하고 1979년에 기존 교통체계를 보완하는 지구 간 순환버스 노선을 다시 도입하였다. 1982년에는 도심과 공업단지 사이에 새로운 연결도로를 개통하고 지구 간 노선을 추가로 투입하였다. 이와 함께 버스를 컬러로 부호화하여 급행버스는 적색, 직통 노선버스는 회색, 지구 간 버스는 녹색, 지선버스는 주황색, 완행버스는 노란색으로 시민들이 쉽게 식별할 수 있는 노력도 게을리 하지 않았다.[41]

완행버스에서 지구 간 버스 및 급행버스로 환승할 수 있고 다른 지선버스로 되돌아가는 것을 용이하게 하도록 버스도로망을 완전 연결, 통합시켰다. 1991년에 들어와 승객들이 버스를 타기 전에 요금을 지불하는 원통형 정류장(개당 3만 5,000달러에 제조)을 갖춘 '직통급행버스체계'가 도입되었다. 이것은 간선교통축의 중앙도로에 구축된 일방통행로로 자가용과는 정반대의 방향으로 운행하는 역류버스 전용도로 시스템으로 설계되었다. 1992년 12월에는 270명의 일시에 수송할 수 있는 이중굴절버스(차량이 3대 달린 굴절버스로 꾸리찌바 공단에 있는 볼보 공장에서 주문생산을 한 것임)가 도입되었는데 이 버스는 5개의 측문을 가지고 있어 이전보다 승, 하차 시간을 현저하게 줄이는 놀란 만한 성과를 보이고 있다.[42]

도시는 매일매일 시민들에게 존경심을 보여줄 의무가 있다고 믿는 레르네르는 1979년에 사회적 요금제도를 도입하였다.

---

41) 위의 책, p. 156.
42) 위의 책, p. 157.

단일요금(버스요금은 1헤알 10센타보로 2001년 6월 현재 한화로 약 610원 정도에 해당하는 금액임)체계를 채택하여 단거리 통행을 하는 시민들이 교외의 빈민가나 위성도시로부터 장거리 통행을 하는 시민들을 보조하는 이 방식은 버스요금을 한 번만 내면 터미널을 벗어나지 않을 경우 환승을 자유롭게 할 수 있도록 되어 있다. 꾸리찌바 시민들은 하루 평균 2.4회나 환승한다는 사실을 염두에 둔다면 브라질에서 가장 저렴하게 운영되는 것이다.[43]

이렇게 저렴한 요금으로도 완벽하게 꾸리찌바 통합교통망이 운영되는 데는 1963년에 시청이 설립한 'URBS'라는 공기업의 역할 또한 빼놓을 수 없다. 버스 시간표 및 운영횟수의 계산, 새로운 버스 노선의 개발, 필요한 버스 수의 결정, 시스템 성과의 모니터링, 운전사 및 차장의 교육훈련 등 거의 전 분야를 관장하는 URBS는 민간회사들이 운영한 거리에 따라 정확히 10일 후에 버스요금을 지불한다. 이러한 km별 지불 시스템은 우리나라에 일반화되어 있는 적자노선 시비를 미연에 방지할 수 있을 뿐만 아니라 공공부문의 요금을 통제할 수 있고 민간부문의 재정위험을 최소화하는 데도 커다란 도움을 제공하는 것으로 알려져 있다.[44]

---

43) 위의 책, p. 158.
44) 위의 책, P. 158.

6) 일본의 환경도시 무사시노(武藏野)

일본 환경청은 1988년 생태도시계획에 대한 구상을 시작하였고, 1989년 생태도시 추진 방안을 마련하여 이에 따라 각 지방자치단체에서의 생태도시 건설을 검토하였다.45)

동경 23구의 서부에 있는 무사시노 시는 동경과 타마 지구가 연결되는 접점에 위치하고 있다. 도심으로부터는 약 12km 떨어져 있으며, 1947년 11월 3일 일본에서 214번째로 시가 된 곳이다. 무사시노 시는 동서 6.4km, 남북 3.1km, 총면적 10.73 km로 전국 668개 시 중 653번째로 작지만 인구는 13만 1,345명 (2001년 1월 1일)으로 전국에서 두 번째로 인구밀도가 높은 고밀도 도시이다. 시내에는 길상사 미타카 등 JR 중앙선이 정차하는 역이 세 개나 된다. 작은 면적의 무사시노 시는 지난 20세기 일부 도시에서 시도한 '무늬만 환경'인 환경도시가 아니라 아름다운 도시경관과 쾌적한 생활환경은 물론 시민들의 자발적인 참여와 협력을 통해 하드웨어와 소프트웨어가 조화를 이룬 말 그대로 '체질도 환경'인 도시로 유명하다.46)

교외 주택도시에서 출발한 무시사노 시는 시대의 변천과 함께 '교육도시', '복지와 문화도시'를 목표로 지속적인 발전을

---

45) 조주철 외 3인, 「에코폴리스 계획기법에 의한 청주시 환경개전방안 연구」, 『한국 지역 개발 학회지』 제9권 제2호, 1997. 8, P. 141.
46) 국토연구원, 앞의 책, p. 198.

거듭하고 있으며 현재는 상업, 금융, 정보, 스포츠 시설 등 생
활형 산업이 고도로 집적된 일본 굴지의 '생활 핵도시'로 평가
되고 있다. 지난 2001년도에 발표한 무사시노 시 제3기 장기계
획 제2차 조정계획에서는 2020년의 무사시노 시 도시상을 '환
경공생, 생활문화 창조도시'로 선정하였다. 시민 한 사람 한 사
람이 한정된 지구자원을 자각하여 환경과 공생하는 순환형 사
회를 창조함과 동시에 자연, 역사, 예술을 중요시하고 풍요로
운 생활환경을 기초로 생활문화를 키우는 도시를 구축하자는
목표 아래 야심차게 사업을 전개해 나가고 있다.[47]

시민의 소득수준이 높아 세입이 높고 세입의 30%가 개인 시
민세이며 납세자의 80% 이상이 봉급생활자다. 지가가 높지만
세입의 약 1/4이 고정자산세수입이기 때문에 재정이 넉넉하여
교육과 복지, 상업, 문화, 정보 등 생활밀착형 다기능의 성숙한
도시로 평가받는다. 덕분에 일본 수도권(도쿄 도, 자바 현, 가
나가와 현, 사이다마 현)에 거주하는 여성들이 가장 살고 싶은
곳으로 무사시노 시를 꼽기도 하였다.[48]

무사시노 시는 시정의 계획적 운영을 도모하기 위해 1971년
이후 계획기간을 12년으로 하는 장기계획을 수립, 추진해 오
고 있다. 장기계획은 4년마다 연동계획(rolling plan)을 통해 급
격한 시대변화와 사회상황을 능동적으로 반영하고 있고 실효
성을 제고하기 위해 6년 단위의 조정계획을 수립하고 있다. 무

---

47) 위의 책, p. 198.
48) 위의 책, p. 199.

사시노 시는 지난 1993년 3월에 의회의 의결을 거쳐서 '무사시노 시 제3기 기본구상'을 책정하였고 이에 근거하여 '제3기 장기계획(1993~2004)'을 수립하였다. 이후 2001년 3월에는 시민이 참가한 '제2차 조정계획(2001~2006)'을 수립하였다. '제2차 조정계획 책정위원회'는 '시민위원회', '신세기위원회(새로운 업무방향위원회, 자녀를 즐겁게 하는 위원회, 지역을 풍요롭게 하는 위원회, 도시, 환경, 자연 위원회)', 시민의식조사, 지역생활환경지표, 복지, 환경, 지역 만들기 등 과제별 계획, 행정정보 등을 총동원하여 토론요강을 만들고 분야별 시민공청회를 개최하여 계획안을 책정하였다. 이를 '시의회전원협의회', '지구별시민공청회', '샐러리맨 회의' 등을 통해 '제2차 조정계획'을 확정한 바 있다.49)

무사시노 시는 '환경의 세기'인 21세기를 맞아 지구의 환경 문제가 심각해지고 있어 물려받은 환경을 잘 보전할 뿐만 아니라 다음 세대에 물려주기 위해 환경보전에 대한 기본이념을 담은 '환경기본조례'를 1999년 3월 제정하고 환경부하가 적은 지역조성에 앞장설 것을 선언한 바 있다.50)

자원 순환형 쓰레기 시스템의 구축을 위해서는 지난 2000년 5월 재정한 '순환형사회형성추진기본법'에 따라 사업쓰레기 전면 유료화, 일반폐기물 처리 기본계획의 책정 음식쓰레기 자원화 등을 추진해 오고 있다. 덕분에 쓰레기 발생량이 4만 7,882톤에서 4만 6,880톤으로 감소하였다. 또한 자원회수 시스

---

49) 위의 책, pp. 199~200.
50) 위의 책, p. 202.

템의 강화, 최종처분장의 유효활용, 소각재 자원화 등을 도모하고 있고, '용기포장 리사이클법' 제정에 따라 플라스틱류의 분리수거가 이루어지고 있다.[51]

무사시노 시는 버스정거장에서 300km 이상 떨어진 지역을 '교통공백지역'으로 버스 편이 100대/일 이하인 지역을 교통불편지역으로 정하고, 이 지역을 순회하는 '무버스(MUBUS)'를 운행하고 있다. 무버스는 무사시노 방식의 커뮤니티 버스이다.[52]

지난 20세기 무사시노 시는 전후의 급격한 경제성장과 도시화로 다양한 도시문제에 직면하여 도시기반시설과 행정서비스 확충에 노력해 왔다. 덕분에 기본적인 행정서비스의 양적, 질적 수준 시민참여와 협력체계 등은 세계적인 귀감이 되고 있다.[53]

그러나 21세기 세계화, 정보화, 고령화의 급속한 진전과 지구 온난화, 에너지 문제 등에 의한 환경의 제약은 사람들의 가치관과 생활양식을 변화시키고, 가족의 형태와 업무형태 등에 커다란 영향을 미치면서 새로운 도시경영을 요구하고 있다. 인구추계에 의하면 무사시노 시는 2007년 13만 6,300명으로 정점에 달하다가 2030년 12만 6,300여 명으로 줄어들 것으로 전망되고 있다. 특히 고령화가 급진되면서 2024년에는 65세

---

51) 위의 책, p. 203.
52) 위의 책, P. 204.
53) 위의 책, P. 207.

이상의 고령자 비율의 25%에 달할 것으로 예상되고 반대로 15세 미만의 연소인구도 장기적인 감소경향을 보일 것으로 전망되고 있다. 이에 따라 학교, 보육원 등의 재편, 학교시설의 갱신 등이 새로운 과제로 대두되고 있으며, 경관을 배려한 지역 만들기, 시민이 상호 지원하는 복지 서비스 등 질 높은 풍요로운 도시 만들기가 본격적으로 거론되고 있다.54)

무사시노 시는 이미 커뮤니티 및 지역 만들기, 환경정비 등에서 다양하고 풍부한 시민참여의 실적을 갖고 있다. 그러나 여전히 행정과 시민의 역할분담은 어려운 과제이다. 따라서 이에 대한 원칙과 기준 등의 정립이 요구된다. 특히 최근 'governance'의 출현과 더불어 'good governance'의 지원과 육성은 새로운 과제로 등장할 것이다. 또한 환경문제, 공원운영, 쓰레기의 억제 및 소비자 문제, 고령자 문제, 방제 등 지역현안 과제에서 시민의 창의적인 구상과 제안을 존중하고 조정해 가는 '협치'의 새로운 절차 마련도 요구될 것이다. 이와 함께 정보화의 발전과 흐름을 고려하여 기존의 지역 환경생활지표 등 정책정보와 행정과제 등을 가급적 초기단계에 어떻게 제공할 것인가 하는 기술적 측면과 네트워킹 역시 과제가 될 것이다. 시민 참가에서 시정과제에 대한 정보의 정비와 공개는 시민 만족도를 높이는 불가결한 조건이 되기 때문이다.55)

---

54) 위의 책, P. 207.
55) 위의 책, p. 207

3. 하남시 생태도시 구상

1) 생태도시 일반모형

우리나라의 경우는 생태도시에 대한 추진체계나 개발내용에 대한 구체적인 사례나 경험이 미흡하다. 생태도시를 개발하는데 있어서 어떤 내용으로 어떤 시스템을 구축하여 추진해 갈 것인가에 대한 정형화된 체계가 없는 실정이다. 따라서 하남시가 생태도시를 개발하는 데 있어서는 나름대로의 생태도시개발모형이나 체계를 설정할 필요성이 있다.

생태도시는 지속 가능한 개발과 자연환경의 보존이 서로 조화롭게 결합할 수 있어야 한다. 자연생태에서 관찰되는 자립성의 원리, 안전성의 원리, 순환성의 원리, 균형의 원리, 다양성의 원리, 자정 능력의 원리를 바탕으로 도시 발전 및 성장관리와 체계화되고 지속성을 갖는 건전한 도시를 만들어야 한다.

외국의 경우에서 살펴 본바와 같이 외국의 6개의 도시는 생태도시의 모델로 삼을 수 있을 만한 것이다. 노르웨이의 오슬로에서는 일찍부터 관리목표와 계획으로 최적의 환경도시의 모델이 되고 있다. 독일의 경우는 환경수도를 계획하고 선진적인 환경정책을 철저하게 추진하여 친환경적인 도시를 조성하였다. 프랑스의 스트라스부르는 일찍부터 도시계획법이 제정되고 민관합작기업들에 의해서 친환경적인 개발을 했다. 영국의 레스터는 시정부와 환경단체가 주축이 되어 도시 전체에 대한 생태환경전략을 수립하였는데, 시정부는 환경관리시스템인 ENAS를 채택하였다. 브라질의 꾸리찌바는 프랑스의 도시 계획가에 의해서 도시계획이 이루어지고 도시 팽창에 따를 고질적인 도시교통문제를 대중교통 시스템으로 완벽한 통합교통망이 운영되고 있다. 일본의 무사시노는 환경청의 생태도시계획에 대한 구상에 따라 지방자치단체의 12년의 장기계획과 4년마다의 연동계획과 순환형사회형성추진기본법에 따라 친환경적인 도시가 되었다.

그런데 우리나라는 1990년대에 들어와서야 생태도시의 개념이 반영되었다. 그리고 일부 도시에서 생태도시의 계획이 세워지고 추진 중에 있다. 그러나 뚜렷한 모델로 삼을 수 있는 만한 환경도시가 부재한 실정이다. 그래서 김귀곤의 「왜 하남시는 생태도시로 가야하는가」『공직자연찬자료집』을 인용하여 하남시의 모형을 조명해 보았고 아직까지 하남시는 계획과 과정의 단계에 있다.

생태도시계획의 구성요소는 정치, 경제, 사회문화에까지 아주 포괄적이기 때문에, 지방정부가 장기간에 걸쳐 아주 치밀한 전략을 모색하기 위해서는 거시적인 방향을 도출하고 이것을 기초로 지역 실정에 맞게끔 적응하는 절차를 밟아야 한다.

〈그림 3-1〉은 생태도시개발 모형이다. 우선 첫 단계는 생태도시개발에 대한 인식 및 과제를 도출하는 단계이다. 두 번째 단계는 생태도시개발 내용이나 계획을 수립하는 단계이다. 세 번째 단계는 생태도시개발계획을 원활하게 추진하고 이를 뒷받침할 수 있는 행정 및 재정지원체계를 확립할 필요성이 있다.

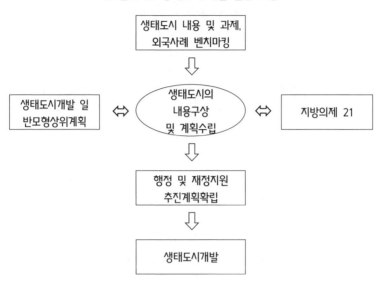

<그림 3-1> 생태도시 개발 일반 모형

생태도시 내용 및 과제,
외국사례 벤치마킹

생태도시개발 일
반모형상위계획

생태도시의
내용구상
및 계획수립

지방의제 21

행정 및 재정지원
추진계획확립

생태도시개발

자료: 김신웅, 「생태도시개발의 전략과 방향에 관한 연구」(대전: 대전대학교 대학원 박사
학위논문, 2000), P. 101.

하남시 생태도시 일반모형을 기초로 하여 생태도시가 지향
하는 원칙을 중시하면서 하남시의 특징에 맞게 전개할 것이
다. 즉, 하남시의 지역적인 특성과 환경적인 조건에 적합한 각
부분들에 대한 구상을 하려고 한다. 〈그림 3-2〉는 하남시의
생태도시에 대한 전체적 구상이다.

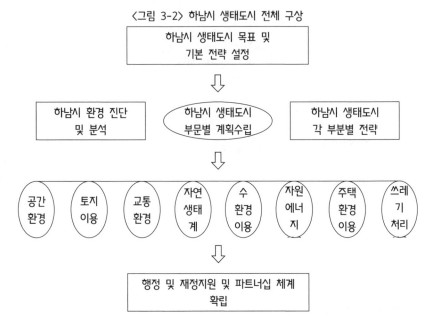

〈그림 3-2〉 하남시 생태도시 전체 구상

하남시 생태도시 목표 및
기본 전략 설정

⇩

| 하남시 환경 진단 및 분석 | 하남시 생태도시 부문별 계획수립 | 하남시 생태도시 각 부분별 전략 |

⇩

공간
환경

토지
이용

교통
환경

자연
생태
계

수
환경
이용

자원
에너
지

주택
환경
이용

쓰레
기
처리

⇩

행정 및 재정지원 및 파트너십 체계
확립

이 구상을 살펴보면 크게 세 가지로 이루어져 있다. 첫째, 앞에서 살펴본 이론들에 근거하여 하남시 생태도시 목표 및 기본 전략을 설정하는 것이다. 둘째, 하남시의 분석에 근거한 생태도시계획과 전략을 각 부분별로 세우는 것이다.

이런 전제하에 〈그림 3-3〉은 하남시가 추진하고 있는 생태도시에 대한 이상적인 전체적인 목표이다.

〈그림 3-3〉 이상적인 하남시의 목표

| 자연과 | ⇨ | 환경친화적 토지 | • 지역 환경용량 내에서 토지이용
• 생태적 보전가치를 고려한 토지이용
• 파트너십에 의한 이해당사자들의 계획 과정 참여 |

함께 하는 역사 · 환경도시		이용	• 야생동물 이동통로, 녹지대, 농업지역, 수로와 같이 개발로부터 영구적으로 보호되는 지역과 각각의 주거지, 마을이 명확히 구분되는 경계의 마련
	⇨	생태적 재생 및 보전 복원	• 생물다양성 관심의 대상이 되는 습지, 산림 등의 기존입지를 파악하고 보호하며 향상시킴 • 생물다양성 보전을 위한 새로운 지역의 창출을 독려 • 생물다양성의 보전 및 지속 가능한 이용에 있어서 모든 계층의 지역사회 구성원을 참여시킴 • 멸종위기에 처한 야생동식물 및 서식처인 한강변의 수려한 자연경관을 보호 • 보전에 따른 부담은 공평하게 분담하고 얻어지는 혜택은 지역주민이 우선 누리게 함 • 단편화된 서식처를 복원해 줄 수 있는 대체 녹지 생태 이동통로, 디딤돌(옥상녹화, 생태연못) 조성
	⇨	에너지 절약 및 활용	• 태양, 풍력 등 자연에너지 활용과 폐열 및 버려지는 에너지의 재활용 • 대체에너지 개발보다 에너지 절약 및 이용 방안의 마련 • 에너지 절약을 장려하기 위한 주민 혜택 강화
	⇨	환경 친화적 교통환경	• 장애인과 노약자 등의 보행자를 위한 교통 전략 수립 • 어린이들과 노약자들이 차에 방해받지 않고 다닐 수 있는 거리의 조성 • 야생생물의 이동을 고려한 거리의 조성 • 자전거 도로의 활성화 및 대중교통의 활성화
	⇨	생태 문화 관광	• 자연자원 및 역사자원 중심의 생태문화관광 • 무수히 산재한 생태자원, 역사문화 유적의 네트워크를 통한 도심생태문화관광 • 지속적인 자원 보전과 이용을 위한 네트워크화 전략 • 지역사회의 기반을 둔 지역사회 중심의 생태문화관광 육성으로 지역주민과 지역의 자본이 주체가 되게 함
	⇨	생태 네트	• 모든 거주지역에서 걸어서 20분이내의 자연지역에 도착할 수 있도록 조성

		• 하남시 전체지역을 연결하는 수계축과 녹지축을 조성하여 야생동물의 이동 및 서식을 유도 • 도시를 통과하는 잠재적인 야생동물 이동통로의 보호 및 외부와의 네트워크 • 도시 내 녹지 및 공원의 면적을 늘려 체계화함 • 도시림을 조성하여 다람쥐가 뛰어놀게 함.
	워크	

자료: 김귀곤, 「왜 하남시는 생태도시로 가야하는가」, 『공직자연찬자료집』, 2001, P. 118.

〈그림 3-3〉에서 알 수 있듯이 "자연과 함께하는 역사 및 환경도시"로서의 하남을 목표로 하여 6개 부분에 대한 전체적인 목표를 설정하였다. 즉, 환경친화적 토지이용, 생태적 재생 및 보전복원, 에너지 절약 및 활용, 환경친화적인 교통환경, 생태 문화관광, 생태 네트워크이다.

4. 생태도시 추진 과정의 제약점과 극복 방안

우리나라 도시들의 환경수준은 종합적으로 평가해 볼 때 '삶의 질' 수준이 열악하고 경쟁력 없는 지속 불가능한 상태라고 볼 수 있다. UNDP(1997) 분석한 자료에 의하면 우리나라 삶의 질 수준은 32위로 일본(7위), 싱가포르(26위) 등 아시아 경쟁국가와 비교해도 거의 전 부분에 걸쳐 최하위 수준이다. 국제교역량 11위 등 외형적인 지표와 비교해 볼 때 도시의 삶의 질 분야는 상대적으로 매우 취약하다고 할 수 있다. 도시환경의 질이 취약하고 도시민의 삶의 질이 낮은 도시의 모습을 지속 불가능한 도시라고 정의해 본다.

첫째, 시장성장 우선 논리에 따른 양적 팽창추구의 도시개발을 들 수 있다. 도시의 모양과 도시민의 삶의 질은 문화, 경제 환경의 논리에 의해 결정됨에도 불구하고 이제까지의 도시개발은 문화, 환경, 복지 등 질적 측면에 대한 가치 인식이 결여된 채 시장 수요에만 부응하여 수동적으로 이루어져 왔다. 또한 장기적인 도시계획과 절차를 도외시한 채 특별법에 의한 개발 방식의 난립으로 도시의 불균형 성장을 초래하고 도시의 질과 격을 떨어뜨리고 있다.

둘째, 급속한 도시화에 따른 단기적 개발수요의 급증을 들 수 있다. 1999년 현재 도시화율은 86.5%에 이르고 있다. 전 국토 면적의 14.4%라는 좁은 면적에 대다수의 인구가 거주하다 보니 고밀도 개발의 악순환이 반복되고 있고 도시의 외연적 확산과 난개발 등 졸속 도시개발이 추진되고 있는 것이다.

셋째, 환경문제에 대한 정부의 조직적인 정책대응(조직개편, 전문 인력 확보, 예산편성, 제도 구비)이 미흡하다.

넷째, 공해규제에 있어 경제적인 유인이나 가격 메커니즘을 통한 간접적 규제방법이 경시되어 왔다.

이러한 도시환경의 문제는 아래와 같은 네 가지 문제점을 안고 있다.

첫째, 우리나라의 도시 1인당 공원면적(조성면적 기준)은 6.4㎡로 선진국 주요도시에 비해 현저히 부족하다. 현행 도시 면적 기준은 공원 유형과 관계없이 도시계획 구역 내에 거주하는 시민 1인당 6㎡이상의 도시공원을 확보하도록 규정하는 한편 각 도시마다 접근성이나 시민의 이용에 대한 고려 없이 공원에 양적 확장에만 치중하여 도시외곽 개발 불가능지 그리고 개발제한구역에 도시자연공원의 대규모 공원을 지정했기 때문이다. 신도시 경우에도 계획인구 1인당 녹지 면적이 4.1~9.4㎡로 영국 65㎡, 미국 108㎡, 일본 28㎡로 크게 부족한 실정이다.

<표 4-1> 시민 1인당 공원조성 면적 비교

도시	우리나라 (96)			동경	뉴욕	런던	파리	뮌헨
	도시평균	서울	부산					
면적(㎡)	6.4	5.2	5.5	4.5	14.4	25.6	12.7	21.4

자료: 건교부내부자료, 1996.

이렇게 우리나라 주요도시 공원조성 면적이 낮은 이유는 성장 우선의 가치관에 따라 녹지의 환경적, 생태적 기능과 가치가 평가절하되고 있기 때문이다. 신도시 신시가지 개발 시 수익성 위주로 사업을 추진함으로써 공원 및 녹지 면적은 가급적 축소되어 있고 기존 시가지 내의 공원 녹지는 개발압력에 밀려 지속적으로 해제 축소되고 있다.

둘째, 우리나라 도시의 보행환경은 극히 열악한 수준이다. 보행자 전용공간이 전혀 없다고 해도 과언이 아니며, 시급 도시 중 서울, 부산, 대구, 인천, 광주, 대전 등 6개 도시 및 과천, 순천, 여수, 구미, 마산, 울산 등 13개 도시에서는 보행자 전용도로조차 설치되어 있지 않다. 보행도로가 설치된 도시에서도 골목길의 도로화, 주차장화, 불법주차 시설물 배치 등으로 보행도로의 잠식이 극심하다.

셋째, 우리나라 도시문화가 활성화되지 못하고 있는 것은 문화에 대한 인식의 부족과 편협한 개발논리의 만연으로 문화를 보전하는 것보다 도시를 개발하는 것이 도시 발전에 기여하는 바가 더 크다고 여겨왔기 때문이다. 또한 도시 정책에 있어서 문화시설은 다른 도시 시설과는 달리 절대적인 공급 기준이나 목표 기준이 없어 체계적인 정비가 이루어지지 못하고 있고 기존의 문화시설 확충 방식에 있어서 정부 주도아래 일방적으로 문화시설이 조성되어 지역주민의 생활양식을 반영하지 못함에 따라 지역주민의 무관심을 초래하고 있다.

특히 도시계획시설기준에 관한 규칙에서 문화시설은 규모가 큰 시설에 국한하여 정형화되어 있고 문화시설의 설치 기준도 주거생활에 장해가 없는 곳, 특히 인구 밀집지역은 피하도록 되어 있어 사람들이 가까이에서 자주 이용할 수 있는 문화시설이 부족하다.

넷째, 공기, 수질오염, 쓰레기 공해 도시방제에 관한 관리체계미비, 과다 교통수요 유발형 도시 구조 및 도시개발, 노인, 장애인, 어린이 등 시설 이용약자에 대한 도시계획적 배려 부족 도시의 정보전달 체계미비 등이 도시환경에 문제와 원인을 제공하고 있으며, 지속 불가능한 도시개발의 원인이라고 생각되어진다.

경제성장에 따른 소득증가는 시민생활의 변화를 초래할 것이며 다양한 주거환경에 대한 수요와 쾌적성 삶의 질에 대한 요구가 증대할 것이다. 이는 도시개발에 대한 주민의 관심도가 증가되어 계획 및 개발과정에 대한 주민참여 욕구가 증대며 이러한 여건 변화는 도시 공간이 단순 주거공간으로서 뿐만 아니라 문화, 복지, 환경을 포괄하는 다기능 충족공간으로 탈바꿈하기를 요구하게 될 것이다. 이에 따라 공원 녹지 면적의 증가와 고층 고밀의 배제경향이 나타나고 자족적 신도시개발의 대도시 주변에 활성화될 것이며 직업, 가치관, 생활양식의 다원화에 따른 도시 공간, 도시 시설에 다양한 수요가 요구될 것이며, 도시 공간이 변화될 것으로 예상된다. 이러한 여건 변화를 고려할 때 실현하고자 하는 생태도시는 양적 충족에 치중했던 종래의 도시개발 방식을 질적 충족으로 바꾸는 근본적인 방향전환을 통해 근본적으로 가능해진다. 많은 문제점을 안고 있는 기존의 지속 불가능한 도시를 아름답고 여유 있는 도시, 개성 있고 문화적인 도시, 건강하고 깨끗한 도시, 편리하고 안전한 도시로 바꾸면 궁극적으로 우리 국민의 삶의 질이 개선되므로 살고 싶고 매력적이며 경쟁력 있는 지속 가능한 도시가 된다. 여기서 지속 가능한 도시개발전략 3대 원칙을 다음과 같이 정립하였다.

첫째, 모든 새로운 도시개발은 인간주의적 가치관에 따라 인간을 최우선으로 고려하는 인간 중심의 도시개발이 되어야 한다.

둘째, 모든 새로운 도시개발은 인간과 환경의 조화를 중시하는 환경친화적인 개발 방식으로 추진되는 환경친화적인 도시개발이 되어야 한다.

셋째, 모든 새로운 도시개발은 사회 구성원 전체가 함께하고 협력할 수 있는 공동체적 바탕에서 추진되는 함께 사는 도시개발이 되어야 한다.

이러한 원칙을 바탕으로 지속 가능한 도시개발 전략에 따른 생태도시 추진을 위한 향후 발전 방안을 살펴보면 다음과 같다.

첫째, 지속 가능한 생태도시의 기본 전략을 설정해야 한다. 선 개발 후 계획의 생태도시 조성에서 탈피하고 선 계획 후 개발이 수립되어져야 한다. 그래서 하남의 비전과 목표와 목적 및 지표가 설정되어야 하고, 하남 생태도시계획전략이 도출되어야 한다.

둘째, 환경친화적인 토지이용 계획이 수립되어야 한다. 우선적으로 환경친화적인 하남 생태도시 공간구조와 용도를 파악해야 한다. 각 지역에 적합한 생태도시를 구축해야 한다. 그 지역에 대한 면밀한 생태조사를 반드시 실시해야 하고 그 결과를 바탕으로 공간구조와 용도에 맞는 기준을 설정해야 한다.

셋째, 생태도시 조성에 적합한 법적, 제도적인 시행 계획을 마련해야 한다. 생태도시 관련 기존제도를 파악하고, 생태도시 조성에 적합한 신규제도를 제정해야 한다. 해석론적인 관점에서 기존제도상 법조항의 재해석을 통하여 생태도시 조성의 이행 방법을 모색하야 하며, 입법론적인 관점에서 생태도시 관련규정을 기존제도에 삽입하여 새로운 조항으로 명문화하거나 신설해야 한다. 21세기에 맞는 생태도시 기본법이 제정되고 하남시 내의 생태도시에 관련된 조례가 입법화되어야 한다.

넷째, 권역별 구분에 따른 관리 전략의 방향을 설정해야 한다. 하남시내의 토지이용에 관련된 법규를 검토하여 보전가치가 높은 지역과 복원지역과 전이지역을 선정 및 검토하여야 한다. 그래서 권역 구분에 따른 관리 전략의 방향을 설정해야 한다.

다섯째, Working Group에 의한 부분별 전략을 세우고 실행해야 한다. 즉, 하남시 생태보전 및 복원 전략, 습지보전 전략, 생태마을 조성 전략, 환경친화적인 교통 전략, 지속 가능한 생태관광 전략, 환경교육 전략, 하천 관리 전략, 환경사업단지 전략, 환경친화적 농업 전략을 구체적으로 세워야 한다. 구체적일수록 실행에 옮길 수 있을 것이다.

여섯째, 지속 가능한 생태도시 조성을 위한 시범사업계획을 세우고 단계별로 추진해야 한다. 우선 시범사업을 계획하고 추진해야 하고, 장단기 시범사업을 계획하고 추진해야 한다.

일곱 번째, 생태도시 조성에 필요한 소유예산 및 재원 조달 방법을 세워야 한다. 투자재원 조달 방안으로 공공 부분과 민간 부분과 외자유치 부분으로 구분하는 것이 합당할 것이다.

여덟 번째, 각계각층의 파트너십을 구성해야 한다. 주민참여와 전문가 그룹과 지방자치 정부와 함께 파트너십으로 생태도시를 조성하는 데 충분한 의견 공조와 실행 협조가 있어야 한다.

5. 결론 및 제언

도시들은 상이한 현상들로 나타나는 각종 환경문제들을 안고 있으며, 또한 이러한 문제가 유발되는 배경과 이를 해결하는 방안에 있어서도 상이한 능력을 가지고 있다. 따라서 생태도시 추진 전략은 도시환경문제의 해결과 생태환경과의 공생적 발전이라는 보편적 목적 하에서 그 구체적 내용들이 차별적으로 구성되어야 한다. 이에 따라 도시의 역사적 성격과 인구 및 면적규모, 산업기반, 재정상태, 환경적 조건 그리고 지역운동사항 등과 같은 내부 특성에 기초로 하여 생태도시 전략의 원칙과 방향을 모색할 필요가 있다. 이상의 본 연구에서는 지역개발에 대한 새로운 패러다임으로서 생태도시에 대한 논의를 검토함으로써 이에 기초하여 경기도 하남시 생태도시 추진 전략 및 발전 방안에 대한 개발방향을 제시하고 있다. 본 논문에서 검토한 연구 결과를 정리하면 다음과 같다.

첫째, 도시의 연구에 대한 시각을 도시를 사회학적 접근, 생태학적 접근, 정치경제학적 접근으로 정리하고 있다. 이를 통하여 기존의 지역개발론 및 환경론들은 도시라는 특정 공간이 가지는 정치적, 경제적, 문화적 합의 등을 간과하고 있다는 점을 지적하고 있다.

둘째, 우리나라의 지역개발 및 환경정책에 문제점을 지적하고 지속 가능한 생태도시개발을 보다 이해하고 생태도시 조성을 위한 통합적인 준거틀을 마련하고 시행수단으로써 단계별 사업 추진을 제시하였다.

셋째, 새로운 도시개발의 개념으로서 지속 가능한 개발과 이에 따른 지역개발계획이 무엇을 의미하는 가에 대해서 검토하고 있으며 기존의 도시를 대상으로 한 자립성, 순환성, 안전성, 다양성, 관점에서의 계획을 수립해야 한다.

넷째, Working Group을 통한 전시적 조성방침과 지역별 조성방침을 제시하며 생태도시에 대한 이해 및 개념을 보다 명확히 하며 생태도시개발의 필요성에 대해 제기하고 있다.

다섯째, 기존 도시계획과의 차이점은 전문가가 생태조사를 바탕으로 한 보전가치평가 및 Environmental Profile의 작성, 생태지도 및 Database 구축, 지속 가능한 생태도시 정보구축, 생태도시계획의 실행을 위한 지방의제 21의 작성, 시범사업 전개를 위한 Trust 구성과 운영을 검토하였다.

여섯째, 시민의식조사, Wildlife Voluntary Survey, 현지 생태조사, 자문회의와 실무협의 및 Working Group을 통한 이슈 파악 및 제시, 어린이 관점에서의 의견 수렴 후 Vision, 목표, 목적, 지표설정을 제시하였다. 생태도시는 지역이 가지는 특이한 조건들을 충분히 배려하면서 각 지역의 적합한 생태도시계획으로서 환경적 측면으로서 더불어 사회 모든 부분들이 가지는 특성들을 적실하게 파악한 후 부분별 시행 방향을 결정하여 추진해야 한다. 이상의 연구를 통하여 경기도 하남시 생태도시 추진 전략에 대한 방향을 정책적 건의로써 제시하고 있다. 우선 생태도시계획은 새로운 패러다임이라 규정하고, 이를 수립하고 실천하기 위하여 다음과 같은 사항을 제언한다.

첫째, 지속 가능한 발전위원회 중앙정부 지방정부에서 모델 생태도시, 가이드라인 지침으로서 활용할 수 있을 것이다.

둘째, 동북아 생태도시로의 네트워크 전략을 수립해야 한다.

셋째, 생태도시 창조를 위한 지속적인 사업계획을 실시해야 한다.

넷째, 생태도시 창조를 위한 국제적 협력을 지속적으로 연계해 나가야 한다.

다섯째, 지속 가능한 하남도시 발전의 지원 지침서로 활용해야 한다.

여섯째, 생태도시의 법적 및 제도적 장치의 보완이 있어야 한다.

일곱째, 어린이를 위한 사업이 우선 실시되어야 한다.

인류가 직면한 보전과 개발이 상호 대립적 갈등을 낳고 있다. 이러한 현실 속에서 지속 가능한 개발과 자연환경의 보전이 서로 조화롭게 결합할 수 있는 길이 필요하다. 그것은 그 환경용량 및 수용능력에 기반한 토지이용 계획과 성장관리계획이 필요하며 이를 위한 실천이 절실히 요구되고 있는 것이다. 이것에 있어서 우리 하남도 예외일 수는 없다. 이러한 여건과 환경이 우리 현실이고, 지금 이를 실천해야 할 중요한 시기이기 때문이다. 다시 말하면 하남시는 그린벨트와 과밀억제권역 등으로 서울 의존형인 베드타운화하고 있으며, 자원과 물자적 측면에서 수요공급의 불균형으로 외부 의존도가 높아 환경자립성의 문제가 심화되고 있다. 그리고 화훼, 축산 시설 등, 수요 증가로 환경훼손, 토양 오염 심각 등 자연자원의 훼손 문제가 대두되고 있다. 또한 공원 및 녹지 체계는 도로, 아파트 등에 의한 단절과 무분별한 축사 등으로 농촌의 생물 부양 능력을 떨어트림으로써 생태 네트워크 형성이 절실하다. 특히 시민 대다수가 환경에 대한 시 정책에 대하여 공감하고 있으며, 환경의 가치에 대한 인식과 아울러 생태주거단지, 생태공원 관광에 대하여 긍정적인 생각을 가지고 있다. 나아가 청정산업의 유치, 환경이벤트의 참여 등에도 적극적인 참여의사를 밝히고 있다. 경기도 하남시는 1999년도에 하남국제환경박람회를 통하여 생태도시의 서막을 알렸다. 비록 경험과 준비 부족, 악천후로 관객동원에는 불만스러움이 있었으나 UN을 비롯한 환경 열강국의 지지와 국내의 적지 않은 반향을 불러 일으켰다. 이를 계기로 UN환경기구로부터 전 세계 도시 가운데 16번째로 생태환경 시범도시로 태어나게 되었다.

21세기 인류는 환경친화적인 지역개발을 통한 주민의 삶의 질을 향상하기 위해서는 무엇보다도 지역공동체 의식의 함양이 필요하며 경기도 하남시는 현재 수준에 만족하지 않고 미래세대의 욕구를 충족시킬 수 있는 건강, 교육, 환경 등 사회복지증진을 포함한 삶의 질을 향상시키며 환경과 경제의 양립가능성이 있는 지속 가능한 개발을 통해서 아름답고 살기 좋은 하남시를 다음 세대에게 넘겨주어야 할 것이다.

원로가 반드시 필요한 세상

우리 하남이 시로 승격된 지도 벌써 27년이라는 세월이 흘렀다. 27년이라는 세월은 사람으로 비교하자면 청년이지만 우리 하남의 역사를 살펴봤을 때, 하남은 결코 청춘이 아니라 이제는 의젓한 어른이라 할 수 있다.

우리 하남시의 홈페이지에 기록되어 있듯이 우리 하남의 역사는 기원전 6년(백제 온조왕 13년) 현재 하남시 춘궁동 일대를 백제의 도읍으로 정하고 하남 위례성이라 부른 데에서 시작되었다. 어떤 도시에 내놓아도 역사적으로나 문화적으로 뒤질 이유가 없는 곳이다.

그렇다면 과연 우리 하남에서 태어나고 하남에 뼈를 묻을 각오로 살아가고 있는 나는 앞으로 어떻게 살아가야 할까?

사람은 누구든지 나이를 먹는다.

나이를 먹는다는 것이 단지 늙어간다고 생각한다면 쓸쓸하기 그지없는 일이지만, 이제껏 나름대로의 삶을 열심히 살아온 모습을 돌아본다면 단순히 쓸쓸해할 일만도 아니다. 나름대로 열심히 살아 온 결과가 어떻든 그것은 중요하지 않다. 열심히 살아 온 그 자체가 중요한 것이다. 그것은 아름다운 추억이고 자기 자신에 대한 성취다. 그 추억과 성취감을 가슴에 안고 뒷전으로 물러나 자신이 자리하고 있던 그곳을 새롭게 채우는 후배들에게 자신의 경험을 물려주고 격려하면서 내가 살던 세상보다는 보다 나은 세상을 만드는 데 일조를 한다면 더 아름다운 것이다. 그리고 그런 사람들을 우리는 진정한 의미의 원로라고 부른다. 그 사람이 가진 돈이나 명예와 권력보다는 진심으로 후배들과 자신의 고장을 위해 자신이 경험한 바와 자신이 가진 노하우를 전수하면서 화해와 평화를 위해 노력하는 사람이 진정한 원로라는 것이다. 그리고 우리는 그런 분들을 어른, 혹은 큰 어른이라고 부른다.

나라가 어렵고 백성들이 희망을 잃을 때 우리는 이 시대의 어른을 찾는다. 그리고 그분들의 말씀을 듣고 싶어 한다. 우리가 어른이라고 부르는 분들은 때로는 학식이 높고, 때로는 지식이 풍부한 분들도 있지만, 그런 분들보다는 정말 바른 길을 제시하고 옳은 삶으로 나가는 방향을 제시해 주시는 분들을 더 많은 사람들이 어른으로 모신다.

커다란 영역으로 볼 때 나라의 어른이 있듯이 작게는 어느 고장이든 그곳의 어른들이 계신다. 어느 지역이든 자신이 몸담고 있는 곳의 원로로서, 인생을 더 살은 경험을 가지고 있는 선배로서 후배들이 서로 화합하고 단합하여 자신이 살고 있는 그곳이 발전하고 행복하게 해 주는 역할을 담당하는 원로의 몫을 수행하는 분들이 계시다는 것이다. 정당과 종파를 떠나서, 또 그 사람의 고향이 어느 곳이든 그것을 따지는 것이 아니라 자신이 살고 있는 그곳을 위해서 정말 열심히 일할 수 있는 사람을 중심으로 서로 화합하여 모임으로써 더 나은 고장을 만들 수 있도록 이끌어주고 다독여 주는 역할을 함으로써 원로로서의 몫을 성실하게 수행해 주는 분들이 계시다는 것이다.

나는 수차 말했다시피 내 고향은 하남이고 나는 하남에 뼈를 묻을 각오로 살고 있다. 당연히 하남의 발전을 위해서 나 자신이 나이를 먹고 인생의 원로가 될 때 과연 하남을 위해서 무엇을 할 것인가를 종종 생각하곤 한다. 그러나 그런 생각을 할 때마다 결론은 한 가지로 도달한다. 이미 진정한 원로의 역할을 말했듯이 내가 할 일이라는 것은 우리 후배들이 정말 하남을 위해서 사심을 버리고 일할 수 있는 사람을 중심으로 하나가 되어 하남을 더 행복하고 살기 좋은 도시로 만들 수 있는 길로 안내하는 역할을 하는 것이라는 생각이다.

정파나 출신지는 물론이고 학벌이나 기타 어떤 것도 관계치 않고 진심으로 하남을 사랑하는 사람을 찾을 수 있는 경험을 바탕으로 인재를 추천하는 역할을 하는 것, 그리고 행여 분열이 있는 곳이 있다면 그곳에서 중재자로 나서서 그 분열을 화합으로 바꾸기 위해 노력하는 그런 원로의 모습이 가장 아름다운 모습이라는 결론에 도달하는 것이다.

비록 나라의 어른은 못 될지라도, 내 고향 하남의 발전과 행복을 위해서 화합과 일치에 앞장서는 하남지역의 멘토로서의 역할이나마 해주고 싶은 것이다. 하남에 새로 이주를 해왔든, 아니면 나처럼 이곳에서 태어나 뼈를 묻고 살겠다고 다짐을 하며 살고 있든지 간에, 모든 시민들이 화합을 통해 발전하는 하남을 건설하기 위한 한 알의 밀알이 되고 싶다.